远山有香

寻茶三记

楼耀福 著

作者和妻子殷慧芬在云南临沧冰岛老寨

九峰山有机茶园

福鼎白茶非遗传承人叶芳养

草木有缘，叶芳养和林西英在金亭林场茶园

雨花茶非遗传承人陈盛峰

黄山新安源茶业董事长方国强在老家鹤城乡渔塘村村口

黄山休宁新安源有机茶园

在临沧五老山过河去看古茶树

云南临沧的"江湖追茶人"华玉忠

冰岛地界的茶女儿罗美美

在上海留下青春的武夷茶人徐良松

被誉为斗茶赛获奖专业户的"天心应家"

武夷岩茶非遗传承人游玉琼

项金茂（左）在牛栏坑

竹寨赵氏兄弟：赵汉宏

竹寨赵氏兄弟：赵汉福

"茶疯子"陈建业在将乐寻找被遗忘的老茶树

"江山美人茶"品牌创始人李志忠

在昔归茶山俯瞰澜沧江

目 录

相约冰岛

　　鲜柔的清香和甘甜在我口腔喉间润动，三月三，我从舌尖上感受了冰岛头春大树茶的美妙滋味。那是云南朋友寄来的。去冰岛看茶的心念又一次萌动。

　　相约冰岛多次，2021年5月，终于如愿。

　　到达临沧的第一个早晨，我们就去冰岛老寨。

　　冰岛老寨属双江县勐库镇管辖。双江因澜沧江和小黑江交汇于县境东南而得名。勐库镇境内与耿马县交界处，有一南北走向的横断山系支脉：邦马山。主峰勐库大雪山，海拔3 200多米，在海拔2 200至2 750米处有著名的勐库野生古茶树群。

　　双江县的城市雕塑是一芽二叶的茶。茶成了这里的符号、标志和主要产业。途经一个傣族村寨，一幢幢小别墅都盖起来了，我想也许正是茶这片树叶让这里的百姓脱贫致富。

十多年前，当冰岛茶还没那么走红的时候，我曾在上海茶城买过冰岛茶饼，包装纸上"勐库""冰岛""双江""正山老树"等字样曾让我费解。如今到了实地，我才明白它们之间的关系。所谓"正山"就是冰岛老寨那片茶区。

冰岛湖周边是大概念的冰岛茶区。在冰岛湖的观景台上，俯瞰碧湖，远眺群山。临湖山体岩壁上镌刻着"相约冰岛，绿色之恋"八个大字。观景台门口竖有两根立柱，底座刻有"拉祜族、佤族、傣族、布朗族"的字样，柱身各种符号是这些民族的图腾语言。

冰岛茶区的茶好喝，原因之一就是境内有冰岛湖、南勐河等丰富水系。在某种意义上说，冰岛湖其实为截断南勐河而建的南等水库。以河为界分东半山、西半山，东半山的茶香气高，但茶气相对弱，西半山正相反，香气弱，但茶气足。冰岛村恰恰位于冰岛湖畔，茶兼有东半山和西半山的特色，集勐库茶的优点于一身。冰岛村有冰岛、地界、南迫、糯伍、坝歪五个自然村寨，冰岛老寨的茶最为金贵。

冰岛老寨以前是个傣族寨子，现在有少数拉祜族人居住。既不下雪，也不结冰，真不知"冰岛"这个名字如何而来，如今却让爱茶者人人皆知，如同名胜。据临沧市茶办统计，冰岛老寨"有茶园1 425亩，其中可采摘782亩，百年以上古树茶4 954株"。"在明代成化二十一年（1485），双江的勐勐土司派人引种 200 余粒，在冰岛培育成功了 150 余株，现今尚有 20 余棵存世……"（《天下茶仓》2016 年第 2 期）

也许为了让冰岛老寨的古茶园有更好的生长环境，当地政府不久前已决定将老寨的原住户整体搬迁，以还房于茶，还地于茶。

半山腰正在大兴土木，那是在建的"冰岛茶小镇"。老寨的居民将迁居于此，目前 74 户人家中大多已搬至临时安置房，还有少数人家没搬。事先联系的茶农海杰就住在临时安置房里。

海杰，1989 年出生，毕业于某财经大学，曾经是学霸，大学毕业后先是在金融机构工作，后来父母要他报考公务员，去报名那天，一看现场有三百多人排队，他立马放弃报考，用那笔报名费找朋友喝酒去了。后来父母问他考得怎么样？他说了个谎：没考上。再后来，他辞职下海。现在是个年轻创业者，除了在冰岛老寨承包了十来亩茶园外，还在永德经营蔬果种植、畜牧业等好几个摊子，每个摊子都有人负责，茶园这一摊就交给弟弟夏杰。此刻海杰带着几位浙江客人去看茶山了，接待我们的是夏杰。

夏杰穿一身迷彩军服，像个年轻士兵。坐下后，夏杰在小竹匾上抓了一撮今年的冰岛春茶放在白色盖碗里，用开水冲泡，肥厚的墨绿色的叶片慢慢柔软，随之带点清洌的茶香缓缓飘来。茶汤呈蜜黄色，我细品着，在口腔喉间享受茶的甘甜。

茶桌上除了叶片肥厚的冰岛茶外，还有几块"冰岛黄金砖"，250 克包装。因为冰岛老寨茶贵，原来拣茶时剔除的黄片，茶农现在也舍不得扔，用来压茶砖卖钱，还取了"黄金砖"这个富贵的好听名字。

喝着茶，夏杰告诉我，冰岛老寨茶树王采摘的鲜叶从 2019 年的 88 万元、2020 年的 99 万元，到 2021 年被竞拍至 166 万元成交。今春采了鲜叶 30.6 公斤，做成干茶 7.4 公斤，平均 1 公斤干茶价值 22.4 万元。水涨船高，冰岛老寨今年的古树单株鲜叶每公斤也升到 1—2 万元，4 公斤鲜叶做 1 公斤干茶，干茶每公斤能卖 4—8 万元。

茶家疯狂追逐竞购，也许有炒作成分，但冰岛老寨的古树茶被视为珍品，却是不争的事实。

是什么造就了它的特异品质？除了冰岛湖、南勐河的滋润之外，还有地理位置、气候环境、土壤特质等诸多因素。我读到过一篇文章，说这里的土壤深厚，营养充足，不仅仅是适合茶树生长的酸性土，而且土中夹石。如果种植别的作物，也许不算肥沃，但对茶树，因为土壤中含有大量石块风化后所产生的矿物质，其元素被茶树根系汲入，形成了茶叶特别的品质。当地朋友告诉我，由于老寨的海拔比周围一下子要高许多，因此，云雾缭绕，阳光更早地照到那里，夜里气温低，昼夜温差大，也是造就老寨古树茶好喝的一个重要原因。

我走出临时安置房，向冰岛老寨眺望，山上还有房子没被拆除，地势比我们所在的半山腰确实高许多。

海杰带着浙江客人从山上下来了。他也穿了一身迷彩军服，我心中暗笑：这两兄弟莫非把茶园当战场了？海杰把白色越野车的钥匙和进冰岛老寨的通行证交给弟弟，对我打了个招呼："楼老师，我很想陪你们去看看老寨的古茶树，但浙江的客户来了，我要陪他们。我弟弟夏杰对这里熟，让他带路。"

我们随夏杰去老寨。村寨门口果然有人设卡，见我们有通行证，守卡的很爽快地放行了。车在山路行驶，一路风景。我记忆较深的是在车窗外走过的两位拉祜族女子。拉祜族的风俗是女子在结婚时必须把头发剃光，因此婚后她们一直包着头巾。那两个女子果然都包头巾，肩上扛着像扫把一样的干草，手持旱烟管，一边走一边抽烟。

还有一个现象也让我印象很深，那就是已拆和尚未拆的农户建筑。一片片的废墟，尽管有绿色塑料布覆盖了碎瓦残砖，面积却并不小，没被塑料布覆没的炒茶用的大铁锅时有可见，那些未拆的住宅不少是豪华大屋。

冰岛老寨的古茶树群，郁郁葱葱的一片，此起彼伏，树龄长的在五六百年。古茶树的取名也花样百出，除了首屈一指的冰岛茶树王外，还有冰岛太后、冰岛状元、冰岛茶尊、冰岛大将军、冰岛祖母树、拉祜王、拉祜夫人、公主树、兄弟树、姐妹树等。古茶树被拟人化，就像一本武侠小说中的江湖人物，各领风骚。在树丛中，每见一棵，我都会打招呼："你好，三公主"，"你好，大将军"……我们在古茶树前合影，我和殷慧芬的一张合影，像是重回青葱岁月。在泱泱一片几百年树龄的古茶树面前，年逾七旬的老人重又焕发一颗少年心，我们在它们面前确实还年轻。

在树丛中艰难穿行，有时不得不拨开树枝，方能看清高高低低的泥泞山路。终于见到这棵传说中的茶树王了，彼此似乎等待了很久，我站在树下细细打量，其神态无异于面对一位心仪已久的佳人，或者说面对一位仰慕已久的长者。茶树王上挂着块标牌，写着：编号 0001，高度 7.2 米，基部围 1.4 米，树幅 5.5×5.2 米，树龄 600 年以上，海拔 1 680 米……所有的数据显示着它的江湖地位。

有围栏护卫茶树王，我在四周徘徊，看它的树冠、根茎，看它向天空舒展的枝桠，发现围栏后侧有一个开口可以让我入内与它更亲近。我不由得一阵窃喜，一个转身投入它绿色怀抱。我握着它的枝干，像拉着他的胳膊和手臂。我摸着它的叶片，像在轻抚他的眉目唇鼻。我凑近了细细嗅闻绽发的嫩芽，那神情像在亲吻一个情人。我喁喁低语，像在倾吐着说不尽的情话。

彼此依恋之间，我听见夏杰的喊声："前面还有太后树，也很大。"

是的，太后树，那是另一棵五六百年树龄的古茶树。对我也充满诱惑。然而就在我想离开茶树王的刹那，一阵大雨骤然而降，雨点越来越急、越来越猛，我只能在它的枝叶庇护下躲雨。殷慧芬说："茶树王舍不得让你离开。"

殷慧芬说得没错。有道是"酒逢知己千杯少"，于茶又何尝不是如此？茶树王认为我懂它，希望彼此有更多对话，互抒情愫。

茶树王成了留客树。我趁着雨势，想在树下停留更久一些，情不自禁地摘下一片叶芽，含在唇间，那甜甜的柔柔的滋味沁入心脾，柔美而生甘，那么悠长。流通在市场上的冰岛茶，假的太多，而我口中含的叶芽来自茶树王，那种生津的带果香的冰糖般的甘甜，真实无疑地告诉我这是最真、最好的冰岛茶。

这一刻我方明白，与我相约冰岛的不仅是云南茶友，更是这里苍苍莽莽的一片古茶树，尤其是这棵茶树王。

昔归遭遇"顺口溜"

　　去昔归的前一夜，临沧茶友王自荣说，他联系了一个叫小华的茶人，在昔归有茶园和初制所，第二天要搭我们的车去那里。我说有熟人带路太好了。那一夜，我做了点关于昔归的功课，互联网上有一条 2019 年的旧消息："大手笔，某企业 500 万现金认购 100 棵昔归古树单株！"有一页手写合同的照片。真是昔归茶贵，昔归茶让很多人喜欢。

　　第二天王自荣来接我。车上没别人，我问："小华呢？"他说："小华先去了，在昔归等我们。他给了我位置，有导航。"

　　导航也有没方向的时候。下了高速，走了一段山路，到了澜沧江边的一个地方，导航总是叫车调头，然后说："目的地就在附近，本次导航结束。"现代化的装备一下子让王自荣找不到北，只能打电话联系。小华说："不要急，我来接你们。"

等待的时候，我观赏澜沧江两岸风景，很美，像一幅山水画。王自荣说，江对岸是普洱市的三座山，一座是景东的，一座是镇沅的，另一座是景谷的。不远处有澜沧江大桥飞渡横跨，颇为壮观。

小华来了，骑着一辆像毛驴一样的电动车，从一条更窄更陡的山路颠簸着来到我们面前。我打量一下，貌不惊人，长相有点像蒙古族人，一件白色无领汗衫，微胖。他的初制所在山上，我们的车跟着他的电动车沿岔路盘旋而上。

所有的细节都告诉我，小华或许只是一个普通茶农。到了目的地我才发觉他的初制所规模不小。他已经在那里摆开茶席，身边有三个汉子陪着，昔归自然村村长刀发林、忙费自然村村长俸先贵、忙亢自然村村长吴永成。一个个黑不溜秋的，却很壮实。小华介绍时说了两句顺口溜："他们都是原生态，漂白粉都漂不白。"

小华早到这里，是为迎接我们做些准备，呼风唤雨叫来三个合作伙伴，有意无意地显示他在当地的人脉关系。坐下后，他为大家泡茶。我问是什么茶？他说："到了昔归当然喝昔归茶。"我问："这茶你卖多少钱一公斤？"他说："一万二。"我说："不比老班章便宜啊。"他说："是的。你喝了就知道为什么不比老班章便宜了。"

那茶酣畅淋漓，从霸气上说，可与老班章媲美，三杯下肚，背心就沁出微汗。我说："今天喝的是男人喜欢的茶，昨天在冰岛喝的是女人喜欢的茶。难怪有人形容昔归茶像刚烈小伙子，而冰岛茶像柔雅少女。"

小华哈哈笑起来："我还有男人女人都喜欢的茶。"我并没在意，后来才知道他真有这样一款茶，他称其为昔归茶中的"劳斯莱斯"。"想不想尝尝？"他问。我说好啊。他注意到我穿了件老土布缝制的上衣，一边取茶，一边来了四句顺口溜："上海来的楼老师，一身土布真潇洒，走了一山又一山，就想喝杯昔归茶。"

这款被称为"劳斯莱斯"的茶一开始像冰岛茶，细腻、丝滑、甜润，茶气很足，后来几泡却饱满充盈，几杯下肚我就打嗝，确实是款让男人和女人都喜欢的茶。

茶烟轻轻袅袅地飘拂，小华又来顺口溜了："澜沧江边一席茶，世间美好像树花，有滋有味有回甘，舌尖犹如发春芽。"

小华的母亲是这里邦东乡人，有七姐妹，他父亲是招女婿上门的。我问："你跟爸姓还是跟妈姓？"他说："跟爸姓。我妈姓刘。跟妈姓倒好了，钱都'刘'（留）住了，现在跟爸姓，钱都'华'（花）完了。"我说："你妈招你爸入门当女婿，那叫刘德（得）华，姓刘的得到了姓华的。"众人大笑。

殷慧芬看着他身边三位自然村村长，说："原来你是在妈妈的怀抱里。难怪在这里如鱼得水。"小华笑道："妈妈的吻，我长大了也忘记不了。"

小华说话风趣诙谐，他称自己："毕生都在寻一路，每天想法多无数，可怜此身驻山中，做梦却在繁华处。"顺口溜、打油诗他脱口而出，挺有才的。

茶过数盅，我提议去茶山，我要看看昔归的好茶长在怎样的一块神奇土地上？小华不想走，"我这茶，如果不泡上二十多泡，你会说我的古树茶是假的。"说着他又来四句："初心沏好茶，头春如旭日，质高名声扬，不喝负年华。"我只能坐下再喝茶。

小华14岁开始学做茶，当过兵，从事过木材买卖、汽车销售，最终又回到茶叶行业。他说他爱茶。现在他在昔归有两百多亩茶园，分布在昔归山、忙麓山，此外在勐库大雪山、白莺山、冰岛老寨乃至缅甸，他都有一定规模的茶园，有十几个初制所和四个省二十多个销售点。

十来年没见小华，王自荣有点吃惊："想不到你现在做得那么大。"小华嘿嘿一笑，又来顺口溜了："理想就是离乡，平民就是拼命，世上本无救主，全靠自己打拼。"

我问："那你一年收入多少？"

"摊子大开销也大，养家糊口，我有这么多员工要养，有时还亏啊！"他嘿嘿一笑，又念了四句顺口溜："做茶有苦也有甜，有时还有烦和累，不怨天来不怨地，人生百味要笑对。"然后站起身，挥挥手招呼大家下山看茶去。

昔归山的茶园从初制所往下朝澜沧江方向走。俗话说"上山容易下山难"，小华一路上细心搀扶着殷慧芬。到了茶树前，他向我讲解昔归茶的特点："梗难瞧，背无毫，柳叶条，黑紧绕。"他在手机中找出图片，将叶片与老班章等地区的相比，确有区别。他说的十二个字的特点，也是顺口溜，形象具体。

在三棵丰满雍容的古茶树前，小华特别介绍："紫芽茶树，就是我说的'劳斯莱斯'。"我上下左右打量，颇有贵夫人风范。我问："为什么同一块土地上的茶，滋味会如此大相径庭呢?"小华说："这没什么奇怪的，一个家庭里的兄弟姐妹也不一样啊，比如你是大作家，你的弟妹呢? 有没有跳广场舞的?"

我被他说得哑口无言。他又说："太专业的我也说不清，比如有人讲海拔高的茶好，昔归山海拔才 700 米左右，不高啊。又有人说，昔归茶好喝是因为靠澜沧江近，那对面的镇沅、景东也靠江边啊。所以说不清。你楼老师就写茶文化、茶故事，写寻茶途中的所见所闻，写你自己对茶的感受，把好茶推荐给大家。什么茶多酚、氨基酸、儿茶素之类的就让科技人员去研究。"

他说得没错。稍后，我们又去忙麓山。忙麓山的茶园大多分布在海拔 740 米至 1 043.4 米之间，莽莽苍苍的茶树连成一片，如波涛起伏的绿色海洋，气势大于昔归山。临翔区人民政府在茶园醒目处竖着宣传牌，介绍古茶园概况：分布面积 2 600 亩，其中核心区 600 亩，树龄百年以上的约 8 262 棵，年产茶约 28 吨，产值约 7 800 万元。忙麓山无疑是昔归古茶园中的核心区。茶树枝粗叶茂，盘曲高大，有几棵古树前有标牌注明树龄在千年以上。古树千姿百态，蔚为奇观。一棵古茶树旁有梯子，想来是茶季茶农爬着这梯子攀到树上去采摘鲜叶所用，我拿着梯子比较，古茶树的高大和我的矮小立即显现出来。

清末民初，《缅宁县志》记述："邦东乡则蛮鹿、锡规尤特著，蛮鹿茶色味之佳，超过其他产茶区。"忙麓当时称"蛮鹿"，"锡规"则为今日之昔归。可见昔归和忙麓山所产茶的优质历史已很悠久。

忙麓山的茶园向东绵延至澜沧江边，史料记载江边有个嘎里渡口，是邦东昔归茶马古道的一个重要组成部门。看罢茶山我们到渡口。

小华说："我们去镇沅吃饭。"

我好奇："吃个饭还要过江？"

小华说："昔归人采茶做茶忙，没心思好好做饭。"

他说的也许只是原因之一，更重要的是想让我更近距离地感受一下澜沧江和传说中的渡口。他又来顺口溜了："为了迎接尊贵客，坐船渡过澜沧江，江上鱼鲜红赤贝，镇沅煮来满屋香。"

渡船停在对岸，江这边渡口山墙上写了一个醒目的手机号，那是渡船主人的。昔归船客要过江，只需拨个号，船主立即会从镇沅渡口驶船过来。

过了江，我们在镇沅澜沧江食府用餐，客人不少，多数是冲着澜沧江的江鲜来的，价格不菲的红赤贝鱼是这里的一道名菜。煮鱼要花一定时间，在等待美味的时候，我和小华互加微信。小华的微信名叫华三元。

"华三元是你真名?"我问。

"不，我叫华玉忠。"他说。

华玉忠? 这名字有点熟悉啊，我在记忆里搜索，想起来了，就是昨晚在网络上看到的，某企业 2019 年花 500 万现金认购 100 棵昔归古树单株，华玉忠就是甲方代表。我望着他，他却不动声色地回答："对啊，是我。甲方另一个代表、昔归自然村的刀村长也坐在你旁边啊!"我看了看皮肤黑黑的刀发林，责怪小华："这些故事你怎么不给我说呢?"

小华依然淡定："你不是说做人要低调些吗? 2020 年某企业也与我们签了合同。"他打开手机给我看合同书，金额 600 万，甲乙双方按了三个人的手印，稍有进步的是这份合同是打印的。

"无钱只能委屈身，无爱更是伤灵魂，人生无非物与灵，好好做人是本分。"他又来顺口溜了。他瞅着我："楼老师，我这人性格很内向的。"

我也瞅着他，无法想象这个幽默风趣会编顺口溜的昔归茶人，如果性格再外向些会是怎么样?

虎跳石上昔归茶

从忙麓山下来，我们去澜沧江边，不远处的工地似乎对美丽风景有点影响，但是目光从工地移开，两岸的山山水水仍然如画一般。华玉忠指着前方江边的一块岩石，说："那里是虎跳石。当地曾流传的一个关于老虎跳石的故事，上面还有古人熬制盐巴的井，前些年曾出土过原始时期的石器。"

我觉得那是一个有故事的地方，便问："能去看看吗?"华玉忠说："过不去。要有快艇才能过去。"那里他有 4 亩茶园。每年采茶量不多，成品茶只有两百多斤。有茶树的农户只有 5 家。我说："物以稀为贵。那里的茶是不是比较稀罕?"

他点头称是，然后打开手机，让我看他在近处拍的虎跳石和在那里采茶的照片。他说，那块土地的内含物质是澜沧江畔最丰富的地方之一，这就决定了那里的茶口感更独特。昔归茶在一些老茶客中已有很好的口碑，虎跳石的更胜一筹，这对于我是一种怎样的诱惑啊？

华玉忠笑着，又来一段顺口溜："澜沧江边虎跳石，得天独厚出奇茶，口感先柔后烈猛，茶客喝了都夸它。"

在我印象中，澜沧江的虎跳石，似乎在普洱市与临沧市交界处的澜沧江大桥旁，传说古时有老虎从礁石上跃江而过，并在礁石上留下脚印而得名。我问："虎跳石普洱有，昔归也有？看来古代老虎在澜沧江边很活跃哎。"

华玉忠笑起来："楼老师，你来昔归访茶，事先做过不少功课啊！普洱市与临沧市交界处的那块虎跳石与附近的大中河瀑布、南帕河瀑布一起，已被列入国家重点风景名胜区。而昔归的这块还没被开发，是原生态的。"

"那有没有老虎跳过留下的脚印？"我问。他说下次带我去看。其实我更感兴趣的是那里的古井和出土石器的古遗址。澜沧江流域的昔归地区曾在新地梁子等地发现过新石器时代、青铜时代的遗址，出土过许多珍贵文物。这些古代器物和它们的使用者与昔归茶有关吗？谜一样，我充满好奇，遗憾到了澜沧江边，这次只能隔江遥望。

虎跳石没有去成，但虎跳石上的茶是必须要喝的。从昔归回来，我们去华玉忠在临沧茶马古镇的门店，刚坐下，我就要他泡一壶虎跳石的茶。他用茶刀撬开一个茶饼，取少许于茶则中，从色泽看，呈暗绿色，与一般的昔归茶没有多大区别，香气较内敛，却很好闻。2020 年的春茶，茶汤的颜色还不是很浓。一上口，确实如华玉忠所说，很温柔，甜甜的、糯糯的，堪比冰岛茶。茶过四五道，那滋味方显桀骜本色，凶猛、厚重。这种感觉，像听一曲古琴演出时的节奏变化，一开始缓慢轻柔，骤然间却奇峰突起，高亢剧烈。

澜沧江的水有时缓缓流淌，也有时湍急奔腾。一方水土养一方茶，虎跳石附近也许正是这样多变的水流，哺育了这款个性独具的昔归茶。

凤庆怀旧

苏钧带我到凤庆老茶厂，门口有石碑，书："全国重点文物保护单位，凤庆茶厂老厂区旧址，中华人民共和国国务院二零一九年十月七日公布"，还介绍了基本概况："……凤庆茶厂老厂区工厂建筑保留较为完好、生产设备遗存较多，为我国传统茶叶生产的工业遗址代表，具有很高的历史、文化和科研价值。"

逐字读罢，我深感此行不虚。

凤庆老茶厂旧址已成了一个记录现代制茶业的"博物馆"。创办茶厂的冯绍裘先生当然是"博物馆"绕不过的重要人物。在20世纪50年代建造的办公楼前，后人为纪念他，矗立着他的塑像，一位清癯的老者，拄杖站立，目光注视着前方。前方是让他心仪的满山翁翠的古茶树……

冯绍裘（1900—1987），湖南衡阳人，滇红创始人，原顺宁实验茶厂首任厂长。早些年读过冯绍裘八十多岁时写的《滇红史略》，此刻我在老茶厂的墙上再一次读到。1938 年 9 月中旬，为了开辟新的茶叶出口产区，中茶公司派冯绍裘、郑鹤春等到云南调查茶叶产销情况，冯绍裘写道："十月中旬，我们由昆明乘汽车三天到达下关，然后步行山路十来天，十一月初始到达顺宁（即现在的凤庆县）。"

开篇就让我感动。我写《寻茶记》，称自己"苦行十年"，较之前辈冯绍裘的步行山路十来天，自己所谓的"苦行"太不算什么了。有文章描述："冯先生从下关经巍山，过犀牛渡，顺着鲁史进入黑山门，再过澜沧江青龙桥，一路有些苍凉……冯先生想不到的是，顺宁府所在地周围的山上，茶园依然青葱碧绿……"已是秋天，茶芽"仍然像春天那样毫无顾虑地意发"，"像春尖那样鲜润饱满"，"冯先生有点吃惊，审视完一片茶芽，他决定停下来"。（许文舟《滇红茶里是故乡》）

这样的叙述也许有点文学化，却大抵与事实相符。冯绍裘在《滇红史略》中自己也写道："这是秋末冬初的时节了，但看到顺宁县凤山茶树成林，一片黄绿，逗人喜爱。茶树均为单本植，高达丈余，芽壮叶肥，白毫浓密，芽叶生长期长，顶芽长达寸许，成熟叶片大似枇杷叶，嫩叶含有大量黄素，产量既高品质又好，这些云南大叶种茶的特点，非常合乎我的理想。"

历史上从来没有生产过红茶的云南能否生产出好的红茶呢？冯绍裘从调查情况看，认为完全可能，"而且发展前途是不可估量的"。于是怀着满腔热忱，决定一试。到达顺宁的第二天，他即商请凤山茶园试采一芽二叶样品，后试制一红一绿两个茶样。"红茶样，满盘金色黄毫，汤色红浓明亮，叶底红艳发光（橘红），香味浓郁，为国内其他省小叶种的红茶所未见。"冯绍裘把试制样茶邮寄香港茶市，普遍认为"堪称我国红茶中之上品"，后取名"滇红"。说冯绍裘为"滇红"之父，乃实至名归。

1938年12月，冯绍裘拿着试制的茶样去昆明向云南省政务委员会汇报，政府同意由他负责筹建顺宁实验茶厂和"滇红"试制生产和运销。当年鲁史古道几百里路，只能行走马帮，设备物资运输困难，冯绍裘土法上马，自己设计制茶设备，培训技术人才。1939年，顺宁实验茶厂成立，当年试制生产16.7吨，由马帮沿鲁史古道运到祥云，再从滇缅公路运至昆明转运香港，转销英国，其优异品质在国际上引起震动。冯绍裘点茶成金，滇红茶从此登上名茶宝座，享誉中外。

1954年随县名更改，厂名改为凤庆茶厂。

苏钧告诉我们，那幢建于50年代的办公楼，砖木结构，是苏式建筑。"上世纪50年代，滇红主销苏联，一吨滇红可换十吨钢材，对国家贡献很大。"

一栋栋旧厂房仍在，烘干车间、成品车间、制箱车间、包装车间、包装料场、仓库等，之间还有铁轨相连。车间旁，之前的输送履带等设备和烘茶的烟道等，零零星星，时有可见。苏钧说："凤庆茶厂当年不仅是临沧，而且是云南省的创利和纳税大户。这些老厂房、老设备就是见证。"

我们现在看到的老茶厂只是当年的一部分。苏钧说："那时，茶厂有自己的子弟学校，有自己的科研所，有自己的医院……我妈就在医院工作。茶厂有几万亩茶园，相关乡村初制厂近百个……可以说凤庆就是一个滇红茶城。"

相比我曾经去过的有些钢铁城、汽车城、化工城的那些噪音和气味，凤庆茶香满城，实在是太美好了。

锦秀茶尊

一棵茶树，活了 3 200 年，依然葱茏蓊郁，生机勃勃。什么时候去朝拜这棵大树，一直是我心中所想。一个喜欢茶几十年，走了十几年茶山，为茶写了几十万文字的江南读书人，不去近距离地感受一下它的风采，于情于理都说不过去。

从凤庆县城到小湾镇锦秀村有五十多公里，多半是盘山公路，开车两个小时才抵达目的地。茶王树名声太大，那里已被打造得如同景区。新建的牌坊上书"锦秀茶尊"。拾级而上，可通到观景台。遗憾的是，观景台与茶王树之间已筑起一堵墙，参观者不能近距离接触古树。即使如此，它高大恢宏的气势仍让我叹为观止。大片繁茂绿叶几乎遮蔽半爿天空，遥望其雄伟，我不禁想起清代袁枚的诗句："繁枝高拂九霄霜，荫屋常生夏日凉。叶落每横千亩田，花开曾作六朝香。不逢大匠材难用，肯住深山寿更长。奇树有人问名字，为言南国老甘棠。"如果我冒昧把第四句中"花开"改作"芽绽"，末句"老甘棠"改作"茶树王"，用来形容眼前的大树就更贴切不过了，只是它经历的已远不止六朝。

围墙上有文记述："锦秀茶祖高 10.06 米，树冠南北 11.5 米，东西 11.3 米，其根径 1.84 米，茎围 5.84 米。"我在临沧的《天下茶仓》杂志也看到过介绍："20 世纪 80 年代初，北京市农展馆馆长王广志教授采用同位素方法，推断香竹箐古茶树年龄为 3 200 年以上。"之后，广州中山大学植物学博士叶创新，日本农学博士、茶叶专家大森正司，中国农科院茶研所林智博士都认为树龄在 3 200 年以上。2005 年，美国茶叶协会会长奥斯丁考察论定：香竹箐古茶树是到目前为止，世界上已发现的最粗最古老的茶树。其至尊地位已被茶界多位学者和专家认可。

我瞻仰它巍然而立的身姿，想象无限。3 200 年前，中华古国还处于商朝时期，云南最古老的哀牢国还没建立，这里是一片古代濮人耕种的原始蛮荒之地。从商朝至今历经了多少朝代？大树见过多少次日出日落、多少个星辰满天和阴霾黑暗？金戈铁马，王朝更替，天灾人祸，山崩地裂，花开花谢，潮起潮落，无数英雄竞折腰，几多风流成尘土？生生死死，来来去去，它历经多少，见证多少？面对人世间的悲欢离合，压迫和被压迫，欺凌和被欺凌，挣扎和无奈，痛苦和贫困，它的一片绿色总是给人以希望……

在这棵大树面前，任何个人的生命确实只是历史长河中的一滴水，漫漫路途中的一粒尘埃。情不自禁地，我匍匐在地。这一刻，我像是听见地下它的根系仍在不断伸展的声音。伸向何方？澜沧江边？抑或更远？这棵大树的生命力依然旺盛。它还可以存活一千年、两千年，甚至更久。人生有涯，你我也许见不到以后世间的美好，它能见到。

我在观景台徘徊，远望四周，成片茶树掩映下的锦秀村真是锦绣一片，村民的住宅显示了他们的富裕，我想这是茶王树的庇佑。

离开茶王树，沿台阶往下走，路旁茶园竖有一块醒目标牌："'茶尊'种植培育基地"。茶王树还在繁衍后代，它的子孙绵延不绝，春夏之交的季节正是它们最热烈最旺盛的生长期。

有一对年轻夫妇抱着婴儿沿台阶迎面走来，他们青春，充满阳光。我与他们交谈，得知小伙子是个 90 后，凤庆当地人，在勐佑蕨坝有自己的茶园和茶坊。

我欣喜地抱了抱他们的婴孩，顿时感到上海两位年过七十的老作家和才 4 个月的婴儿在"5·21"国际茶日这一天同在瞻仰茶尊的路上，是一种缘分。这种奇妙的邂逅似乎有着某种深层的意味。

白莺山一夜

我们上了白莺山。

一边是蜿蜒的澜沧江，一边是巉岩峭壁，上面是变幻无穷的白云，下面是曲曲弯弯的山路。开车陪同我们的王自荣擅摄影，有镜头感，在风景迷人处，他会停车，让我们拍照，当然他自己也不忘捕捉美景。

过了一条岔口，导航开始要车调头。前面的路宽敞平坦，导航为什么叫他调头？王自荣不信，问路边妇女，妇女说："往前。"开了百来米，导航继续鼓噪要他调头，他有点拿不准了，又问路边小屋里的山民："上白莺山怎么走？"山民也指了指前方。王自荣又多问一句："去二嘎子茶王树那里?"山民说："是啊，往前开。"

这下他算是吃了定心丸，分析说："这条路也许新筑不久，导航没更新，叫我们走老路。"后来我们才知道，通往白莺山的路有三条，我们走的那条最远。

绕过一山又一山，当看到路边高高竖着的"二嘎子茶王"标牌时，我们才放下心来。

到达目的地已是傍晚。牌楼上有陈宗懋题字："白莺山茶树演化自然博物馆"，门口招牌是"白莺山誉安茶文化公司"，院子里还有茶叶初制厂。看来是一个集多种功能于一体的机构。

华玉忠和合作伙伴沈天安、刘斌、刘小东等已在那里等候。"云县漫湾白莺山，云南古茶博物园，本山茶、二嘎子，品种多得数不来。"一见面，华玉忠就来顺口溜，指着不同方位的几个房间，问我想住哪里，我稍一打量，往主楼旁的一间指了指："房间外面就是古茶树，就这间。"那屋子一半靠山坡，另一半是悬空的，靠两根水泥柱支撑着。

两个年轻人带我们进房间，面积比宾馆标准房还大，设施一应俱全。放下行李后，略作洗漱，我们就去饭堂。饭菜挺丰盛，手撕鸡、烤鸭等美食是从山下带上来的。大家喝着酒，说笑不断，气氛挺热烈。刘小东说他会跳街舞，众人起哄要他表演，他当仁不让来了一段，身材虽然有点胖，跳起舞来腰肢却很柔软，节奏感挺强，一招一式很有喜感。与我同桌的布朗族汉子刘斌则与我说起："徐霞客来云南，走到白莺山，他就折返往回走了。"

我知道徐霞客在云南有一年零九个月的游历，其中在临沧12天。《徐霞客游记》有记，明崇祯十二年（1639）八月初九日，徐霞客行至云州（今云县）观音阁，"……小憩阁中，日色正午，凉风悠悠，僧煮茗以供……"徐霞客是否上过白莺山，我记不真切。至于他到了白莺山不再往南，我是初次听说。刘斌的描述有鼻子有眼的，像是他当年为徐霞客带过路似的。

酒酣饭饱，华玉忠又来顺口溜："当年徐霞客，今日楼作家，来了白莺山，都要喝碗茶。"说着便招呼众人去茶室喝茶。

茶室墙上有"莺山茶语"字匾，看不清是谁写的，字还算端正。沈天安为大家沏了一壶本山茶。

沈天安，1975年出生，16岁高中毕业，与华玉忠沾点亲，他有个妹夫姓华，华玉忠算是远房表弟。沈天安在老家云县大寨镇有个规模比这里更大的茶叶精制厂。我问他："那你为什么还要到白莺山来发展？"他说来白莺山是想做些特色茶。白莺山的古茶树品种多，除了本山茶外，还有二嘎子茶、黑条子茶、白芽子茶、藤子茶、柳叶茶、贺庆茶、勐库茶等十几种，千姿百态，共生共存，形成了白莺山古茶树园的独特风景。白莺山野生的和过渡型、栽培型的数以万计的古茶树为沈天安制作特色茶提供了丰富资源。

沈天安说他父母过去是做小生意的，往事中最有趣的一段是他父母赶着猪从云县大寨镇步行到临沧城里去卖。山路，总共多少公里？他没计算过。人和猪走两天两夜，夜里借农民房子铺草就地住宿，给人和猪补充一些食物。第二夜住宿的农屋要求离临沧城近些，以方便第三天一早赶上城里集市把猪卖掉。

我听了惊讶："全程步行，人受得了，猪受不了啊!"

沈天安笑说："那时的猪没现在的娇贵，散养的，能走。"我想起了有个叫"猪坚强"的词，又问："你也这样走过吗?"他说："太小的时候，爸妈不让走。念初中以后，我也走。"

"你为什么也走?"我又问。

他说："农村的孩子想进城见见世面啊! 再说卖了猪，爸妈会在城里买肉包子给我吃。"

听到这里，我忽然有点辛酸，少年时我也挨过饿，我也有过对肉包子的渴望。我还想起我结识的福鼎茶人叶芳养、休宁茶人方国强，他们的经历也与沈天安相仿。事业有成的茶界达人有许多是这样一路走来的。

高中毕业后的沈天安没能继续升学，开始做小买卖，后来也办过厂，最后还是选择做茶卖茶。十多年前，他白手起家办起了茶叶初制厂，结识了几位浙江茶界朋友，浙江茶商起初拉着他做的毛茶到保山精制滇红，后来觉得这样做成本高，质量也不一定能得到保证，就鼓励沈天安自己做精制茶。他们向沈天安提供全套设备，沈天安请来技术人员，一年又一年，他用精心制作的滇红茶抵扣那些设备费用。直至现在，他和那几个浙江茶商仍是很好的朋友，保持着互惠互利的合作关系。现在，沈天安的茶企在大寨镇乃至白云县都算得上有相当的规模和知名度。

和沈天安在"莺山茶语"的字匾下相聊甚欢，我忽然觉得有点冷落了华玉忠。华玉忠走过的路又何尝不坎坷呢？为了找到好的茶源，他无数次地翻山越岭探寻勘查，为此他开坏了三辆越野吉普车，报废过四辆摩托车，出过车祸受过伤，脸部下巴在医院被缝过多针，与死亡擦肩而过，难怪他用顺口溜说自己："理想就是离乡，平民就是拼命，世上本无救主，全靠自己打拼。"

我忽然想到"5·21"是国际茶日，于是拉着他到阳台上合了个影，然后发了微信："'5·21'，茶人的节日。70后的写茶人与80后的做茶人在白莺山，背后有2 800年树龄的二嘎子茶王树。70后和80后在这些古茶树面前太年轻了。"华玉忠的80后货真价实，而年已76的我说自己是"70后"，无非是调侃和装嫩罢了。

2021年的5月21日，于我注定是个难忘的日子。回到宿地房间不久，远在云南临沧的我得到了来自上海的消息，拙著《寻茶续记》已由上海人民出版社出版发行，首印一万册，《寻茶记》已4次加印。正当我沉浸在喜悦和激动的时刻，21时58分，房屋突然晃动，窗外像有十多辆重型卡车同时驶过，有地动山摇之感。窗分明关着，窗帘像被风吹起，柜子上的水杯倒了下来，人也像是站不稳似的，打了个趔趄。

我赶紧扶住了殷慧芬。殷慧芬问："怎么回事？"一开始我也懵然，但很快意识到是地震。果然，有信息在手机上出现：云南大理州漾濞县发生地震，最大震级为 6.4 级。我们出奇地淡定。现在回想，也许是因为这一天我们虔诚地瞻仰和朝拜过有 3 200 年树龄的锦秀茶尊，世界上最古老的茶王树在护佑我们。我甚至还傻傻地想，在《寻茶记》和《寻茶续记》中，我写过途中摔跤、迷路，遇到风雨寒暑，这一回遇到地震了，这将是《寻茶三记》中要写的重要一笔。

重归平静之后，我向华玉忠了解情况，华玉忠回答我，他们的房子能抗九级地震。于是我们非常安心地入睡，睡得很香很宁静，再无过多的担忧。

第二天，上海朋友得知云南地震消息，劝说我们赶紧离开云南。我们非常感谢他们一片好心，我告知各位：一切平安无恙。

我们依然在大山深处行走。二嘎子茶树王、斗茶谷、古茶碑和标志着不同品种的古茶树前都留下了我们的足迹。

忽然间，一只小鸟飞来，停到殷慧芬手里。看着小鸟那黑白灰的羽毛，我想它是否因为昨夜的地震，内心还有几分惊恐，它在寻求母性的呵护？又想这白莺山的名字来历是否与这山林里的众多飞鸟有关？这里的生态真好，当我走过山里一座百年水车房时，有蛰伏的大青蛇爬出来……人和自然，一切都相处得那么和谐。

因为晚上与临沧市政府的一位秘书长有约，也因为第二天将赴勐海，我不得不向白莺山说再见。太多的意犹未尽，当我在一棵棵不同品种的古茶树前走过或驻足的片刻，我都没能细细分辨它们各自的特点和相互间的差异，我甚至没时间细品这些茶的不同滋味。至于徐霞客当年是否在此折返往回走，我更是无法查考。

我和白莺山诸位朋友合影留念，我在心中说："白莺山，我下次再来。"快下白莺山的时候，华玉忠像是知道我流连的心思，指挥三辆越野车在山路边停车，让我在半山再看白莺山一眼，四周群山绵亘，沈天安告诉我，他大寨镇的精制茶厂在哪个方位；刘斌和刘小东告诉我，对面海拔 1 900 米的山里有他们数以千亩的茶园。他们相邀："楼老师下次来，一定请到我们那里去看看。"

我频频点头，连声说好。云县，我还想去看看徐霞客曾经喝过茶的观音阁还在不在？

茶为媒，白莺山的茶王树

十多年前，我在上海大宁茶城的茶铺结识了一对恋爱中的年轻人，男的是上海知青后代，女的是云南姑娘。我与他们相处熟了之后，见面就开玩笑："你们什么时候'生饼'变'熟饼'啊？""你们'拼配'时一定要请我吃喜糖噢！"年轻人倒也落落大方："何止吃喜糖，还要请你喝喜酒呢！不过'生饼'变'熟饼'不能急，就像这茶，自然转化的好，人工快速'渥堆'的，你不喜欢。"

不久，年轻人来电话说他们真的要"拼配"了。我为他们高兴，云南产茶，茶让他们走在一起，茶是他们的红娘。

还有一次，有位年轻朋友说她读过我写茶的散文，觉得"老好白相的"，想认识我和殷慧芬，邀请我们一起吃顿饭。我爽快地一口答应。

年轻朋友姓周，三十来岁，外语大学的毕业生，窈窕淑女。因为喜茶，在大学念书时就常在茶城出没，卖茶的老板都认识她，也都认识她后来的丈夫小于，因为小于也常穿梭茶市。没想到，忽然有一天，老板们见到他俩同进同出了，又过不久，他俩喜结伉俪的消息在茶城传了开来。

这两对年轻人的故事，我后来写了篇随笔，标题《茶为媒》，发表在《文汇报》2009年2月2日的副刊"笔会"上。文中我还写到白莺山以茶为媒的一个故事：

> 茶为媒的故事自古有之，相传许多年前，云县白莺山有个小伙，向布朗族一个姑娘求婚，姑娘家人因他贫穷不愿把女儿嫁给他："你怎么保证我女儿婚后的生活？"小伙子说："我确一贫如洗，但我有棵祖传的古茶树，这树上茶叶可保证姑娘的生活。"这茶树后来真的养育了这家人的子孙后代。当地百姓把这树取名"茶为媒"。几十年过去了，当年求婚的穷小伙已不在人世，但这古茶树还在。

我没想到，12年后的一个五月天，我居然去了白莺山，并在那里度过难忘一夜。我与当地朋友说起这棵古茶树和"茶为媒"的传说，问："真有这个故事？"

朋友说："真有。"

"那棵古茶树还在吗?"我又问。

"在啊。"朋友说,"就是那棵二嘎子茶王树。"

我喜出望外。朋友向我介绍了关于这棵古茶树以及"茶为媒"更具体的细节。当年那个小伙子叫罗小忠,那位布朗族美丽姑娘叫者金娣。者金娣在众多的追求者中选择罗小忠,正是因为罗家世代爱茶。二嘎子茶王树就是罗小忠的定情信物。婚后两人生儿育女,生活幸福恬静。

二嘎子茶王树距离我们的宿地不远,第二天一早我们就去参拜这棵有着美丽传说的古茶树。我们与茶王树合影留念,唯一遗憾的是我笔下写过的故事主人公者金娣已不在人世,茶王树主人家的大门也关闭着。他们家的邻居也姓罗。老罗热情地招呼我们去他家喝茶,向我们介绍关于罗小忠和者金娣的故事。罗小忠在五十多岁时生病去世,者金娣成了家里的顶梁柱,赡养老人,养育子女,一直守护着这棵古茶树,直到 2012 年她88 岁去世。者金娣在世的时候,许多慕名前来的游客都喜欢与她一起围着二嘎子茶王树合影。者金娣生有五子:罗正昌、罗正荣、罗正宗、罗正勇和罗正强。老大罗正昌也已过世。

树比人长寿。二嘎子茶王树高大丰满,枝繁叶茂。树旁有标牌用中英文介绍:"株高 10.5 米,根部基围 3.9 米,冠幅11 米×9.8 米。"大树四周有木栏围着,要不我倒是真想拥抱着它与它合个影,把大树围起来少说也要四五个人。标牌还介绍:"在白莺山的布朗人看来,茶是通灵之物,他们有一个古老

34

的习俗，每年春茶开采前，都要唱采茶山歌，朝拜茶树王。自2017年起，对茶王的朝拜发展成为国内外一些茶商和当地群众聚在'二嘎子茶王'树下举行盛大的祭茶和开茶仪式，称为'开茶节'。"

我逐字逐句读着，遗憾的是怎么没把罗小忠和者金娣的美丽故事写上一笔呢？

明代许次纾《茶疏考本》中说："茶不移本，植必子生。"古人认为茶树只能从种子萌芽成株，不能移植，否则就会枯死，因此把茶看作是一种至性不移的象征。民间男女订婚以茶为礼，女方接受男方聘礼，叫"下茶"或"茶定"，并有"一家女不吃两家茶"之说。整个婚姻的礼仪总称为"三茶六礼"。"三茶"，就是订婚时的"下茶"，结婚时的"定茶"，同房时的"合茶"。

茶让有情人终成眷属，白莺山二嘎子茶王树如是说，本文开篇写到的上海两对年轻夫妇也如是说，天下双飞双栖和和美美的情侣们都如是说。

围着茶王树四周，我们慢走细看，赞赏的目光满含祝福。我不由得想，如今的"茶为媒"已经不仅仅局限于男女情爱之中，她应该有更广泛的内涵。

好茶在大山深处等你等我

　　几年前，我随竹刻大家徐秉言去江阴千年古刹苍山寺。坐下后，玄祥法师取出珍藏的一罐茶，打开问我："你看看是什么茶?"我一看那条索和色泽，笑道："云南古树红茶。"他又问："出于云南何地?"我答："应该是临沧地区。"他笑了，说这茶生长在临沧一个很偏僻的山村，海拔三千多米，要走一天半的山路，问我要不要去那里看看? 玄祥描绘的茶山梦幻一般，让我向往。但要走一天半，我只能表示无能为力。

　　两年后，我在一个饭局遇企业家老杜，老杜在普洱茶界有不少朋友，对云南茶和茶山都熟。我与他聊起玄祥法师说的那个小山村，他很肯定地答复我："真有啊! 要走一天半。"我说："中途有个驿站，供行路者宿夜，驿站干干净净，却看不到有人管。第二天你离开的时候随你给多少钱。"老杜说:"是啊是啊。"语气中他像是真的走过这条山路,并在那无名驿站宿过夜似的。

说起无名驿站,我在突尼斯见过。我们离开杜兹向撒哈拉大沙漠进发,快进沙漠时,四周一片荒凉,途中有驿站,之前来过的人觉得稀罕,一生也许就这么一次,就把自己的名片贴在墙上,密密麻麻。我在墙上寻找是否有台湾作家三毛的名片?我很后悔自己没带名片,要不也贴一张,告诉后来者,2016年9月某日下午2点,一个中国老汉也在此逗留过。

我想象临沧大山深处的驿站,与我突尼斯所见的是否类似?

玄祥和老杜的描绘,让我增加了去临沧的冲动,我想即使需要步行一天半才能到达的小山村去不了,但是冰岛老寨、昔归,尤其是凤庆那棵3 200年的锦秀茶尊很值得我去看的呀。

2021年5月,我去了。到了临沧大山深处,我才领悟玄祥和老杜所言不虚。那天,一早从临沧市区出发,先到凤庆看老茶厂,午后又去看3 200年树龄的锦秀茶尊,之后再上白莺山。陪同我的临沧朋友从凤庆到云县后,在山里足足开了两三个小时的车。满目皆山,一座连着一座,好不容易翻过一座山,又紧接着盘旋攀爬另一座山。那一刻,我想,要是前些年没有公路,去一次白莺山走一天半都到不了。在临沧,还有多少人迹罕至的深山没有公路?在那里,又有多少古茶树无羁地生长着,春天抽枝发芽，历经秋风冬雪，年复一年地吸收着高原的日月精华？

到了目的地已是晚饭时刻。晚饭后，主人请我喝白莺山的茶，其中我最喜欢本山茶，其次为勐库大叶种茶。之后因为一路劳顿，觉得累，入屋休息。客房旁边是一棵几百年树龄的茶树，在白莺山，这样的古茶树触目皆是，屡见不鲜。

第二天清早，我们去山里转悠，瞻仰二嘎子茶王树，拍照观看，逗留很长时间。即将离开时，附近有人呼唤："要不要来我们家喝杯茶？"那是个中年汉子，自报家门姓罗，与二嘎子茶王树家的主人同姓。他家的二层木屋，有些年份了，木屋旁新建的铝合金结构的厂房是他的茶叶初制厂。见他好客，我说茶就不喝了，参观参观你们家的老房子行不？中年男子说："行，行，随便看。"一家子人正在吃早饭，见到我们几个远方客人，略有好奇。我在底层的木地板上看到一大袋茶，随手抓一把闻了闻，一股清香味，我问："什么茶？"他答："今年的春茶。勐库大叶种。"我又问："怎么卖？"他报了个价，我乍一听，不贵，我家里不缺茶，此时只是对他接待的礼貌回报，说："给我来一斤吧。"他说："好嘞。"一点也不嫌弃这宗小买卖。付钱的时候，我没带现金，转账时相互加了微信，方知他的姓名。

老罗百度了我的信息，然后发微信：著名作家楼耀福光临小家。

回到上海，故事还没结束。一天下午，我泡一壶老罗的勐库大叶种，取7克投入壶中，条索肥壮，稍显油润，冲泡后茶汤明亮呈玉色，略显黄绿，喝一口，觉得茶气充沛，但是有明显涩味。我把这感觉告诉老罗，他坦然承认确实有涩度，那是因为山里湿度高，叫我再放一段时间试试。两个月之后，我又泡了一壶，涩味没有了，滋味鲜爽浓烈，有回甘。我很高兴，觉得像是捡了漏。

　　这年9月，嘉定举办"莹绣明徹——周莹华发绣作品展"。其间，老朋友、苏绣发绣艺术家周莹华和苏州玫瑰园主人沈红英来寒舍作客，我以此茶款待。红英是个茶精，一上口就说这茶不错，问我来路。我向她叙述一五一十，说到价格时，红英连称这茶性价比高，要我为她代购若干，说玫瑰园来往客人多，这茶招待客人用得着。

　　企业家出手比我阔绰。远在千里之外大山深处的老罗收到红英的茶款后，第二天就装箱发货。国庆期间，红英请我做嘉宾在玫瑰园办了场斗茶赛，来自临沧白莺山的勐库大叶种茶是其中参赛品之一，口碑甚佳。

　　在茶友们的称赞声中，我眼前又浮现白莺山满山遍野的古茶树。

　　2022年，上海疫情稍有缓解，老罗给我寄来单株本山古树茶，口感更好，香香的、甜甜的，清柔爽口。我问他这棵单株古茶树有多大年龄？长在哪里？他发来图片，说差不多有近两千年的树龄，位置距离二嘎子茶王树 50 米左右，是他们家的。图片中的古茶树高大挺拔健硕。

不知道我在白莺山的时候，是否见过这棵树？喝着茶，看着图片中丰姿绰约的古茶树，我真想再上一次白莺山。好茶在大山深处等你等我。

滇红滇绿春常在

临沧回来，写了篇《凤庆怀旧》，我请凤庆老茶厂的职工子弟苏钧过目，想听听他的意见。苏钧看到稿子，有点意外。他说那天带路的朋友没有具体介绍我为什么来凤庆，如果知道我是个为写茶而来的作家，他一定会带我去看更多地方，比如鲁史古镇、凤庆古茶山，也会让我去结识几位茶厂的老职工。

我说怪不得朋友，主要是我的时间安排有点紧。

苏钧为弥补遗憾，说要为我再去找资料，甚至根据我的需要去采访茶厂老茶工。后来他发来许多老照片，滇藏茶马古道、青龙桥、鲁史古镇等，弥足珍贵。

为让我对凤庆茶有比较全面的了解，他还专门给我寄来茶样，有八个品种：滇红、金丝红、紫娟、古树红茶，滇绿、银针、云占绿、古树纯料。

与凤庆茶的交往，已有十六七个年头了。当初较多关注普洱生茶和熟茶，因此购买的也多是凤庆七子茶饼、茶沱。凤庆滇红名气大，我也有收藏。至于滇绿，只是在春茶上市时，偶有购买尝鲜。

随着对云南茶的接触增多，我知道普洱生茶是一种晒青茶，凤庆茶厂当年不只做晒青茶，还做相当数量的烘青绿茶。即使是滇红，品种也很丰富。1939年，冯绍裘用凤山茶园一芽二叶的茶青，试制一红一绿两种茶样，普遍被认作茶中上品。之后茶厂用春天茶芽嫩叶制作的比较高端的滇红滇绿，有不少或出口换取外汇，或销往内地，为中高档茶客所青睐。而早期用来制砖茶、饼茶、沱茶的晒青茶和后来渥堆发酵的熟普，因为消费对象主要是青藏高原的牧民，选料级别比较一般，有的用夏茶秋茶压制。当然也有用一芽二叶三叶野生茶树鲜叶压制的优质茶饼，比如2004年凤庆茶厂成立65周年的纪念茶饼。

苏钧寄来的茶样，是我对凤庆茶认知的一次补课。比如，银针茶、滇绿、滇红、古树红茶等，都是凤庆茶厂的传统品种，不少茶青采自百年以上的古茶树。那些细若银针的芽尖茶呈现在我面前，我想象着茶农攀登着梯子爬在大树上一枚一枚地采摘，心里有一种感动。

较之江南地区的红茶绿茶，滇红滇绿茶气更足，口感更浓烈，茶汤更醇厚，耐泡度更高。原因之一就是茶青来自古茶树。

八种样品茶中，我也有比较陌生的，比如紫娟茶，之前我听说过，却无品尝。陆羽《茶经》写道"阳崖阴林紫者上"，唐朝诗人钱起《茶宴》有句"竹下忘言对紫茶，全胜羽客醉流霞"，紫茶的美妙由此可见。据介绍，紫娟茶是20世纪80年代云南省茶叶研究所科技人员发现并经无性繁殖培育而成的，命名"紫娟"，据说除了茶树有紫色芽尖的特征之外，还因为与《红楼梦》中人物紫鹃谐音。特有的清爽香气，润滑柔和甘甜的口感，令我品尝之后难忘。

金丝红我也是初次品尝。这款茶用古树茶的芽尖为原料，仿金骏眉工艺，纯手工揉制，口感甜润细腻。与福建等地金骏眉不同的是，金丝红用的是乔木型茶树芽尖。

"云占绿"，主要因为茶的原料来自一种叫梅占的树种，凤庆的梅占是近二十年才引进的。有一种名为"中国红"的红茶，用的料也是梅占。这让我想起武夷山的名丛中一个叫梅占的品种，我不知道两者之间有没有关系？

凤庆还有太华茶、凤原眉等，品种之丰富出乎我意外。说云南茶，只知生普、熟普，似乎狭窄了。三百多年前，徐霞客在凤庆喝太华茶，赞叹所品之茶不可胜数，可如此好喝的茶，之前还未喝过，于是吟诵宋代诗人戴昺的《尝茶》诗："自汲香泉带落花，漫烧石鼎试新茶。"并写下日记："过一村，已黄昏，又下二里，而宿于高枧槽，店主梅姓，颇能慰客，特煎太华茶饮予。"我虽不知今日太华茶与徐霞客当年所品之茶有无关系？

却觉凤庆茶人对各种茶的传承孜孜以求难能可贵，其中包括苏钧。

每年春茶季，苏钧会深入去大山茶农家，采购古树茶鲜叶，然后请凤庆茶厂一位退休老茶师精心制作。老茶师七十多岁了，退休后在老家大寺乡办茶叶加工作坊。苏钧每年在他那里做各种茶，与朋友们分享品尝，他不想让多品种的滇红滇绿的传统工艺被遗忘。

苏钧对凤庆茶有一种难以割舍的情结。他是凤庆茶厂老职工的后代，从小在茶香萦绕的氛围中长大，血液中从小就掺和了茶因子。

那发奶奶和她的古茶园

　　2019年春天茶季，我在西双版纳勐海寻茶，当地茶友阿王让我看一张照片：一个白发苍苍的老太太攀爬在高大的古茶树上采摘鲜叶，看上去有八十开外，一身黑衣，衣背上有红黄绿黑等多种颜色交织的绣片，斜背的挎包是用来盛放茶青的，条纹由各种色彩编织而成。我被这张照片感动，问：老太太有多大岁数了？阿王答："说不清。我们称她那发奶奶，照片是前两年拍的，她是我们这里的网红。下次你来，我带你去见她。"

　　2021年5月，我从临沧转侧到勐海。阿王没有爽约，第二天就开车带我们去那卡看望那发奶奶。一起去的还有他老乡小李。

　　山路曲曲弯弯，沿勐宋山盘旋而上，过滑竹梁子山的标识时，我想起 2019 年春天我是经过这里的，滑竹梁子被称为西双版纳的最高山脊，海拔 2 429 米。

那卡村在滑竹梁子山东面，属于勐宋乡大曼吕村委会，是一个拉祜族寨子，面积不满 10 平方公里，海拔在 1 600 到 1 700 米之间，生态环境极好，有六百多亩成片古树茶园，树龄大多在三五百年之间。全寨百余户人家，那发奶奶就住在这个寨子里。

没想到开车到那卡村要那么久，沿途好几段都是泥石路，天又忽然下起滂沱大雨，越野车每行进几百米都很艰难。阿王把着方向盘全神贯注，在状况稍好的路段他向我们介绍："这里是立体气候，说变就变，刚才还是晴天，现在雨下那么大，有时隔一条路，东边日出西边雨，完全是两种天气。"

从勐海县城到那卡村六七十公里，开车却花了足足三个小时。我们找到那发奶奶居住的小木楼，旁边是她女儿家小别墅式的建筑，砖木结构，很漂亮。相比之下，那发奶奶的小木楼显得简陋和寒酸。那发奶奶习惯了住这样的老屋，早几年她住在山上，茶园那间小木屋更简陋。后来她丈夫过世了，自己年纪也大了，再不能攀爬古树采茶，就搬到山下住了。

小木楼是一个大平面，靠门口是烧木柴的火堆，红红的炭火似乎整天不熄，烟雾腾腾，炭火上搁着烧水壶，沸水冒出的热气在屋里升腾，雾蒙蒙的一片。我的目光搜索了好一会儿才发现身材瘦小的那发奶奶悄无声息地在火堆旁抽着烟。黑暗中，她的双目依然明亮。

那发奶奶微笑着让我们在她身边坐下，招呼我们自己倒茶喝，与我们一起抽烟。我戒烟十年，这时不由得也陪她抽了一支。只是语言的障碍，与她无法交流更多。至于她的年龄，她自己也说不清。

长年烤火，是因为这里气候湿度高。西双版纳地区湿度高我最早是在插队落户的知青兄弟那里知道的，知青们初到那里，不知道气候特征，没有防范，有人就因此患病。但如此切身地在火堆旁体会这种被烤的感觉，倒是平生第一回。

在这火堆旁，基本上可以满足那发奶奶一天的需要。渴了，水壶里有开水；抽烟，连打火机和火柴都不需要；饿了，可以在这里煮饭烤菜炖汤……我发现火堆上方黑得发亮的木梁上挂着肉和几条洗净的鱼，我揣摸着这种熏鱼熏肉的方式在这里拉祜族人家也许并不稀罕，在肉和鱼上抹过点盐，然后放在火堆上方，天天让烟熏着，一直到可以食用。对有些少数民族而言，吃一次鱼或肉，也许是一件很隆重的事。多年前，我在湘西苗乡的一户人家，看到他们把吃剩的鱼尾骨粘贴在屋里的木柱上，用以纪念他们这一年里吃过多少条鱼。在这里，我想这烟熏的鱼和肉无疑是他们的舌尖上的美味。

我打量四周，说徒有四壁也许有点夸张，但是除了一张三尺木床、一张桌子外，几乎就没有别的家具了。床上的铺盖卷着，木板墙有缝，光从缝隙中透进来，给这黑暗的屋增添了些许亮色。除了盘腿坐在火堆旁，就放平了躺在木床上，那发奶奶似乎再没有别的生活内容。

午饭时刻，我们下楼去寨子里一家小饭店。店主给我们每人炒一碗盖浇饭。小李去为那发奶奶送饭。在木屋里她待了很久，事后在微信中我看到她写的一段很动情的文字：

"特别牵挂那发奶奶，好像那就是我的奶奶。拉祜族人有个特点，一天几睡、几喝，可以从早喝到晚，也可以随时倒下就睡。那发奶奶陪着我坐了很久，忽然就斜躺在地铺上，由于语言不通，我做了一个让她平躺的姿势，她好像懂了我的话，乖乖地躺平，只是在躺的时候，用手按着自己的腰，嘴里发出痛苦的呻吟，我想她是腰疼，单膝跪地，两手替换着给奶奶按了十几分钟，我听见她嘴里没有了呻吟，才关好门下楼……那一刻，我想起了我已故的奶奶……""人都不傻，你真心对她，她会感受到并同样回馈给你她的真心。"

小李会做保健医疗，给那发奶奶推捏本就是她的专长。告别时，她悄悄塞给那发奶奶一个钱包。

那发奶奶的古茶园在村后山坡上。午饭后，我们去她的茶园。雨还在下，阿王在村里的小杂货店买了四件雨衣，让我们穿上，又打开越野车的后盖箱，取出煮茶器具、农夫山泉水和一整套折叠式的茶桌茶椅。他要把这些器物背上山，在茶园搞一次行为艺术："茶席伴我行"。

负重上山，阿王双肩包里盛放茶、水、茶炉、茶具，左右两肩又各挎一把沉重的折叠椅。小李像个女汉子，坚持要背折叠椅和茶桌。"留一件让我背。"我说。她见我态度坚决，让我背一件比较轻的折叠茶桌。

从村里到古茶园，山不算高，上坡的羊肠小道是一条采茶人踩出来的泥径，好几段较陡，雨天更是泞滑，这给我们上山带来了困难。我用一根木棍当拐杖，应该不会有什么问题。阿王和小李却不放心，逢难走的地方，就让我们站着别动，搀扶了视力较差的殷慧芬上山，又来搀扶我。他们担心我们年龄大了，一不小心有闪失。两个年轻人又背器材，又来回奔走着照应我们，为了上这个古茶园，累得不轻。

古茶园是一个世外桃源，绿意葱茏，树木花草在这里自由自在地生长，无所顾忌，无拘无束，显示着大自然原始的本色。茶树密密匝匝，一株株呈乔木状生长，树高大凡超过2米，干径也在10厘米以上。与临沧勐库等茶区的大叶种茶树不一样的是，那卡的茶树大多为中小叶种，在细雨的滋润下，叶片青翠欲滴。

沿着黄沙土质的泥径行走，我看到了一间小木屋，摇摇欲坠，似乎一阵大风就会把它吹倒。那屋子就是那发奶奶早几年的住处。那卡村在2009年之前还没有完全通电，我完全无法想象在之前的许多年里，那发奶奶在这破旧木屋里的生活是何等的艰辛。

在一块平地上，阿王开始安装茶桌。我看着这一整套设备，脑际浮现一幅宋画《春游晚归图》，那是在扬之水的著作《明清家具之前》中的插图。扬之水在"宋代茶床"一节中写道："茶床的使用在两宋依然很流行，式样也没有太多变化，但功能却日益明确，即专用于摆放茶酒食。""出游而以茶床相随，如故宫藏南宋无款《洛神赋图》《春游晚归图》……"

《春游晚归图》中，仆人们挑食担背茶桌交椅，不乏辛苦，主人则骑着高头大马逍遥自在。相比之下，我们的设备比当年先进了许多，主人上山时负重背器材，上山后又是拼装茶桌，煮水泡茶，亲力亲为的形象比高高在上的宋代贵族可爱多了。

不久雨停了。那时的古茶园是最美好的时刻，空气分外清鲜，山里的每棵茶树，乃至芽叶都被山雨刚刚洗过，干净，没有尘埃，有水滴挂在叶片上，晶莹剔透，珍珠一般。雨后初霁，水气在山谷慢慢升腾，渐渐形成大团的云雾，我有一种身处仙境的感觉。

我在茶树丛中穿梭，凡高大一些的，我都会情不自禁地停留须臾，边看边想，这一棵是不是照片上那发奶奶攀爬过采过茶的树？那一棵呢？看了几棵，又觉得自己傻，这里凡是大树，那发奶奶当年有哪一棵没有登攀过？

阿王布置好茶席，招呼我们喝茶。坐在云雾缭绕的茶山，茶水煮沸时发出滋滋声响，升腾起的水气与雨后山地缓缓被蒸发的空气互为交缠，偶尔还有茶树枝叶上的雨滴落在身上。

身处天上人间般的古茶园，喝着那卡古树头春茶，当那种醇厚柔顺的滋味、馥郁清扬的香气、怡爽回甘的喉韵、满口生津的感觉在自己身上涌现的那一刻，我们觉得比神仙更自在、更悠闲、更快活。我们很洒脱。这洒脱来之不易，不仅仅因为我们背负着茶桌茶椅茶器，一路艰苦攀登，更因为这梦幻般的美丽境地是由那发奶奶他们一代又一代茶人努力营造的。

去易武

沿 219 国道去易武。

易武的六大茶山隐藏着多少好茶？易武茶马古道的始发点现状怎么样？易武古镇上鳞次栉比的老茶铺有多少？这些都在勾引我。

易武古镇位于西双版纳州勐腊县北部山区，最高处海拔2 023 米，境内六大茶山是普洱茶的重要产地。

据说傣语的意思，"易"即"女性"，"武"即"蛇"，结合在一起，易武有"美女蛇"之意。我不懂傣语，也无从考证，只觉得这层含义似乎更增加了易武妖艳迷人的神秘色彩。

2021 年 5 月，我终于有机会去易武。陪伴我去的是一个叫龙哥的年轻人。

从景洪出发，经过橄榄坝、西双版纳植物园，在进入勐腊县境的时候，有边防关卡，所有车辆必须接受询问和检查。边警要求龙哥出示边境通行证。龙哥没有。边警问：你们去那里干什么？龙哥实话相告，去看茶。边警要求龙哥给易武茶农打个电话，对方确认有此事，他就放行。龙哥还是为难："我们不认识那里的茶农。两位老师是上海作家，来这里就想去看易武的茶山和老字号茶铺。"

这下轮到边警疑惑了，他看看我和殷慧芬。我告诉他，这两年我主要写全国各地的茶，"写茶不写易武怎么行？"我把手机上我的新书《寻茶续记》封面照片给他看，他看了，笑着向我敬了个礼，向龙哥要了他的身份证："证件暂时存放这里，回来时还给你。"之后他挥挥手，放行了。

后来我才知道这位边警是个文学青年，回来时他和龙哥互加微信，把他写的诗发给龙哥看。我的一本茶书成了去易武的通行证，龙哥说是文化的力量，我想应该是这位边警希望更多的人宣传易武茶。

一路盘山而上，越野车走山路，速度放不开，一是弯道多，二是前面如果有一辆慢吞吞的大货车，想超越很难，只能慢吞吞地跟。这倒正好让我慢慢欣赏山里风景，近处的绿树、茶园，远处绵延的青山，天上变幻的云彩，都让我看不够。

易武古镇牌楼上的"中国贡茶第一镇"七个字，很自豪地向每一个来者表明了她的身份。易武城区，满街茶铺。许多老

53

茶号过去只是在普洱茶的包装上见过，比如同兴号、同庆号、宋聘号、车顺号等，现在看到了实实在在的门店招牌，我有点兴奋，觉得这些茶号终于和我有了近距离的接触。

龙哥知我心思，问我先到哪里？我说先到茶马古道的始发地。于是他设置导航。谁知导航又开玩笑，带我们到一个叫"茶马古道驿站"的地方。那是一个客栈，女主人正在厨房做饭。我搭讪问："在这里住一宿多少钱?"她说："你去问老板?"她向住宿客房那里指了一下。老板姓凌，挺热情，他说："忙季一晚两百，现在一晚一百。"我问："那么不住一晚，我们下午休息两个小时，多少钱?"我想龙哥一路开车辛苦，回程前应该小憩一会。凌老板很客气："你说多少就多少。"我见他忠厚，便自作主张："那么我们两个房间给一百怎样?"他说："行行。"我们问去茶马古道的始发地怎么走?凌老板热情："我带你们去。"说着起身骑上摩托当向导。

到了一个广场的地方，车再无法往前，凌老板指了指不远处的小山岗说："你们要找的茶马古道起点，就在那几棵大树下。"我们见他热心实在，说："待会到你那里吃中饭。"他笑答："好嘞。"便扬手告辞。

广场一侧有易武茶文化博物馆，建于 2006 年，之前是个关帝庙，建筑的风格有点古意。另一侧有条石板路可直通同兴号老茶铺旧址。

茶文化博物馆对易武段的茶马古道有介绍。当年有多条运送茶叶的道路，从易武向北，有经普洱、昆明到北京的贡茶古道，有经大理、丽江进西藏的滇藏茶马古道，也有从易武往南到越南、老挝、缅甸的外销茶道。而今，易武境内还遗存二十多段古驿道。这些年我行走各地，在四川、贵州、云南等多地见过茶马古道遗址。2019 年 3 月，我在普洱市宁洱县那柯里也见过保存完好的茶马古道，我想那些古道驿站与这里应该都有连接吧？

龙哥把车停妥，我们背着折叠式茶桌、茶椅，提着烧水炉、茶器、茶叶和矿泉水，穿过小巷的旧石板路，来到当年茶马古道易武段的始发点遗址。那里被当地人称为公家大园，周围有几百年树龄的大榕树环绕。"六"成为这个遗址广场设计创意的一个重要元素。六匹驮着茶叶的铜马，六块天然山石写着不同茶山的名字，就连支撑着公家大园"马帮贡茶万里行"标识的柱子也刚好六根。六，代表易武的六大茶山：曼撒、革登、攸乐、倚邦、蛮砖、莽枝。广场中心立着石碑，记录着当年茶马古道的历史。

昔日，这里是马帮的出发点之一。有一首《茶马古道易武山》："七村八寨连着那易武山，青石板铺的路曲曲弯弯，千匹马驮万担茶，跋涉艰难哟，茶马古道从这里走向远方，云漫漫，雾茫茫，云雾深处茶飘香，悠悠岁月，古道沧桑，仿佛还听得见驮马铃儿响……"

一座易武山，半部普洱史。当年易武茶人做完贡茶，准备向京城运输时，马帮头领率马帮成员在这个广场的大树下集合，嘱咐他们在途中的各项规矩和注意事项，再喊上几句口号，大口喝碗酒，告别送行的亲人，颇有浩荡的气势，却也让多少马帮人在漫漫古道踏上不归路。

我们把茶席铺就，用沸水冲泡易武茶，茶的香味与当年这里的弥散的马帮气息交缠在一起，我坐在茶桌前，遥望远方群山，似乎隐约听见驮马铃的叮当声。

易武茶我喝了很多年，以前有"班章为王，易武为后"的说法。近几年，易武茶也讲究山头茶，曼松的、薄荷塘的、刮风寨的、弯弓的我也时有品尝，那柔柔的饱满丰厚的口感我一直很喜欢。我在一尊铜马前停留了片刻，像在对驮马说，我下次还会再来。

曾几何时，易武商贾云集、茶庄林立，茶业兴旺昌盛。离开公家大园后，我沿老街去了创办于清雍正年间的同兴号茶庄遗址，现在是全国文物保护单位。当年同兴号与同庆号、乾利贞、同昌号、宋聘号、车顺号、福元昌号、东和祥（义兴祥）、泰东祥、宋兴昌、元泰丰、鸿庆号等共同营造了易武茶业的繁荣。

走在老街的青石板路上，古老的旧房、茶农屋里晾晒的茶青、老人坐在街头的那份安静，都让我感受一种岁月的沧桑。

重新回到凌老板的客栈时，已过午饭时间，凌老板说："你们自己烧，钱付不付不要紧。"龙哥全能，开车、外交、泡茶、拍照，现在又自告奋勇当大厨。我说："自己烧没问题，饭钱你们一定得收。我们再多付一百吧。"凌老板很随和："行行。"

我与凌老板交上了朋友，付了不多的钱，他带路、管中饭，开两个房间让我们休息。临别，他还送我一个"弯弓"茶饼。易武人随和通融，易武山好水好茶好人好。易武，我还会再来。

茶　酿

　　他在等一个日子，用他的话来说，等一个吉日。

　　为了这个日子，我也等了两年。

　　2019 年 3 月，我去云南西双版纳，抵达勐海的第二天晚上，我去他的茶厂。那晚车间停电，黑洞洞的一片。我说我喝过你的一款熟普，感觉很好。他笑了："那先去车间发酵现场看看，体会一下我们做的熟普你为什么感觉好？"他用手机照明引路。进了车间，茶香满屋，水泥地上堆着厚厚的正在发酵的普洱茶。那种好闻的气味让我沉醉。他双手捧起一掬，凑近我面前："好闻吧？"我的神态像个酒徒在一瓮美酒面前。

　　我说的"他"是勐海的制茶师阿王。

　　他告诉我，熟普制作有几十道工艺。我说我很想深入看看，最好还能体验一回，于是相约第二年再来勐海。谁知一波新冠疫情，迫使我只得等待。

2020年终于过去，2021年5月，各地疫情得到了一定程度上的控制，我第二次去勐海，一见面我问他："你的茶下堆发酵安排哪天？"他神秘地笑笑："我要挑个好日子。"

在等待的日子里，我有较充裕的时间听他的故事。20世纪90年代末，他开始关注普洱茶，他喜欢临沧的茶，那时临沧比较原始，山里连公路都没有，少数民族的男男女女喜欢穿绿色军装，有一双军鞋，算是很时髦了。他去山里收茶，就带几双军鞋，给茶农一双鞋，那些古茶树就可以让你爬上去随便采，收他们的毛茶，只要象征性地付点钱，茶农就很高兴，有的甚至不要钱，包括现在很火的冰岛茶。再后来，他在勐海跟茶厂的三位大师傅学做熟普，选料、下堆、翻堆……每一个环节大师傅都毫无保留。

等待那么久，我原本计划的旅程因此被延长，致使在某些方面捉襟见肘，比如替换衣服不够，我只能勤洗勤晾晒；又比如本来我打算回上海理发，现在不得不在景洪找理发店；最关键的是准备的常用药不够了，比如降血糖的"盐酸二甲双胍"，我只得在当地药房购买，有的只能通过朋友解决。

5月28日，我从南糯山回来，终于知道了下堆发酵的吉日：5月30日。这天一早到茶厂，阿王带我们到二楼办公室，嘱咐我们再等片刻，他先去车间，如果工人们都准备妥了，我们再去。

这时的等待虽然须臾，也觉漫长。我在走廊徘徊，看见不远处车间屋顶一排铁皮制的排气扇缓缓转动，茶香隐隐约约地飘来，很好闻。我闭上眼睛，深深地呼吸。这时有人轻轻敲了一下我的臂膀："走，到车间去。"

车间里的景象让我震撼，深褐色的普洱茶满满一大屋，有点像平地而起的黄土高原，总共18吨，声势浩大，由十多种不同年份的冰岛地区的茶拼配而成。十来位工人正在等候阿王发号施令。这一刻我方明白，那些天的等待，更因为需要做大量的准备工作。

我们换上全新的工作服、帽子和高帮鞋套，戴上口罩，和工人们一起参与茶的下堆发酵。勐海被称为中国普洱茶第一县，不仅因为它境内有班章老寨、布朗山、南糯山等著名的茶产地，而且因为它的独特气候和风水，成为精制普洱茶，尤其是熟普制作的得天独厚之地。

前些日，我在有"天下茶仓"之称的临沧境内访茶，足迹遍及冰岛、昔归、凤庆、白莺山，见识不少好茶，只是制茶以初制居多，凡熟普制作，许多茶家还是将茶拉至勐海。几百里地，山重水复，车程需六七个小时，有点劳民伤财。我问为什么不在当地加工？茶农也说不清。勐海，究竟有着怎样的财富密码？

18吨不同年份的茶，有存储10年以上的老茶，也有今春冰岛老寨古树茶的黄片。我初次见识了一种"扫巴茶"，长长的、连枝带叶用绳扎成捆，这茶是20年前阿王在勐库茶农家收的，那时农家大婶、老奶奶闲时就把自己做的土茶扎成捆存放。这茶有一种独特的滋味，有些老茶客喜欢。我笑问："是不是你用绿色军鞋换的？"阿王笑了："有的是，也有的不是。"老茶有时间的沉淀，现在他要把沉睡在时间里的老茶唤醒，让它们与不同年龄的茶组合在一起下堆。就像让老年人和年轻人组成的大合唱，老茶因此焕发青春活力，新茶因此感觉岁月沧桑。

注水、翻堆，都是体力活，幸亏我年轻时在工厂车间曾经有过历练，一招一式还像模像样。在这一刻，我想，一对年逾七旬的上海老作家参与制作，会不会让这茶更有年份感？我们一生与文字为伴的经历，会不会让这茶平添几分书香墨香？

离开车间的时候，阿王叮嘱："一个星期之后，你再来参与翻堆，你完全有全新感觉。"我惊讶："还等一星期？"阿王哈哈笑说："这茶之后的变化，你必须知道。至于这几天的安排，你尽管放心。"

一个星期之后，我们回到勐海，再次踏进茶厂，茶香在空气中弥漫。与第一次下堆不同的是，茶与水之间已互相渗透融为一体，不同品种的茶也都已彼此交合，你中有我，我中有你。一种温热的气息扑面而来，我情不自禁地捧起一掬，凑近了嗅闻，感觉七天之后的变化。

过去做熟普，大多选等级较低的毛茶，而现在有的茶家做熟普，一是选料等级较高，而且有年份茶；二是工艺传统，坚持地面发酵。勐海做的熟普好，因为这块神奇的土地，地层变化的温差，滋润的地下水，工厂后面从布朗山流下的水汇成的小河……使这块土地所产生的微生物特别丰富、生动，而这种微生物正是发酵的重要催化剂。

在这批茶渥堆发酵的日子里，阿王每天几次到车间，手臂伸入茶堆，用身体感知温度湿度，觉得热，就掀开覆盖的厚布，扒开茶堆，翻动，让茶透气降温；觉得温度降下来了，再盖上厚布……我听着，觉得如此呵护可谓用心。

回上海之后的每一天，我心心念念牵挂着那堆茶。经常询问阿王："怎么样？""老师，你放心，一切正常。"每次，他都这样回答。一天早上，老婆说："你昨晚说梦话了。"我问："我说什么了？""你说凡是经过发酵的食品都是很好吃的。"

那个夜里我确实做梦了，我梦见自己在一个很高级的酒店，玻璃幕墙，旋转餐厅，服务员推着餐车，端上一盘盘美食，鱼籽酱、鹅肝、西班牙火腿、纳豆、腐乳，还有奶酪、葡萄酒、茅台酒、普洱茶……梦话也许是在那一刻说的。

一个多月后，我看到微信，阿王从正在发酵的 18 吨茶中拿出两斤，分筛，晒干，试泡，配图是一杯酒红色的茶汤和气势宏大的发酵茶堆。这是在下堆四十天之后阿王第一次试喝，他说："老料出老味，陈、香、甜、滑、醇，汤色有浸油感，透亮。"看到如此描述，我恨不能插上翅膀立马飞往勐海，与他共享劳动成果，共品好茶美味。

洱海边的茶席

　　相距第一次来大理，已整整九年，洱海和苍山的美丽还是让我迷恋。我们住在洱海边下波棚村一个叫"聆海之约"的客栈。主人回北京老家了，龙哥与他通电话，他说："我不在客栈，你就是主人，想干啥就干啥。"龙哥听了高兴，他可以当家作主，想吃什么自己烧，想休息随时可以开房……

　　我们来大理，想在洱海边摆茶席。行为艺术"茶席伴我行"，我和殷慧芬已在西双版纳那卡古茶园、易武茶马古道始发地、南糯山茶王树下、中科院植物园，以及四川攀枝花金沙江畔等景点出过镜，白发苍苍却俨然是普洱茶的"形象大使"。朋友鼓励我们："再去一次大理，把茶桌往洱海边一放，两位老师在那里一坐，就是一道风景。"

我生性好动，去大理再体会一次上关风、下关花、苍山雪、洱海月，吸引我的还有下关的茶、徐霞客的踪迹，何乐而不为？

在美丽的地方摆一张茶席，有两位鹤发老人悠闲品茗，说是一道风景并不夸张。前些日，我们在西双版纳植物园的大王莲池旁和爪哇决明的满树红花下摆过两次茶席，引起过往游客啧啧称赞："两位老人真是风景，我们老了也要这样。"

在洱海边摆茶席，当然更美。当天傍晚，我和龙哥就肩背折叠式茶桌茶椅去寻找合适的位置。洱海的黄昏美美的，激滟水波在夕阳下泛着荧光，水中有形态各异的枯树，零零星星的当地居民穿着防水衣裤在水里甩着鱼竿垂钓，远处是起伏的山脉，因为晚霞的移动，山体的颜色不断变换，一条长长的木栈道从岸边直向水面铺展……

木栈道的尽头是置放茶桌的最佳点，我们张罗一番开始烧水泡茶。茶炉滋滋地发出声响，茶烟缓缓飘升，茶香在四周弥漫……美中不足的是天空无云，让追求完美的摄影师龙哥一直苦苦等待，希望远方的云能飘来。一直到天色渐渐变暗，天空仍无云彩。龙哥有些失望："明天再来，反正有时间。"

第二天我们起早看洱海日出，与前一天傍晚的万里无云相比，远山背后的云层层叠叠，先是晨曦，之后才见太阳艰难地破云而出，水面的倒映似乎比天空的更灵动，此岸参差的树木，有的虽已枯干，剪影一般，倒有另一番美丽。

这天上午去访问了建于1903年的下关茶厂，回来的时候龙哥去才村码头买菜。时隔九年，才村码头已没有了以前的安静和原生态。2012年那次，我们可以随意在水边走，晚上我们还在一户药农家搭伙吃饭，听老药农拉二胡唱民歌，现在我居然找不到那户人家了，满街是商铺客栈。

相比才村码头，下波棚村更清静，尤其是"聆海之约"这个客栈。我们反客为主，无人打扰，自由度极大。茶室里有各种好茶，厨房里油盐酱醋想怎么用就怎么用。这不，中午龙哥又显摆了一手好厨艺。

午睡片刻，我们又去洱海边，有三两旅客在步道悠闲行走，有色彩鲜艳的自行车骑过，更有水边看不够的花花草草，温暖而生机蓬勃。伸向水面的木栈道尽头，有三位妙龄少女摆着各种姿态照相，有的动作很亲昵。我上前与她们对话，得知她们来自贵州，是好闺蜜。论年龄，我和殷慧芬可以做她们的爷爷奶奶，她们说："你们二老这么恩恩爱爱，就是一道风景。我们拍几张你们的照片可以吗？"我说："好啊好啊，不过你们要传给我。"于是我俩在姑娘们的导演下，做着各种动作，秀着恩爱，听任她们摆布。

天上的云彩舒卷着，飘浮着，时聚时散，漂亮得出奇。我想起昨天龙哥的遗憾，心想何不叫他这时来洱海边呢？回到客栈，龙哥说："我也正要找你们，你看，天上的云多好看。"我换了件红色体恤，背起茶席，又来到洱海边，我的红色体恤和殷慧芬一头银丝白发，悠然坐在茶席旁，果然又为洱海边增添了一道风景。有游客向我们投以羡慕的目光，也有的直接取出相机、手机，把我们摄入镜头。龙哥更是忙得不亦乐乎，一切布置妥当之后，他既是导演，又是摄像师，既掌控宏观，又注意细节，比如茶盏的摆放位置。他不断地转换角度，变化焦距，把我们在洱海最佳状态拍下来。

这时一辆满载旅客的游览电瓶车经过，看到这一幕，向我们挥手，整车人欢呼起来。我们也回以热烈的呼喊，寂静的下波棚村欢乐一片。

古人有句："乐土以居，佳山川以游，二者尝不能兼，唯大理得之。"苍山洱海相得益彰，大理可居可游，实为乐土。难怪三百多年前徐霞客游云南，在大理逗留尤久。徐霞客在大理考察大山河流、地理地貌、气候环境、庙宇寺院、民俗民风、历史文化……内容广泛，记录真实详尽。他还在感通寺和凤羽品过茶，写过"中庭院外乔松修竹，间以茶树，树皆高三四丈，绝与桂似。时方采摘，无不架梯升树者。茶味甚佳，焙而复爆，不免黝黑"之外，关于大理茶似无太多记述。

当年的徐霞客更不可能像我们那样潇洒地在洱海边摆一桌茶席，要不，这样的美丽风景早被写入他的游记中了。

穿越无量山

离开美丽的洱海，从大理返回西双版纳，我选择了经弥渡、南涧，穿越无量山，再经景东、镇沅，直奔勐海的路线。上高速之前在大山里行驶两个多小时，山路盘旋却满目青绿。

之所以甘愿经受曲折，只是为了穿越无量山。知道无量山，是因为金庸的小说《天龙八部》。翩翩公子段誉，无意中随普洱茶商马五德来无量山，误入剑湖宫，练成凌波微步。小说开篇，无量剑的宗派之争，面对刀光剑影段誉的满不在乎，以及之后纷至沓来的闪电貂、镜面石、通天草……无不引人入胜。金庸笔下所绘满山云雾的悬崖峭壁，如同玉龙悬空的滚滚瀑布，出没无常的飞禽走兽，肆意生长的奇草异木……无量山的神秘让我向往。

无量山古称蒙乐山，以"高耸入云不可跻，面大不可丈量"之意而得名，清代诗人戴家政在《望无量山》中描绘了它的雄奇险秀："高莫高于无量山，古柘南郡一雄关。分得点苍绵亘势，周百余里皆层峦。嵯峨权奇发光泽，耸立云霄不可攀。"无量山北起南涧县，向南延伸至镇沅、景谷等地，西至澜沧江，东至川河，绵延百里。

无量山是云南普洱茶的重要原产地，要不，金庸小说中那个茶商马五德怎么会来无量山呢？无量山的气候以及独特的地理环境决定了它应该是出好茶的地方。因为这里的茶，我想一睹无量山风姿，即使只是走马观花。

我和无量山普洱茶的结缘，要追溯到十四五年前。那时，我常在上海茶城转悠，结识了好几家茶庄掌柜，其中有一家，店主王三德是位台湾茶商。

王三德卖给我的茶是一家叫"李记谷庄"茶号生产的。一款"公爵号"，限量版，每饼1 000克，有编号，全部以无量山海拔1 800米以上的百年大叶种老树晒青毛茶一芽一叶为原料，经传统制法锅杀、晒青、优选压制而成，叶芽匀长，叶片大而质地软嫩，口感浑厚有回甘。

在无量山有茶园、有好茶的当然不止李记谷庄一家。比如无量山的支脉、位于宁洱的困鹿山，自古就是皇家御茶园，近些年所产古树茶为许多普洱茶客所追逐。景东的产茶历史更是悠久，唐代《蛮书》记载"茶出银生城界诸山"。银生即当年南诏国银生节度，就在当今景东。

无量山莽莽苍苍，绵亘南涧、景东、镇沅、景谷等地，一直延伸到澜沧江边，古茶树无数，走不遍，看不尽，魅力无穷，诱惑无穷。

车在无量山间盘旋，车窗外一面是山岩峭壁，另一面是无尽群山，间或有淙淙流淌的谷溪，间或又是翠屏一般的成片绿树。我很想深入大山，近距离感受无量山的魅力，探寻一下金庸笔下的马五德和现实生活中的王三德为什么来这里寻觅普洱茶？无奈赶路太紧，从大理到勐海即使一刻不歇，也需要八九个小时。因为第二天一早，我将参加茶厂一周前下堆发酵的 18 吨茶的翻堆，今夜必须到达勐海。再说，无量山苍苍莽莽，不可丈量，十天半个月也不一定能转悠过来，我只能遥望，只能一掠而过。

回到上海，与朋友共享"公爵号"的无量山普洱茶，那茶饼经过十多年的陈放珍藏，已转化得非常漂亮，色泽深褐微微泛着红亮，宛若陈年老酒"女儿红"，条索匀整而挺秀，状如无量剑。我每品一口，在舌尖感受醇厚浓酽的滋味，眼前就会浮现云南大山深处乔木古茶树，高大挺拔，耸入云间，我想到那也许就是金庸笔下的通天草。朋友是去过无量山的，知道我从大理出发，经过南涧而没去樱花谷观赏红树与茶海交织的美景，很为我遗憾。他说那种美丽，金庸在《天龙八部》里也没有描绘过。

远山有香

因为茶的写作，春节刚过，我去各地的寻茶之旅已被约得满满，3月云南，4月安徽，5月福建……

去云南，是因为2021年秋天临沧茶友华玉忠、罗美美来上海听我讲过"《红楼梦》中的茶"。我讲到了普洱茶。常年在普洱茶山出没，在古茶树中摸爬滚打的云南茶人听了觉得新鲜，约我什么时候去临沧也讲一课，让那里做了大半辈子茶的朋友们增加一些文化底蕴。我也想去爬攀高大的千年古茶树，过一把在乔木大树上采茶的瘾。于是相约2022年茶季。

临沧被称"天下茶仓"，2021年我去过冰岛老寨、昔归山、忙麓山、白莺山，瞻仰了凤庆3 200年树龄的锦秀茶尊。收获满满之余还有些许遗憾，比如原计划中的勐库大雪山没有成行。

临别，华玉忠答应下一次带我去。他在大雪山高海拔地区有茶园。

罗美美是冰岛地界村的茶农，地界村是冰岛五村中海拔最高的自然村，之前交通不方便，古茶园开发比较晚，至今仍呈现一派原生态的气息。她也欢迎我去看看。

我在携程网订下3月25日去临沧的机票。订票时上海已有零星新冠患者，行程码带星。我在电话中问华玉忠是否会给朋友们带来麻烦？下飞机后是否会被拉去隔离？华玉忠说："到了临沧，你就别担心了。中高风险地区来的朋友我都接待过。"罗美美更是直截了当："就是隔离，也在我们家隔离，怕什么？"我像是吃了定心丸。临沧那边也开始张罗我去之后的安排，比如讲课时的线上直播。

志在必行之际，上海疫情的起起落落多少让我忐忑。我想即使华玉忠他们在临沧接待没什么问题，我在上海是否走得了？我决定退机票。

人去不了，心却牵挂那里。朋友们在冰岛、在勐库大雪山、澜沧江边采摘古树春茶的照片和视频时有发来。3月28日，我见罗美美姐妹俩驾驶着越野车在弯曲崎岖的山路上颠簸着去磨烈老寨，她说坐在车上她的心都悬着。这位来上海看我时，怎么看都是个文静小女子，这时为了茶成了女汉子。我甚至想，若不是疫情，或许这一刻我也会坐在她的车上。

云南茶界不时有信息传来，比如一些山头的异军突起。跻身前列的除了冰岛茶、昔归茶、老班章之外，又有曼松、薄荷塘、困鹿山、米地、凤凰窝、绿水塘、团结丫口等地的古树茶……冰岛老寨、昔归、老班章村我是去过的，至于曼松、薄荷塘、米地、困鹿山、凤凰窝……我都还没来得及去。而团结丫头和绿水塘的茶，我在临沧时也与她们失之交臂。大山深处的茶，对我都是满满的诱惑。我太想去探个究竟。

　　我已不年轻，趁眼前身心尚健，去赴一场迟到的茶山之约，刻不容缓。9月，上海告别了40 ℃的高温酷暑，市民日常生活和工作也逐渐回归正常，我蠢蠢欲动，请华玉忠规划了一下行走路线，问他半个月的时间够吗？得知我又一次预订了飞往云南临沧的机票，他不但愿意伴我同行，而且提前在曼松、困鹿山等地踩点，一片诚心。

　　远山有香，远山有约，再闯一次普洱茶的江湖，我势在必行。迟到的茶山之约，茶和人的故事，因为等待，一定积累得更为丰厚。

普洱茶的江湖

人在江湖，茶在江湖。

人在江湖有帮派，青帮、红帮、黑帮，乃至金庸小说中的少林派、华山派、崆峒派、丐帮……

茶在江湖有山头，普洱茶中有冰岛、昔归、老班章、易武六大茶山……走一次临沧冰岛老寨，看到古茶树标榜"茶树王""茶尊""茶状元""大将军"……江湖气息扑面而来。

江湖的帮派，是地位的显示。金庸小说中的张三丰、扫地僧、逍遥子、王重阳、慕容龙城、黄药师、郭襄、令狐冲……莫不如此。

茶在江湖亦然，最早的普洱茶没有什么地位，也就没有什么江湖。清雍正七年（1729），云南总督鄂尔泰在普洱府宁洱县建立贡茶厂，选取西双版纳和普洱地区最好的茶进贡朝廷，普洱茶的地位逐步显示。

普洱茶有了地位，形成江湖，比如"号级茶"。2021年春天，我去易武，满街皆茶铺。老茶号的门店比比皆是，同兴号、同庆号、宋聘号、福元昌号……我顿时感到这就是普洱茶的江湖。

同兴号茶庄于清雍正年间创始于易武镇，是普洱茶六大茶山有名的四大茶庄之一，其茶饼采用倚邦茶山曼松顶上的白尖嫩芽制成。始创于乾隆年的同庆号，所制普洱茶选料精细，做工优良，茶韵悠远，在业界享有美誉。清朝光绪年问世的宋聘号、福元昌号、敬昌号等茶庄，也以生产优质普洱茶而闻名。

昆明茶厂、勐海茶厂、下关茶厂等，以及这些企业生产的"印级茶"，构成了现当代的普洱茶江湖，比如范和钧1940年创办佛海茶厂时始制的"大红印"，几十年来笑傲群雄，其身世充满神奇，在普洱茶江湖中地位至今仍显赫。

在普洱茶的江湖中，突出强调山头似在2005年左右，当时有"班章为王，易武为后"之说。老班章古树茶以其酣畅强烈的霸气称雄，历史上的贡茶之乡易武茶则以其柔和润滑而称后。此外，布朗山、南糯山、那卡山、景迈山等山头的古树茶也各有特点。

冰岛茶和昔归茶的声名鹊起是稍后的事。冰岛茶温和回甘的甜润为越来越多的茶客所青睐，受欢迎的程度有盖过老班章之势。冰岛老寨一棵茶树王，其鲜叶拍卖从 2019 年的 88 万元、2020 年的 99 万元到 2021 年的 166 万元，可见其江湖地位的不断飙升。

澜沧江边昔归和忙麓山产茶历史悠久，清末民初，《缅宁县志》记述："邦东乡则蛮鹿、锡规尤特著。蛮鹿茶色味之佳，超过其他产茶区。"忙麓当时称"蛮鹿"，"锡规"则为今日的昔归。昔归茶在江湖上重新崛起势在必然。

老班章、冰岛等山头的古树茶在相当一段时期藏在深闺人不识有多种原因。20 世纪八九十年代，老班章的茶无人问津，最好的也只卖十几元一公斤。村民住茅草屋，连饭都吃不饱。90 年代初，老班章村集资数万元，从原始森林的山间小路人背肩扛，将百来根水泥电线杆抬上山，村里通了电，告别了世世代代靠松脂、火把照明的岁月。本世纪初，政府修筑了从老班章村通往外界的乡路，结束了千百年来村民与世隔绝的历史。从此世人有机会了解老班章的古树茶，一朝露面，在江湖上就名声赫赫。

临沧冰岛的状况大抵相仿。冰岛地区接近原始森林的有些老寨也曾很难行至，却环境幽深，植被葱郁，地质肥沃，古树成林。

2022 年春天茶季，各个山头普洱茶排位又有变化。易武倚邦曼松、薄荷塘，宁洱困鹿山，墨江米地、凤凰窝，临沧绿水塘，凤庆团结丫口的古树茶纷纷挤入前列，打破了原先冰岛、老班章、昔归茶三尊鼎立的江湖格局。

普洱茶的江湖山头林立，大有群雄逐鹿之态势。不同的茶客对不同山头的普洱茶有着不同的要求。有喜欢酣畅淋漓的，也有喜欢丰厚稠浓的，更有喜欢清爽甘甜的……我想如果能有一个平台，同时展示各家名山好茶，供茶客可以随心选择，该有多好！

一天，临沧茶友小华告诉我，他正在网络上建立了一个叫"普洱江湖团茶"的平台，汇集各路好茶。我很是欣喜。2021年春天，我在临沧与他有交往，知道他在昔归等山场都有承包茶园，普洱茶江湖新格局的形成，让他的视野更为开阔。他在普洱茶界人脉关系广泛，资源丰富，由他搭建一个这样的平台是水到渠成的事情。

人在江湖，各路好汉都是一方枭雄。茶在江湖，各个山头竞芳争奇。愿云南朋友的普洱江湖团茶各呈清芬，求异存真，把最好的茶奉献给世人。

江湖一碗茶，喝完再挣扎

2021年春天临沧寻茶，我结识了华玉忠。之后，凡临沧有什么事，我第一个想找的，是他。而他在茶文化方面有想法最想找人商量的，是我。这一年10月，他来上海看我。我在浦东开讲"《红楼梦》中的茶"，他带了一帮弟妹默默地坐在听众中间，听我细述。

我一直在想，彼此投缘是什么原因？后来看到他微信，说他"学历不高，却喜欢文字；智商不高，却喜欢哲理；小小茶人喜欢诗和远方"。我呢，身在城市却心系茶山，喜欢听他讲茶的故事、茶的江湖。彼此的长处，像是有着磁性，吸引对方。

我读过他微信中的文字，比如："我终是那种语言笨笨的男人，讨不来四海八荒的喜，只落得围几亩寂静的茶园，于独处相安，或雨声，或茶树，或草香，或日子……"比如："一岁匆匆又秋风，意何从？茶无踪。此中趣处，自在不言中。不堪往事纷杂梦，恰逢这，萧条景。昔归初晨寂无声，对江雾，念苁蓉。青黄白一片，憾未话长空……"比如："也曾鲜衣怒马少年时，何惧江湖催白发，世道多变，注定单枪匹马，看尽尔虞我诈，只想看山无话！"如此等等，我觉得文采不输一般的写作者。

他也写过我与他："一个七十年代的写茶人，一个八十年代的制茶人。一个生于城市写在茶山，一个生于茶山乐于茶事。两者因普洱江湖相遇，对茶有多热爱，是在这杯茶里真正获得了自在、舒心和坦然，能在繁华中守住本心，能在孤独里享受寂静。心里藏着故事，手中的茶才更有意义，愿这一程静待花开终有时，守得云开见月明。"他说的"七十年代"，有两个意思，一是我一直在朋友面前装嫩，自称"70 后"，其实我已是七十多岁的老翁了；二是我开始发表文学作品是在 20 世纪 70 年代。80 年代出生的他与我能跨越年龄差距、地域差异、生活背景不同，走在一起，原因就是一杯茶。有道是"君子之交淡如水"，只是我们的这杯水有茶香。

云南的好茶不少生长在澜沧江两岸，尤其临沧还有一个冰岛湖，一江一湖，华玉忠萌发了"普洱江湖茶"的创意。我知道后称好，一起商量，认为"江湖"两字的含意可以更广泛些，应该囊括所有在江湖上有地位的普洱好茶。为此我专门写了一篇《普洱茶的江湖》。

2022年茶季，普洱名山好茶精彩纷呈。临沧绿水塘，凤庆团结丫口，墨江米地贡茶、凤凰窝，宁洱困鹿山，勐腊曼松茶、薄荷塘、天门山、铜菁河……纷纷崛起，打破了原先冰岛、老班章、昔归茶三尊鼎立的江湖格局。华玉忠想在普洱江湖的平台为各地茶客推广这些比较小众的名山茶，而我想深入一次名茶生长的大山，对这些茶的生态环境和品性特点作些详细了解。两人一拍即合，于是相约云南，赴远山闻香寻茶。

9月19日，我再一次踏上临沧的土地。当晚，在茶马古镇他的茶铺，望着满墙名山普洱茶饼，我问："绿水塘去吗？""团结丫口去吗？""困鹿山去吗？""凤凰窝去吗？"他笑着点头："去去，都去。"我心满意足，拿出事先准备的地图问："要吗？你可以排一下路线。"

他说不需要，他就是活地图。他追寻茶的足迹遍及云南，乃至更远。临沧、西双版纳、普洱等主要茶区，不知多少回地前去踏勘，但凡云南出好茶的每座大山，几乎都留下过他的脚印，比如与西藏交界的神秘的高黎贡山。

华玉忠在微信中发过他坐在华家坡老屋前的照片，若有所思。有文字写道："小时候，总嫌弃故乡苍老破旧，可故乡从来没有责怪我年少无知。长大后，总埋怨故乡离得太远，可故乡从来没有埋怨我迟迟不归。"华家坡是他的祖籍地，第二天，我们去那里，一个隶属于临沧市凤翔街道中山村的自然村，离市区十多公里。

进入山村的路是近些年筑的，华玉忠投资建设了其中一段。他说父亲年轻时挑柴到市里去卖，山路崎岖，吃够了交通不便的苦。

远远的，看见山上有一座塔，那是文笔塔，再往前行驶，又看见一个叫"李白水"的路牌。我问："为什么叫李白水？李白来过吗？"他说没有考证过。我却揣摸这个80后的年轻人张嘴就是顺口溜，喜欢文字，偶尔吟几句唐诗，是否因为文笔塔和李白水的孕育？

他忽然停车，指着左侧的一间老屋说："这就是我爸小时候居住的地方。我爸离开后卖给别人了。"我在那里为他拍了照，听他讲祖辈的故事，似乎有点复杂，曾祖父在缅宁府（临沧旧称）做过官，祖父背叛家庭参加革命，之后西下剿匪，再后来又挨过批斗。家境败落后，祖母临死前想吃一口凭票买的猪肉，未能如愿。他父亲离开华家坡，入赘邦东乡，当了刘姓人家的上门女婿。

车再往前，是一片坟地。他指着几座坟头，说其中有他先祖的棺木。坟头周边杂草丛生，那种乱象，象征着那个纷繁复杂的年代，纷繁复杂的家族史。

目的地是山里一幢新建的两层仿古小楼，是他的企业在家乡的据点。大门锁着，他打电话让堂叔来开门。大门由四块木雕花板组成，类似的木雕花板我也收藏，这种旧物所散发的文化气息一下子让我与他的距离又近了些。屋旁种植了一小片无刺黄泡。除了茶园，华玉忠还在村里种植玉米、无刺黄泡等经济作物。

他的远房堂叔打开大门之后，我们在屋里喝着茶，听他讲身世。交往了那么久，正儿八经听他的经历还是第一回。少年时，他跟姨爹做过茶，后来当兵，复员时用退伍金买了一块地。一开始做茶叶，身无分文。他向朋友借了一百块钱，七十块买了套西装，那西装太次，穿了几天就起毛，印了名片，抬头挺大："云南某普洱茶业公司营销总监"，花两块钱在昆明火车站买了张站台票，上了火车也不知上哪儿，"经过湖南怀化时，我想起浙江金华有个远房亲戚，就在那里下车。之后几天，人家见我是普洱茶的营销总监，挺当回事，请我喝酒吃饭。我自己觉得好笑，其实我什么都不是"。他边说边笑，"但就是这次闯荡，我开了眼界，知道了市场需求，胆子也大了"。之后，他搞过汽车装潢，合伙卖过汽车，用挣来的钱开始在昔归等地建立普洱茶初制所。2007年，整个普洱茶市场大起大落，这种变化让华玉忠捕获了其中信息。"生命中总是在你不经意时出难题，又在转角处为你预备惊喜。"他决定不做笼统的普洱茶，为自己设定目标：只做名山茶。在初制所，他把收来的茶青细分产地，昔归的、冰岛的、糯伍的、小户寨的、邦崴的……之后，他又承包经营一些名山、名寨的茶，比如冰岛老寨，比如勐库大雪山。他的出生地邦东的昔归和忙麓山更是他的大本营。"也许一生走错了不少路，承受了很多无奈和心酸，落魄的狼狈不堪，但都无所谓，只要还活着，命运还会改变。"这样的选择和定位改变了他的命运。

他的嗅觉敏锐，当绿水塘、团结丫口、凤凰窝、困鹿山等山头的古树茶风生水起，被众多老茶客追捧时，他已经拥有了较为丰厚的积累。

他的寻茶经历可谓艰苦卓绝。为追寻好茶，报废过四辆摩托车、三辆越野车，出过车祸。有一次把车开到了悬崖边的树上，还有一次车祸让他的下巴都落了下来，被拉到医院缝合。寻茶途中跋山涉水，千难万险，屡次与死亡擦肩而过。他这样写自己："也曾鲜衣怒马少年时，何惧江湖催白发。""江湖一碗茶，喝完再挣扎。出门靠自己，四海皆为家。孤身纵马，生死无话……"

我这次走山访茶原本计划用二十天的时间，他去过的名山我都想走一遍。他却说："有些地方你老根本走不了。"比如位于勐腊瑶族自治乡的铜箐河，那里的高杆单株古茶树依山崖而生，产量很少，却滋味强劲，回甘厚重，喉韵感觉深醇。有老茶客喜欢这一口，他去苦苦寻觅。铜箐河海拔在 1 500—1 900 米之间，生态自然，腐殖质厚，土壤有机质含量高，森林覆盖率高，茶树根深叶大，纤维质丰富，独具野味。进入铜箐河，全程得徒步行走，其中在水路步行就需近三个小时。华玉忠曾带着公司的一帮年轻人苦苦跋涉，曾经走过铜箐河的 00 后姑娘小杨说："我们都受不了，你和殷老师两位老人家肯定去不了。"华玉忠给我看当时拍的视频，一路跋山涉水真有点探险的意味。

"那茶怎么运出来？"我问。

他让我看图片：瑶族茶农背着装满茶青的竹篓，一个跟着一个，鱼贯般沿水路出山……

我问："为什么不筑一条路呢？"

他说："那里是原始森林，国家要保护生态。"

去一次天门山也不容易，天门山有高杆单株古茶树近百棵，这几年崛起，就是因为它的口感柔润香甜，滋味润滑细腻，喉韵绵长，茶中有野花香味。"高杆单株最高的有三十来米，你如果置身其中，抬头仰望，那种视觉冲击力一定会让你有感慨。"华玉忠如是说。他在那里与茶农合作，承包了若干高杆单株茶的采摘权，今年的春茶已经售罄。有些客户不得不预订明年的，他称这是"期货"。各地还真有资深普洱茶客喜欢这些数量不多却口感独具的名山小种茶。他这样苦寻，正是为满足少数高端客户的需求。

华玉忠追寻好茶，几近痴迷和疯狂。正是这种不懈怠的追寻，为他聚结了广泛的人脉关系。之后，他带我去深山老林，不但路熟，而且每到之处都有茶农热情接待，做向导，介绍当地环境、茶树品种，逢到草木蛮生的荒山野岭用柴刀在前面披荆斩棘，为我们开路。人还没到，茶农家已在烧茶宰鸡煮饭煮腊肉煮山里野生菌菇迎接我们。我惊异他的远房亲戚特别多，一会儿老表，一会儿侄子，七大姑八大姨，要兜很大一圈才能说清他们之间的关系。

能建立这样的合作关系，大凡因为他的推广和销售把长年闭锁在大山深处的茶带到了外面世界，为当地茶农带来了可贵收益。而这种关系的维持巩固，则与他的品性相关，坦荡、不计较、有情有义。他在全国有几十个销售点。云南某地有个分公司，某年因利益分配，几个销售点之间略有龃龉，他慷慨拿出自己应得的八十多万，化解矛盾。"一路走来，我并不优秀，但我善良不虚伪，有话直来直去，做人坦坦荡荡，我不聪明，但我肯定也不傻，很多事情我看得明明白白，只是不想计较，更不愿去争论，一个人活得太聪明了会累，只是想通过努力让自己更快乐。"我想这是他的肺腑之言。

普洱茶水深，他知道我不是生意人，愿意把他的上家下家关系户一股脑地全介绍给我。每到一处，他鼓励我和他们互相加微信。他的那江水让我觉得清澈见底。这种坦率透彻，在我接触的茶人中有，但并不多。他不纯粹是个生意人，他喜欢茶更是一种情怀。他的这种情怀，使他朋友奇多，构成了他的"普洱江湖"网。

一年多前，我与他初相识，之后写过一篇《昔归遭遇"顺口溜"》，对他信手拈来、出口成章的顺口溜颇为惊叹。在后来的交往中，我发觉他的才情不仅是即兴创作顺口溜，他多才多艺，比如文字表达，比如能歌善舞。各民族的歌，他都唱得声情并茂，而且歌词还往往是他即兴创作的。与朋友们结伴外出，见空旷场地，他兴致一来，就会来一段舞蹈，民族舞、现代舞，身材并不袅娜，一招一式却很有乐感和喜气。他喜欢开玩笑，也不计较别人开他玩笑，即使在他的下属面前，也全无老板一本正经、居高临下的架势。正是这样的性格，不管是朋友、合作伙伴甚至是下级或竞争对手，都愿意与他交往。

他说他是个性格内向的人。我在那篇文章最后写道：我无法想象"这个幽默风趣会编顺口溜的昔归茶人，如果性格再外向些会是怎么样"？这一天，我在华家坡与他面对面，听他讲公司内外的各种复杂关系，听他讲一路拼搏的曲折磨难，听他讲眼前所面临的压力……他的内心深处隐匿的种种苦衷向我和盘托出，我不由得想，也许他真是个内向的人。平时的嘻嘻哈哈、说说笑笑、唱歌跳舞，只不过是一种掩饰。

离开华家坡的时候，突然风雨大作，刚筑不久的路由于还没来得及铺沙石，一下子泥泞不堪，出山要先上坡，那辆四轮驱动的皮卡怎么都很难前行。我坐在他旁边，看他不断地左右猛打方向盘，使劲踩油门，好不容易，车轮开始慢慢爬行。我想，要不是四轮驱动，这天真的要被困在山里了。

终于前行了，车轮向前滚动，越转越快。过了泥淖路，前面是坦途。他舒了口气，我也释然了许多。

鲁史，一棵被雷劈过的古茶树

　　我去过一次凤庆，那是 2021 年 5 月。我在凤庆老茶厂读到冯绍裘先生的《滇红史略》，早在 1938 年，他从下关一路步行十来天，沿鲁史过澜沧江青龙桥，抵达凤庆。追溯到更远，鲁史曾让徐霞客驻留并写下文字。鲁史是茶马古道上的重镇，几百年来，多少马帮在这里来来往往。鲁史的神秘，于我充满了诱惑。只是那天我要去看香竹箐 3 200 年的茶王树，再上云县白莺山，时间实在排不过来。鲁史之行只能延宕，成为我的一个美好念想。

　　2022 年 9 月，我又一次去凤庆。那是因为团结丫口的古树茶如一匹黑马在普洱茶界异军突起，我们去那里看茶。我问小华能不能去鲁史古镇？他很爽快："可以啊，团结丫口属于鲁史镇，顺路。"

有机会去看徐霞客记录过的历史名镇，走一走冯绍裘先生步行过的路途，甚至还可以在古镇寻找当年走南闯北的马匹踩踏过的路石，我很高兴。

从凤庆到鲁史古镇有八十多公里路程，多山路。沿途与澜沧江有多次美好相遇，略觉遗憾的是没见到很著名的青龙桥。青龙桥始建于乾隆年间，屡毁屡建，是茶马古道上的咽喉要塞。

新建的澜沧江公路大桥很雄伟，过了桥就是鲁史镇的地域。石垒的墙上"鲁史古镇欢迎你"几个红色大字分外醒目。"快到了吧?"我问。小华一笑:"还有三十多公里。距离团结丫口还有七十多公里。"我感慨一个镇的地域居然如此广阔。

距离鲁史古镇还有十来公里的时候，处于两座山峰之间的一个丫口，大片草地和几百棵古茶树给了大家意外欣喜。这种欣喜也许因为在车里坐了大半天，想要舒展一下筋骨，活动活动。小华知道大家心思，靠边停车:"下来休息一下吧。"

这片绿地和古树是澜沧江省级自然保护区的一部分。说具体一些，是鲁史镇沿河村的古茶树基地，当地人称"五道河梁子"，是鲁史著名的景点，前些年还有黑熊出没。我抬腕看手表上显示的海拔高度，有 2 600 米。

我们先是在绿草地疯了一阵，蹦跳的、狂奔的、采花的、拍照拍视频的;老的、年轻的，尽兴，放肆。离开封闭，我也像一匹脱缰的老马。我时而奔跳，时而舞蹈。面对夕阳，我希望一直能像此时此刻。我忘记年龄，也忘记了这里的海拔高度。当脑袋发晕时，才理智地控制了自己。

疯过之后，大家关注的焦点还是这里的古茶树。小华，一位茶企老总，在我们这个团队中当驾驶员、当导游，此刻又是古茶树的讲解员，"这一棵是中小叶种，这一棵是大叶种，这一棵有五百年了，这一棵应该有上千年了"。讲累了，他又拉开嗓子唱起歌来，歌词还是他即兴编的。

忽然我发现其中一棵古茶树一半被烧毁过，露出残败的根茎，虽然仍有枝叶抽长着，那形象无疑受过残酷打击。小华过来看，说这茶树在许多年前被雷劈去了一半。古茶树的另一半依旧顽强生长，枝叶繁茂，苍绿一片，甚至还结着茶果。"这树有千年了。"小华围着古茶树转了一圈，"你看这根茎，没被雷劈过的话，现在两三个人也不能合抱"。

我在这棵茶树前站立很久，抚摸着她不知什么年代留下的伤痕，忽然生出许多感慨来，从青龙桥的屡毁屡建，鲁史古镇的几经兴衰，想到一个人的坎坷经历，乃至整个人类曾经的战乱、瘟疫、天灾人祸……走远了，我看到这棵古茶树依然葱茏繁茂，树冠如绿色巨伞，我为她的不屈傲立而感动。

我们后来去了鲁史古镇，老屋、古迹、人物、风情，可写的很多，被人写过的也很多。我再展开赘述，似乎偏离了本文旨意。但是有一件事必须补充，那就是在茶马古道旁边那口方形大古井，传说当年的马帮在这里歇脚后，人和马喝足了井水就开始漫长跋涉。那天，小华也喝了几口井水。结果呢，我们在穿街走巷时，他却拉了几次肚子。

"要紧吗?"我关心地问。因为离开古镇，我们还要赶路去团结丫口，还有几十公里山路。小华淡然一笑："那棵古茶树被雷劈过，现在都长得好好的，我就拉几次肚子，算什么事!"

团结丫口，访古茶树不遇

　　到达河边村这家茶厂已是傍晚，澜沧江边，夕晖投射在江面上，波光粼粼，似织锦一般。此刻，我没有心思欣赏美景，只想即刻动身去团结丫口。

　　上午从临沧出发，小华开着越野车，带我们几乎奔波了一天，居然还没有到目的地。

　　守在茶厂的小陈拿出一袋今年春季采制的团结丫口古树茶，问我们喝不喝？茶的醇香无疑是诱惑，但这时所有人都说，不喝了，快带我们上山。

　　小陈说："我骑摩托车。你们跟着我，很快，十分钟。"

　　他已经是第三次说"十分钟"了，第一次是我们离开鲁史古镇时，问他到河边村的岔路口需要多少时间？他说十分钟。

第二次我们已拐入去河边村的村道，问他到茶厂需要多少时间？他又说十分钟。其实每一次都远不止十分钟。此刻又说，大家还是相信了他，觉得他在山里走这条路已经无数遍，太熟悉了，"十分钟"应该会是真的。

团结丫口这个地方，我听凤庆朋友介绍过，是属鲁史镇的一个小山寨，十几户人家，在山坳坳里，仿佛与世隔绝，直到2008年才通电。颇为原始的风貌很有特点，石头建的小巷，错落有致的石屋，随处可见的石凳、石缸、石灶……显示着岁月的沧桑。小山寨民风淳朴，你走过一户村民家，坐在门口的老人会真诚地邀你入屋喝一杯茶。朋友说："我们凤庆人去过那里的都很少，你怎么会想去？"我说，为了去看那里的茶。

小陈的摩托车在前面开路，我们紧随其后。暮光下，沿途皆风景，起伏的山岭、苍郁的树木、潺潺的溪水、变幻的云彩、忽明忽暗的夕照……山里出奇的寂静。让我意想不到的是，一路上居然没遇到别的人，只有山里的鸟间或在空中飞过。

一开始，村道还算平坦，过了几道弯，进入山里，路窄得只能容纳一辆车，凹凸的路面裸露着大大小小的石块，高高低低的，每行进一程，车都颠得厉害，车内每个人都系上了安全带，紧抓把手。有时，坐在我后面的殷慧芬还会发出几声紧张的叫声。逢到坡陡的急拐弯处，车一下子还上不去，非得倒一下，再拉一把方向盘，才能艰难爬上。甘愿经受曲折颠簸，受苦受累，苦行僧一般，没有别的原因，只因为山里有古树茶香。

团结丫口的茶，朋友向我介绍过："凤庆有款茶很火，风头盖过老班章和昔归。"我初一听，有点惊讶，老班章和昔归的茶，是我最爱喝的，那种滋味和富有冲击力的茶气，无可替代。凤庆以滇红闻名，那里的普洱茶十多年前我也有收藏，虽也不错，但较之老班章和昔归，我还是更喜欢后者。如今凤庆居然有茶如此走红。之后我有意关注，果然，在2022年春茶排名中，团结丫口的茶名列老班章和昔归之前。

这次在临沧，我喝了团结丫口的茶。茶冲泡后茶汤澄亮，入口滋味润滑醇厚饱满，有丝丝花蜜香。这种口感，与老班章、昔归相比，各有特点。它的绵长、充盈、通透之感和内质的丰富令我难忘。正是这种难忘，鬼使神差，让我在这样一个暮色笼罩的黄昏，闯入了这个人迹罕至的荒凉小山村。

一路的艰难爬坡行驶，费时早已超过了小陈说的"十分钟"，夕阳的余晖越来越弱，我担心天色一下子黑下来，摇开车窗，向等候在拐角处的小陈问："还有多少路？"他还是回答："十分钟。"全车的人都苦苦一笑，无奈地摇了摇头。

越野车摇摆着走了十多分钟后，我见到了凤庆朋友向我说过的石屋和山腰的茶树。只是石屋已经空无一人。"山空人不见""石径万木森""败屋莓苔侵"……古人诗中描绘的荒凉场景顿时出现在面前。小华告诉我，前不久十多户人家全搬走了。

山里除了空屋、茶树，还有许多蛮生树木和野草。原始和荒芜中，茶树的生长很不规则，自由自在，肆意尽兴，野性勃勃。

氤氲的山雾，随着暮色渐重慢慢升腾，忽然有一种异味夹杂其中。那是从小陈的摩托车尾部飘来的。再不久，小陈跨下摩托，把车停在一边。原来，离合器烧坏了。而这时我们坐的越野车左前轮也陷入路边深凹的泥坑里，悬空着，任小华怎么努力，车轮只是空转，纹丝不动，轮胎摩擦的声音很刺耳，气味刺鼻。我们只能下车。

"步行吧?"小陈提议。我说好，就尾随其后，在山路上高一脚低一脚地行走。沿路成排的茶树，千姿百态，高大的茶树枝叶伸向空中，天空已显黝暗。小陈指着前方两座大山之间的丫口，告诉我最大的几棵在那里。我问："要走多少时间?"他说："十分钟。"

天色差不多全暗了。殷慧芬在后面叫我："你别再往前走了。回来。"我站定，踌躇不前。殷慧芬说："他每次说十分钟都是假的。你想想，离丫口那么远，十分钟能走到吗？天全黑了。"

小陈分明也听到了殷慧芬的喊声，喃喃辩解说："我说十分钟，主要是安慰你们，鼓励你们的。"

我顿时无语，遥望两座山峰之间的丫口，想象着那里的树林应该更加茂密，更加绿意葱茏，那茶树的根茎也许一两个人都合抱不过来，我甚至听见山风从丫口呼呼地吹来……但要到达那里，十分钟确实不可能。我笑自己，为了看几棵成百年上千年的古茶树，怎么连最基本的常识也全无了呢？小华也说："楼老师，你来过了，了解到这里的环境，就可以了。那几棵年份长的老茶树，下次有机会再去看吧。"

"老夫不知其所往，足茧荒山转愁疾。"我心头涌起杜甫的诗句，感慨地叹了口气，想了想，终于转身折返。

折腾了一天，未能见到想见的大树，心中总有遗憾。但再一想，我经历了这个过程，已经足够。这里的高海拔，这里乱石夹杂的泥土，这里的荒无人烟，这里的葳蕤生态，处于荒野状态自由不羁的茶树，都让我记忆深刻。尤其是在我七老八十的迟暮年纪，在秋天一个暮色四合的黄昏时刻，有过这样的一次惊心动魄的"暮探"。

上山时还有绮丽晚霞，下山时却已漆黑一片，一棵歪脖子树斜出山岭，立在岗上，映在夜空中，剪影一般，对面的大山里依稀有几户人家灯火升起，与夜穹中的群星交相辉映，乍一看还真难分辨是灯光还是星光。我领略了大山夜景的洪荒。坐上返程的越野车，我很留恋地注视着车窗外那几丛茶树，在汽车灯光的映射下，它们像是在舞台上享受追光的舞者，有一种很独特的美。我摇开车窗，拍摄她们不寻常的姿态。在我的数以万张茶树照片中，拍摄夜间的茶树，这是第一次。

碧玉绿水塘

又一次站在冰岛湖的观景台上。相隔不到一年半，湖还是那个湖，周边还是绿山环抱。我环视四方，景色依旧，唯一不同的是对面山体上的大字，2021 年是"相约冰岛"，2022 年成了"绿美冰岛"。

为什么改？有人认为现在省里称"绿美云南"，这里也就跟着叫"绿美冰岛"了。而陪同我的小华则强调，突出"绿美"，是因为绿水塘茶的崛起。

果真如此吗？我无从考证。但绿水塘的茶这两年为普洱老茶客们追捧，却是事实。

绿水塘在哪里？似乎很神秘。小华指着冰岛湖对面山里一簇绿树丛告诉我，就在那边。看上去不远，但是开车没有两个小时到不了，而且路不好走。

绿水塘原来叫"下磨烈"。磨烈，是勐库镇懂过村下面的一个自然村，以一条公路为界，公路之上为上磨烈，之下为下磨烈。下磨烈近冰岛湖，茶园全被森林包围，茶叶品质高于上磨烈。下磨烈茶园所在的原始森林中有两池水塘，水不外流，日久飘浮藻类物质，一眼望去满眼绿色，"绿水塘"之名由此而来。

去绿水塘，是一次艰难的行程。穿越懂过村后，朝右向下去下磨烈，那是一条陡峭小路，狭窄陡险，越野车在这样的山路上行驶，右侧紧挨山体，左侧则擦着路边沿崖的荒草树木，左侧看似一片绿意葱茏，最陡处的山崖坡度却在 80 度左右。"车不能方轨，马不能联辔。"所幸路面与团结丫口凹凸不平的乱石不同，是一种较为松软的黄泥路，颠簸和晃动少了些，但有时仍有坑洼，那是车轮在雨天压过的印痕。小华手握方向盘，全神贯注，小心翼翼。我也目不转睛，生怕万一有什么闪失。坐在我身后的殷慧芬等三位女性，更是屏息静气。

果然，在离目的地两百来米的地方，左侧路面发生坍方，有一个大窟窿。小华下车察看，无奈地摇摇头，叫全车人下来，说："这路面太松软，车不能开了，前面一段路你们步行吧。"我说："这车连调头的地方都没有，怎么办?"小华说："我倒出去。"没有金刚钻，不敢揽瓷器活。一般人在这种地方开车都抖豁，他居然还能倒车。

目的地是一个叫"磨烈王子"的茶叶初制厂和他们家的茶王树。小华事先与"磨烈王子"联系过，他不在，他老父亲在。老人正在自家的老屋前打扫。

我与老人闲聊，他姓罗，75岁，老屋是他18岁那年建的，五十多年了。那是两间用黄泥垒成的屋子，发黑的木门已有破损，足见岁月沧桑。这里原本有五六户人家，前几年都搬出去了。我问："你的儿女呢?"他说都搬到勐库镇去了。令我吃惊的是他有八个子女。我想，我比他还大两岁，那个年代关于生育的口号是"一个不少，两个正好"，在物质并不富裕的年代，他居然可以生育八个，也许在这荒僻的深山老林才有这个可能。我想，在这深山里，人可以随心所欲，那么茶树呢? 是不是更具野性，可以更加放肆，更加肆无忌惮地生长?

老人留在这里守望自家的茶园，尤其是那棵茶王树。这树确有笑傲江湖的王者风范，坐北朝南，高大挺拔，枝叶繁茂，风姿绰约。为了采摘方便，周围搭建的竹架，如同甲胄护身，不知什么时候挂的红色横幅，上面的字已无法看清，被风吹后纠缠着裹在竹架上，倒像成了王者的醒目腰带。它居高临下，俯视和检阅着如同千军万马茂密树林。再下面就是如同碧玉的冰岛湖。湖对面是冰岛村的古茶园。

我问老人："茶王树树龄有多少年?"他一笑："不知道哎，反正我小时候看到的就这么大。"小华说："树跟人一样，到了一定年龄以后就长得很慢。"我想想也是，像我这样七老八十了，还长吗？背不佝偻，不缩个一二公分已很不错了。看那如同华盖的树冠和腰一样粗的树干，我估算，不说上千年，它也应该有大几百年了。我又问："每年茶季这棵树能采多少茶青？""百把斤吧。"他回答。我又估算，制成干茶也就二十斤多一些。"能卖多少钱？"这回他笑着答不上来："不知道哎，这要问我儿子了。"这个儿子就是与小华有业务往来的"磨烈王子"，旁边玻璃钢盖顶的茶叶初制厂就是他的。

绿水塘的茶，我喝过，那是在小华的茶铺。小华制作的绿水塘茶，其中一款是100克的茶饼，是他新推的"普洱江湖"礼品茶中的一种；另一款则像一块饼干，重8克，正好用来泡一壶茶，携带方便。茶饼100克，"饼干"更小，也许与绿水塘的茶这两年价格涨幅较大有关。它的价格逐年上升，居高不下的另一个原因是量少。树龄两三百年以上的古茶树仅两百余棵，成品的干茶每年产量只有千斤左右。物以稀为贵。

绿水塘的茶与冰岛老寨的相比，除了甜度稍弱一些之外，其他的毫不逊色，尤其是它山野气韵浓，茶汤饱满而富有冲击力，入口浓稠丝滑，兰花清香等这些特点都令人印象深刻。长年的交通闭塞，山陡路险，古茶树几乎没被人为矮化处理过，一直处于"放养"状态，与森林中密密匝匝的花草树木竞相共生，也许是铸就它山野气息的重要原因。

站在下磨烈的茶王树旁，俯瞰一直延伸到冰岛湖的古茶园和周围茂繁的森林，满目苍翠。有三四个妇女在采摘秋茶，隐隐约约，若隐若现，为这幅青绿山水画增加了几分动感。

　　我看不见传说中的两个水塘，却觉得绿山环抱中这片洼地，如同一个翡翠大碗，而碗底冰岛湖的一汪绿水，如同碧玉。居高临下看，这冰岛湖就像是绿水塘。

地界茶女儿

2021 年 10 月，华玉忠和罗美美来上海看我，给我带了一包地界村的古树春茶。罗美美在地界村承包了三十多棵古茶树。那天中午我掌勺，做了一桌上海风味的家常菜，晚上又请他们在附近酒店一起喝酒。罗美美没怎么离开过临沧，第一次来大上海。见上海两个老作家没有一点架子，待她如女儿，当天就认殷慧芬为干妈。我和殷慧芬那时刚从苏州讲课回来，把苏州朋友送给殷慧芬的上衣即刻转赠给她，算是给干女儿的见面礼。临别，他俩邀请我们来年春茶季再去临沧。我一口答应，并表示一定去地界村。罗美美拉着殷慧芬的手："老爸老妈，你们说话一定要算数哦！"

好事多磨，本来春天的行程，一直拖延到秋天。2022 年

9月19日，一出临沧机场，华玉忠和罗美美一行已经等候在那里。罗美美手捧康乃馨，见了殷慧芬，献了花，就抱着她叫"老妈"，好亲切。华玉忠说："她说要献花，而且一定要康乃馨，一定要三十三朵。"罗美美说："献给母亲的花是有讲究的。"选择康乃馨是表达一种特别的爱，三十三朵是一种特别的祝福。罗美美的用心和真情由此可鉴。

华玉忠安排走茶山路线的当晚，我特别要求去一次地界，于是就有了9月22日下午的地界自然村之行。

冰岛村委会下辖五个自然村：东半山有糯伍、坝歪，西半山有冰岛、地界、南迫。冰岛老寨的茶，这些年来一直笑傲江湖。而地界的茶，世人就相对比较陌生。

地界是离冰岛老寨最近的自然村，海拔还略高于冰岛老寨，早些年去那里，因为山路崎岖坡度陡峭，交通不是很方便。那里的茶园开发相对晚一些，因此，冰岛老寨的茶名扬四方了，地界的茶还僻居一隅，深在闺房人不知。但开发晚也有好处，去的人不会趋之若鹜，生态相对保护得更好。

地界，是个拉牯族自治村，拉牯族人与汉人混居，八十多户人家。上山途中，华玉忠给地界村拉牯族村长李扎妥打电话："今天，你师祖来了，你要穿上民族服装隆重接待啊。"我听了不解："师祖是谁啊？"华玉忠说："李扎妥叫我师傅，我叫你老师，你不是他师祖吗？"罗美美插嘴说："李村长喊我姐。"我笑了，对华玉忠说："你看，这辈分不是乱了吗？还是不要这样叫，大家都是爱茶人，都是茶友。"到了村里，李扎妥果然等在那里，一身拉祜族服装很是亮眼。

去地界村的路现在已修得很不错，但是有的路段还很陡，有40度左右。那天我们去了两辆车，除了华玉忠的四轮驱动越野车，另一辆7人座商务车是他当兵时的战友小蒋开的。小蒋从南通来，带了老妈、老丈人、妻子一帮子来临沧游玩度假。商务车艰难上坡，到了村里的制高点后，引擎盖内就开始发烫冒烟。小蒋不知所措，打电话咨询他远在江苏的修车朋友，发照片、视频，一阵忙乱。我们顾不上这些，难得来一次地界村，嘻嘻哈哈，拍照、唱歌，尽情享受在冰岛五个自然村中海拔最高处的欢乐。

海拔最高处的平地中央最醒目的是那个大葫芦，足有几米高。"说千来了说万来，打开葫芦人类来。"拉祜族的创世史诗《牡帕密帕》中就记载了葫芦育人的故事。葫芦是拉牯族人的吉祥物。"葫芦节"是拉祜族人最盛大的节日。我们围着大葫芦转了几圈，然后合影留念，像是也在过节。

最佳观景台是一个木结构的亭子，茅草顶，简洁质朴，放眼四周，山山水水森林茶园尽收眼底。"对面是冰岛老寨，冰岛村的五个寨子，地界与它挨得最近，因此茶的滋味也比较接近，下面是地界村的古茶园，再往下是冰岛湖。"我随着罗美美的介绍不断移动视角。罗美美说："往西翻上邦马大雪山，就是耿马县了，往北过南迫村就是临翔区，我们这地方是双江县，'地界'这个名字由此而来，是临沧市三个区县交界之地。"

地界村百年以上的古茶树占地三百多亩，主要分布在村后原始森林中，与世隔绝一般。树上挂着"醇源和汇"牌子的，就是罗美美承包的，高大茂密，树龄多在三百年以上，最老的有五六百年左右。原始森林里枯木横亘，腐叶满地，有的腐木还滋生了菌类植物，青苔密裹。"这里的茶树生长，不需要人工施肥，这些腐烂的枯木烂叶是茶树最好的肥料。"地界茶女儿说着，让我看她在春茶季攀在乔木大树上采茶的照片，与眼前斯斯文文的她判若两人。

那夜，夜宿勐库镇山坡上的客栈。第二天一早我们去镇上，下山的时候正逢罗美美上山。她家就在附近。她亲热地挽着殷慧芬的臂膀，带我们吃早饭，之后去她的茶铺，茶铺的店名就是挂在地界村古茶树牌子上写的"醇源和汇"。她说这名字是一位佛家禅师取的。店里还挂着这位禅师的书法条幅，书架上有我在上海签赠给她的《寻茶记》，四周靠墙的柜架上则是各种名山茶，除了她自家的地界古树茶，还有冰岛老寨、曼松、绿水塘等名山茶饼。我想起茶季她坐着越野车沿着险要山路去下磨烈收茶青的情景，觉得她是个肯吃苦的妹子。

她讲她的人生经历，初中毕业在双江县里打工，后来卖过服装，再后来就迷上了茶。我在她的微信中看到过她写的一段话："时间从来不会因为任何一个人的喜怒哀乐停下步伐，生活只能在不断前行中寻找方向。人要实现自己的奋斗目标，必须靠自己的不懈努力，不能指望别人，更不能靠命运的施舍。当你无奈、无助，在失望乃至绝望中挣扎的时候，能使你柳暗花明的往往就是你自己。人生，靠谁不如靠自己，最可靠的是自己的勤奋，不懈地拼搏。"这是她对自己走过的路的感悟，出自肺腑。

她为我们沏了一壶茶，采自她在地界古茶园中最古老的一棵单株茶，树龄有六百年左右。那茶与冰岛老寨的比，共同特点是甜，不同的是一开始入口有点苦。这种先苦后甜，饱满充沛，又不失温和，真有点像眼前这位地界茶女儿。

孔雀窝，茶树开屏

　　孔雀窝这个地名，地图上没有，"百度"上也无法搜寻。它是小华独创的命名。我问他为什么叫孔雀窝？他说墨江已有一个凤凰窝，我那地方就叫孔雀窝了。似乎很随意，其实很刻意。

　　孔雀窝深藏在临沧五老山原始森林中，沿途青山绿水，树木葱茏。经过小坝子新村之后，我们的皮卡靠路边停下，茶农小张等在那里，手执一把柴刀。小华说："前面没有路，小张要用柴刀为我们开路。"

　　"披荆斩棘"这个成语，之前我多数是用来形容做某件事的艰辛，比较抽象。此刻，见如此架势，觉得这次是要货真价实地体会一回"披荆斩棘"了。

　　前方是一条小河，下坡的路并不好走，泥泞陡滑，一不小心就会摔倒。殷慧芬视力不好，幸好有她的干女儿罗美美一路搀扶。这条河叫小平河，不深，但水流湍急，河中乱石错落有致，孔雀窝的古茶树在河对岸。原先的木桥不知何时已被冲走，站在河边，我忽然有一种"欲济无舟楫"的惆怅。这时，走在前面的小张已经下河，搬着河中的石块，铺设一条临时的桥路，可以让我们踩着石头跨步过河。小华也下河参与其中。这时我才注意到他脚上穿了双塑胶拖鞋，他是有备而来的。听罗美美说过，这家伙可以赤脚在大山里行走，今天我算是见识了他穿拖鞋跋山涉水。

我过这条河没什么问题。我担心殷慧芬。尽管小华说他可以背殷慧芬过河，但我不知道过了河又会有怎样的艰险等待着我们，我劝殷慧芬别去了："你在这里等我们。"又担心她一个人在深山里是否安全？为难之际，罗美美说："我留下来陪老妈。"罗美美也是第一次来，这时决定放弃去看孔雀窝的古茶树。我连声道谢。她说："应该的，照顾老妈，本来就是女儿的事。"她俩已经走到河边，转身上坡返回之际，殷慧芬不忘叮嘱我："你也小心啊！"

果然，过河后，埋没在荒草野树中的山路羊肠，举步维艰。陡峭处登攀，若无年轻人拉一把，我真爬不上。小张在前面用柴刀拨草砍木，硬是从蜿蜒中辟出一条路来。攀山寻茶不以艰险而止，我让小张砍了一根树杆，做登山杖。岂料树杆挂杖的顶端被柴刀削过后分泌出白色黏液，沾我满掌心。我急中生智，用随身携带的口罩裹住杖端，也算是非常年代的一个特别纪念。

"随山将万转，趣途无百里。声喧乱石中，色静深松里。"虽然一路苦行，沿途荒无人烟，景色却比唐代诗人王维笔下的更美，更具荒野狂放之趣。

一路跋涉，小张一直在浓密荒草中拓路。我望着他的背影，他身穿的 T 恤上有几行字："保持热爱，奔赴茶山，知足上进，不负野心，你我山巅自相见。"我内心热流涌动，忽然明白他们为什么如此执着，山巅相见，只为几棵古老的茶树！

上坡，下坡，再上坡，几经上下，终于到达山巅。遥望五老山诸峰，尽在眼前，翁郁起伏，如绿色波浪。我喘着气，特别贪婪地呼吸着新鲜负离子空气，愉悦无比。小华指着前方的一个凹窝，告诉我他所命名的孔雀窝就在那里。

四棵高大的古茶树出现在我面前，一路坎坷之后终于见大美。高大丰满，风姿绰约，每一棵树冠的幅度足有 4—5 米，树高 7 米多，枝叶繁茂，根茎粗硕，树干上、周边泥石处满是青苔藓，树龄足有大几百年。周围我没看到有别的茶树，不免心生疑惑，这四棵茶树是怎么生长在这里的？说人工种植，四周没有山里人家。是野生的，也无人考证过。抑或真有孔雀千百年前在这里筑窠繁衍，或飞掠而过时，衔茶籽落播在这块土地上。

在临沧，五老山在茶界没有像冰岛、昔归等名山名寨为世人所知，除了那个国家森林公园，几乎无人攀登这片荒山野林。

我更惊奇小华怎么会在苍莽之中找到这四棵古茶树的。

小华承包这四棵古茶树的二十年采摘权。四棵树年产干茶仅十多公斤，因为量少茶好，四棵树所采制的茶，每年都被客户一订而空。在他承包的第四年，茶树的主人小张家盖起了小楼房。

似乎面对几位相约很久又难得一见的挚友，我围着古茶树转悠，依恋不舍，她的根茎、枝叶、茶果和新绽的芽蕊……我细细端详，轻轻抚摩。为拍一张全景照，因为树的高大，我要退得很远。在按下快门的一刹那，我突然发现，枝叶舒展的古茶树，真像开屏的孔雀。

我为小华在开屏的茶树前拍下一张照片。他很得意地翘起两个大拇指。我揣摩，这是他为这四棵不一般的古茶树而骄傲，是为他寻找到孔雀窝这个地方而骄傲。

流连忘返，一直到暮色四合，我们按原路返回。同样的羊肠小路，同样的下坡上坡，同样的跋山涉水，我一路走来却觉得比来时轻松和愉悦。过小平河的时候，踩着水中的石头，一不小心，有点趔趄，差点跌入河中，幸亏年轻人紧扶着我。河对岸，期待很久的殷慧芬和罗美美，拍着手喊欢迎欢迎，像是在迎接凯旋的英雄。

再后来，我们去村里小张家。果然小楼如同乡村别墅，在村里算得上豪华。客厅里 48 英寸的大电视机不停地在播放，沙发等家具一应俱全。看得出来，日子很滋润。

无量通天草

我写过一篇《穿越无量山》，说到了金庸在《天龙八部》中写到的无量通天草。文章发给我在云南的茶界朋友小华看，很快他的一款"无量通天草"的普洱名山茶横空出世。我问："这茶的名字是不是看了我文章后取的?"他坦言是的。之后我去云南，特别提出要去无量山，看一看这款茶的产地。他一口答应。

这次去，不仅仅是穿越，而是深入腹地。

金庸《天龙八部》中说的通天草是指一种珍稀药草，小华用在茶上，似也无可厚非。茶，最早为"荼"，也是一种药，此其一；其二，云南的乔木古茶树本就高大参天，说"通天"也不过分，尤其是近几年有些茶客所推崇的高杆茶。

2022 年 9 月 24 日。傍晚，我们从昔归出发，过澜沧江大桥，进入普洱市景东县。前两年我在云南看茶，主要围绕临沧和西双版纳，正儿八经地去普洱看茶，这是第一次。车在高速公路上行驶，左边无量山，右边哀牢山。苍苍莽莽，两大山脉的无边无际向我诉说云南大山的豪迈。

在景东县城宿夜，第二天一早进山。出县城，沿乡路绕山十多公里见一状如草帽的山头，是大箐自然村，那里就是小华的"无量通天草"的基地。千绕百回，三次迷路，小华不断打电话问路，在泥泞的山路来回折腾，终于到了目的地姚家坪。

姚家坪十来户人家，四十来口人，生态环境极好。野生的柿子树、栗子树、木瓜树，不时可见。村里泥路狭窄，越野车已不能再往前，我们开始步行。茶农老卢的家，比别的村户住处略高，孤零零的几间泥屋。老卢家最早住在更上面，山林深处就他们一户人家，后来才搬到姚家坪。

几缕轻烟在厨房飘升，热气腾腾。老卢的夫人知道有客来，忙着煮茶，蒸腊肉。腊肉是他们家养的猪宰了后腌熏的。我喜欢这样浓浓的生活气息，一进门就去厨房帮着添柴烧火。早就想在茶农家喝一壶"无量通天草"，暖暖的、香香的、浓浓的，眼看就要兑现，还有我垂涎已久的无量山腊肉，茶香、肉香，都让我心醉。

令我奇怪的是，49 岁的老卢叫 80 后的小华为叔叔。细打听，才搞明白老卢的一个姑妈嫁给了小华的远房堂哥，老卢才这样跟叫。七大姑八大姨，这样遥远的亲戚不知怎么被小华勾搭上，而且被纳入他的茶叶供应链？我后来见到老卢78岁的父亲，他从山里采菌菇回来，满脸笑容，却说不了话。小华说他的这个老哥在年轻时生一场病，发烧，烧退了，成了哑巴。我直觉这户人家过去的日子并不顺遂。

老卢带我们去看古茶树。那是一条羊肠泥路，先向上，再往下。上，就是我们在远处看见的那如同草帽的山顶；下，就是到山顶后，再折入一个凹洼地。近一小时的路程，一边是山壁，另一边是坡谷。无人之境，沿途皆草木气息，坡谷绿树葱郁，秋果累累，很是赏心悦目。让我喜欢的是山壁上的绿色苔藓，绵延不绝，薄绒一般，这么大片的，我在国内很少见过。自然生长的菌菇，淡红的鲜红的鹅黄的小花，像是绒毯般苔藓中的美丽点缀。

山路狭窄，但上上下下并无太大的陡险。到了目的地，那是山谷中相对平展的一片绿地，树林中有隐约可见的蜂箱、柴堆，似乎还有人生活、劳作的痕迹。几十年前，老卢的一家就居住在此。现在虽已搬至姚家坪，但老卢他们仍时来此地，除了采茶、采野生菌、养蜂、砍柴、收获秋果……此外，对曾经居住过的土地仍有几分眷恋。

我见到了古茶树，并不集中，有三五扎堆的，也有孤独傲立的，树龄多为三百年以上，有几棵五六百年树龄的长在山坡旁，乍看并不伟岸，近瞧却粗硕丰满，这些古茶树过去似没人管理，处于半放养状态。小华与卢家攀上亲戚关系后，发现了这几十棵古茶树，老卢每年茶季负责采摘、初制。老卢他们的杀青、揉捏、晒青等技术是小华指导的，最早的设备也是由小华提供。年复一年，景东一个偏僻山村的这片茶园，就成了他的名山茶"无量通天草"的源头。

无量山以"高耸入云不可跻，面大不可丈量之"而得名，自北向南连绵千里，最高海拔 3 376 米。亚热带半湿润常绿阔叶林的生态，为古茶树的生长造就了极佳的环境。唐代樊绰《蛮书》记载："茶出银生城界诸山。"古代的银生城就是当今的景东县城。出景东县城十多公里后，我们所进入的大箐、姚家坪一带，理应在"银生城界诸山"中。

行走在一棵棵古茶树之间，老卢告诉我，别看这里平日人迹罕见，采茶季节却热火朝天。那是茶农们最快乐的美好时光。

老卢有两个孩子，都在城里念书，他做茶、养蜂、养蚕、养猪、养鸡，山里栗子、地上菌菇，都是他们家的副业。勤劳致富，他这一代比他父辈生活得好，他满心希望儿女们过得更好。

这一片被称"无量通天草"的古树茶年产毛茶一吨有余。临别时，小华要带走老卢的初制毛茶。老卢把茶一箱箱叠放在摩托车上，准备送往我们停在山谷坡地上的皮卡车。在他跨上摩托的一刹那，他的满脸笑容告诉了一切。茶，是他们脱贫致富的寄托。

梧桐引得凤凰来

从墨江出发，穿越重重山雾，我们去凤凰窝。凤凰窝在莽莽哀牢山的深处，属景星镇管辖。景星镇地处凤凰山山顶，海拔1940米。出镇区，眼前是一片苍绿绵延的茶山，虽是人工栽培的台地茶，但在绿树掩映的山坳里，也呈现着勃勃生机。沿途没见到古茶树，小华说："没人带路，凤凰窝的古茶树一般人很难找。"

凤凰窝，顾名思义是凤凰山的一个凹洼窝地，好茶一般都长在坑涧窝窠，比如像武夷山的牛栏坑、竹窠、龙窝，像浙江、安徽等地的鸠坑、猴坑等。凤凰窝出好茶，也与这个"窝"有关。四周山林环抱，云雾缭绕，岁月蓄积的天地精气氤氲，滋养了这款小众普洱茶的独特品质。

到目的地，接待我们的小赵非常年轻，是个 90 后小帅哥。坐下喝茶时，他告诉我这个茶厂的创始人是他们的父辈。他爸前些年在广州芳村开茶铺卖茶，小赵在大学里学经营管理，毕业后去他爸的茶叶铺打工，什么都干，包括搬运货物。这三年，他了解了茶叶流通领域中的各个环节，积累了很多人脉资源。三年摸爬滚打，在某种意义上胜过闭门读书。

　　早先凤凰窝的茶地大多比较分散，近几年赵氏家族逐渐把茶园规整到自己手上经营。现在，小赵是公司的执行总监，和家族的父辈、兄弟姐妹们共同经营着茶业公司，打造了"凤凰窝"的品牌。

　　小赵为我们泡了两款古树茶，茶香四溢，注水时闻到蜜香，第一泡出水时有淡淡青草香，第三第四泡沁出幽幽兰花香，层次丰富，口感滋润。"凤凰窝古树茶年产量不多，你自己卖可能还供不应求，你怎么舍得将毛茶卖给小华？"我问。小赵哈哈一笑："首先我与华哥的关系不错；第二，我的客户中有喜欢昔归茶的，我用凤凰窝的茶换他的昔归古树茶。双赢。"他的经营思路非常清晰。

　　品尝过茶的好滋味，自然得去古树茶基地。那是一条小赵家自己筑的土路，并不宽，但小车可以通行，土壤呈褐红色，很丰腴。在距离一号基地还有几百米处，小赵让车停在拐角处，不让再往前。他说只有在春天采茶时允许自己家的皮卡进去运茶青，其他时间或别的车辆一律不许进，怕汽车尾部废气污染环境。众人只能步行，路很平坦，大家边走边说笑，像是在风景地秋游。

到了一号基地，因为地处凹窝，进入时坡度较陡。年轻人搀扶着白发苍苍的殷慧芬。我则又忘了年龄，动如脱兔，随着小赵一头扎进古茶树的绿丛中。古茶树密匝匝一片，大多经过矮化处理，偶尔有几株没被矮化的，树干很高，枝叶直窜天空。

一号基地的古茶树品种都是大叶种，树龄也相近，都在百年以上。小赵他们制作的成品茶，基本上都是混采的。我问小赵，有树龄更长的吗？小赵笑了："有啊，不过不在这里。墨江地区最古老的茶树，是我们赵氏家族的。我带你们去看。"

那棵大几百年的古茶树在一个叫太平掌的自然村，有意思的是村口原来有一所学校，"墨江三中"几个字嵌在红砖砌的门楼上还十分显目。门楼已有沧桑感，据说是 20 世纪 70 年代造的。进了门楼，绿树掩映中，旧时校舍、教室仍在，虽有破损，但黛瓦白墙仍显一种质朴的美。"我爸他们一辈那时就在这里念书。后来不知怎么就荒废了。"小赵如是说。我说："荒在那里可惜了。古茶树离这里不远吧？除了阳光雨露的滋润，它倒还听了许多年的琅琅书声。"小赵懂我意思："过段时间，我想把学校的旧舍用起来，在这里做一个茶文化的会所。"我赞许说："这个想法好。"

穿过"墨江三中"的旧时门楼，沿村间小路前行不多时，我们见到了这棵古茶树。远看，高大丰满，雍容华贵，像一位大户人家饱读诗书的贵妇。四周有竹木铁丝围着，附近还有主人家布设的监控探头，平时不让外人靠近。这天，因为主人的特别允准，我们不但尽情拍照，还让我们入内，自称"性格内向"的小华，虽然身坯稍胖，这时却活络得像个猴子，在古树上绕来绕去，爬上爬下，有点放肆。我也被这氛围所感染，忘了年龄，攀着粗壮的树干，时而做着飞翔的动作，时而又拥吻翠绿的叶芽，疯疯癫癫，聊发了一回少年狂。

小赵对凤凰窝茶的文化渊源很有自己的想法："这里之所以叫凤凰山、凤凰窝，是附近山里有棵千年梧桐树，有道是'梧桐引得凤凰来'，说的就是这个意思。"我很想见识这棵古老的梧桐树，要求去看看。小赵笑道："你们看了迷帝茶，回来时，我在镇上等你们。"他也忙，我们去米地时，他可以去处理一些公司的业务。

米地的"迷帝"茶，跟赵家似乎也多少有些关系，有传说米地茶因品质优良，进贡清宫，受皇帝喜爱，赐"岁俸京师"匾一块。赵氏家族曾保存此匾，可惜在"文革"期间流失。

从新抚乡看米地贡茶园回来，小赵果然在景星镇等我们。千年梧桐树在离镇不远的一个叫坝卡箐的地方，车在县道靠边停下后，沿陡坡往下步行很久。周边一片莽莽原始森林，无路可走，小华拿出钢锯柴刀，在前面开路。身处荒芜丛林，我恍然想起不久前曾在哀牢山迷路而最后失去生命的几位国家地质勘测队员。若无熟人带路，初入这片深不可测的荒凉森林，一定会没有方向。我不敢叫殷慧芬同行。而我自己，视线须臾不离开小赵他们，拄着拐杖，深一脚浅一脚地紧随着往前。

见到这棵千年滇梧桐树时，我被它的高大惊呆了，足有四十多米高，直窜天穹，树冠覆盖面积比一个篮球场还大，胸径2—3米，胸围7—8米，四五个人也合抱不过来。这棵梧桐堪称植物界的活化石，因为与它同时代的新生代第三纪孑遗属大部分物种都已灭绝，它是国家重点保护的濒危植物之一。

大树根系发达，四处伸展的根系上长满青苔，有的还长出了小树，形成了"树生根，根生树"的奇观。让我疑惑的是在这荒无人迹之地，大树下有一张石桌几个石凳，这是什么年代、什么人有如此雅兴在此闲坐或者品茶？

"栽有梧桐树，引得凤凰来。"苏东坡有句"景星凤凰，以见为宠"（《梦作司马相如求画赞》），此地名为景星镇，抑或古时真有凤凰栖息？我又展开遐想：凤凰窝的古茶树，是否因为梧桐引来凤凰，由凤凰飞来衔籽繁衍？

寻找曹雪芹笔下的普洱茶

　　《红楼梦》第六十三回，曹雪芹写到过普洱茶：林之孝一行人来怡红院查夜，正当宝玉怕积食还没睡，林之孝家的便向袭人等笑说："该焖些普洱茶喝。"袭人、晴雯二人忙说："焖了一大缸子女儿茶，已经喝过两碗了。大娘也尝一碗，都是现成的。"说着，晴雯便倒了来，林家的站起接了……

　　普洱茶历史悠久。清雍正年间，云南总督鄂尔泰在普洱府宁洱县设茶厂、茶局，统管茶叶生产制作，选最好的普洱茶精细加工，进贡朝廷。来自原始森林的普洱茶，茶味浓厚，助消化能力强，有保健作用，很适合游牧出身、肉食为主的清朝廷皇亲国戚的需要。于是，普洱茶中的女儿茶、团茶、茶膏等，深得帝皇将相、王公贵族钟爱。

曹雪芹写《红楼梦》，时在雍正、乾隆年间。那时，普洱茶已进入宫廷和达官贵人之家，被写入书中合情合理。

书中的女儿茶是普洱茶的一个品种。清代张泓《滇南新语》记载："普洱茶珍品，则有毛尖、芽茶、女儿之号……味淡香如荷，新色嫩绿可爱"；清代阮福《普洱茶记》记载："女儿茶为妇女所采，于雨前得之……"

云南向清朝廷进贡普洱茶，一直延续到清朝末年，前后近两百年。20世纪60年代初，北京故宫还存留清朝廷剩下的不少普洱贡茶，其中有团茶、女儿茶、茶膏等，至今，故宫博物院还保存着当年用女儿茶制成的团茶"金瓜贡茶"，又称"人头茶"，重约五斤，形如人头，色如金瓜。

一部《红楼梦》，满书有茶香。为寻找《红楼梦》中写到的六安茶、老君眉、龙井茶、枫露茶、凤髓茶，笔者曾多次去安徽六安，浙江杭州，湖南洞庭湖君山岛，福建武夷山、福鼎、建瓯等地，写下《寻找老君眉》等多篇文字。关于曹雪芹笔下的普洱茶，究竟源自何处，我也多次在西双版纳、临沧、普洱等地跋山涉水，深入原始森林，留下苦行足迹。

普洱贡茶的茶料主要来源是西双版纳易武倚邦曼松、墨江米地、宁洱困鹿山的贡茶园。清代阮福《普洱茶记》记："普洱茶名遍天下。味最酽，京师尤重之。福来滇。稽之《云南通志》，亦未得其详，但云南攸乐，革登，倚邦，莽枝，蛮砖，慢撒六茶山，而倚邦，蛮砖者味最胜。"倚邦，在傣语中称"唐井"，有茶井之意。在易武六大茶山中，倚邦茶山海拔高，也反差大，最高1 950米，最低560多米，相差近1 400米。倚邦茶区内有大叶种和中小叶种茶树，中小叶种的品质优于大叶种，也优于其他地区的中小叶种，茶香独特。故宫所藏用女儿茶制成的"金瓜贡茶"，有说其原料来自倚邦。

曼松茶区位于倚邦象明乡，茶叶质厚味美，味甘香，是倚邦茶中之最，古有"吃曼松看倚邦"之说。《普洱府志》："清雍正十三年，普洱茶由倚邦土千总负责采办，定倚邦山曼松所产之茶为贡茶，年解贡茶百担。""年解贡茶百担"，作为皇亲国戚里的豪门，贾府很有可能从中分得一杯羹。

2021年春天，我去勐腊县易武古镇，在易武茶文化博物馆看到"瑞贡天朝"的字匾和普洱贡茶年谱、茶马古道的线路图等相关史料和文物。在一个叫"公家大园"的广场，见到易武茶马古道的出发点。广场中心立着石碑，记录着往昔茶马古道的史实。遥望远方群山，穿越时空，我似乎看到了马帮在古道上行走……当年曹雪芹笔下的普洱茶也许正是从这里出发的。

2022年9月，我应临沧茶友邀请又去云南，行走在崇山峻岭之中，寻找曹雪芹笔下的普洱茶，仍是我心头的不解之结。除了想去易武曼松贡茶园之外，我还想去墨江米地、宁洱困鹿山的贡茶园。

9月25日，在无量山看茶后，我们从景东夜奔北回归线上的墨江县城，宿双胞小镇。第二天从墨江出发，穿越重重山雾，深入哀牢山，那是一片莽莽大山。越野车盘旋上山，先去景星镇凤凰窝看茶，之后直奔米地贡茶园。

米地的古茶山主要分布在新抚乡一带，海拔在 1 300 米至 1 940 米之间。"米地"的地名是因为这里有米有地，为表达米粮富足之意。清乾隆年，米地茶进贡京师，相传乾隆帝喝了之后，曾赞：朕品茗无数，唯其色香俱佳，并赐匾"岁俸京师"。由此，米地茶名声大振。米地茶曾让皇帝着迷，改称"迷帝茶"也由此而来。

到达米地时，已近黄昏时分，山高林密，薄雾缭绕，古茶园红棕色的土壤上满是青苔和小草，绿茵茵一片，踩着柔软和舒服。茶园中树着的一块石碑由于年代久远，镌刻的字迹已很难辨认，唯"永乐碑记"四字依稀可辩。由此可推断，米地种茶已有五六百年的历史。

后来，我们在附近管理这片茶园的一家茶农合作社品味2022 年的"迷帝茶"。这黄绿透亮的汤色，匀齐的叶底，茶香中的些许兰香，口感虽略含苦味，却山韵气息明显，回味甘醇爽滑。在享受这种美妙体验的一刻，我又想起曹雪芹笔下的普洱茶，红楼儿女是不是也曾为此茶着迷过？

雍正年间，鄂尔泰在云南的另一个贡茶园在宁洱困鹿山。困鹿山是无量山的一支余脉，澜沧江水系和红河水系的分水岭。我们到达困鹿山贡茶园所在地宽宏村是 9 月 27 日上午。接待我们的茶农夫妇，老公范三负责做茶，老婆刘娅负责销售。别墅的豪华，我直觉是困鹿山的古树茶让他们致富。夫妇俩很热情地为我们当向导。

皇家古茶园气势浩荡，千百年的古茶树成片，我深感叹为观止。当年，困鹿山茶园被定为皇家御茶园后，茶叶的采摘和制作均有官府派人监制，茶季有士兵把守山头，普通百姓不能靠近。"不可能像现在那样，让我们自由行走。"当地茶农说这话时，我感到了某种神秘。除了古茶树，还有各种原始阔叶林的大树错落其中，混杂丛生。从观景台瞭望，远处白云飘浮，群山层峦叠嶂，绵延不绝，近处巨木参天，虫鸣叶落，青苔和菌类植物随处可见，茶树生长的环境极好。我这时体会到在范三和刘娅家里喝的入口微苦、随即化苦回甘、茶香清雅、汤质淳滑、喉韵甘润持久的困鹿山古树茶为什么别具风味？也明白了困鹿山古树茶近几年来价格持续走高的原因。

困鹿山的茶树多种类型并存，野生型、过渡型、栽培型都有，大叶种、中小叶种、细小叶种、紫叶茶、猫耳朵……品种之多，堪称天然的生物基因库，茶叶的大观园。我尤感兴趣的是细小叶种，看着古树苍劲的枝条上仍在新发的嫩芽，我随手采一叶芽，含在唇间，入口的馥郁芬芳，嚼碎后稍微苦涩和回甘生津，都令人难忘。我在"世界小叶种茶树王"和"细叶皇后"两棵古树前徘徊许久，我想起了袭人、晴雯二人所说："焖了一大缸子女儿茶。"这女儿茶会不会就来自这"小叶种茶树王"或"细叶皇后"，而且由女孩们在春天所采摘？

目前尚未有史料能够推断曹雪芹笔下的普洱茶、女儿茶来自云南何处，我的书写和叙事也只是一种揣测，但我觉得源自曼松、米地和困鹿山的皇家贡茶园应该是可以确定的。

2021年秋天，云南茶友曾在上海听我讲"《红楼梦》中茶"。一年之后，他们带我在云南普洱茶的产区攀山越岭，在多地踏勘寻访，让我收获颇丰。行走原始森林中的古代贡茶园，充实和丰富了我对曹雪芹笔下的普洱茶新的认知。

景迈山风景

"景迈山古茶林文化景观"前不久在沙特利雅得举行的第45届世界遗产大会上被列入《世界遗产名录》，成为中国第57项世界遗产。景迈山古茶林位于云南省普洱市澜沧县。大约在公元10世纪，布朗族先民迁徙至景迈山，在那里发现和认识野生茶树，利用森林生态系统，与后来的傣族等各族居民一起，探索"林下茶"种植技术，历经千年，形成林茶共生、人地和谐的独特文化景观。

2022年9月，我有一次景迈山之行。进入景区大门，眼前是一条宽阔的林荫大道，路面由花岗石碎块精心铺设，上海人称为"弹硌路"，很漂亮。连续十来天在茶山崎岖狭窄、或泥泞或乱石的山路行走，到了景迈山，判若两个世界，我恍若置身于绿意盎然花香鸟语的天然大公园。

景迈山核心区的万亩古茶林，远看森林葱郁，近看茶树成行，古茶树与参天大树互为衬托，生气蓬勃。布朗族、傣族人直接在森林中种茶育茶，使茶林呈现乔木层、灌木层、草木层的立体结构，所创造的环境、空气湿度，林间形成的漫射光以及生物多样性，十分有利于茶树生长。

茶在森林中，人在茶丛间。我们在"立体结构"的绿色空间徜徉，尽情吸收从乔木大树间隙投射的阳光。虽已入秋，各种野花和药草仍随时可见。

浓绿香来清胜花。陪伴我们的几个年轻人在茶树丛中钻来钻去，似乎在找什么稀罕物。我一打听，原来是找螃蟹脚，方知景迈山有螃蟹脚，而且是最好的。

螃蟹脚，是古茶树上的寄生植物，采摘后晒干，由绿色转成棕黄色，可以像茶一样冲泡饮用，入口有淡淡梅子香，被视为茶树上的珍品。冲泡普洱茶时投入少许螃蟹脚，与茶混合着饮用，两者交融所产生的滋味厚醇、香郁、滑润，甘甜味会从舌尖、两腮涌起，直入咽喉。饮后，喉舌间津液充盈，久滞不散。

我曾多次获得朋友赠送的螃蟹脚，印象最深的一次是书法大家张森所赠。那是十多年前，在他府上。得知我喜欢，他给我装了满满一罐，我心里喜不自禁，嘴上却说："够了够了。"张森继续往罐子里塞，说："多拿一些。这东西给不懂的人，也是浪费。"他的孙子格畅那时刚念小学，在一旁"撬边"："我爷爷很大方的。"那罐螃蟹脚我喝了很久，每次泡普洱茶，我总抓一撮投入其中，就像大厨炒菜烹饪时放一些鸡精一样。存放久了，它除了梅子香的独特滋味外，还有一种药香。

此刻，我身临其境，在古茶树林里寻找螃蟹脚还是第一回。螃蟹脚对生长环境非常苛求，除了阴凉湿润外，更重要的是空气纯净。螃蟹脚在这里生长，正印证了景迈山的生态环境无可挑剔。

寻寻觅觅，那难忘的淡淡的梅子香滋味又仿佛在口腔中涌动。身边的古茶树枝干上长满苔藓、藤蔓、野生菌，满是沧桑，我们一棵一棵搜索，一帮子人耗时许久，只找到一枝螃蟹脚。我第一次看到新鲜的螃蟹脚，珊瑚状，翠绿欲滴。当地朋友告诉我，螃蟹脚寄生在几百年的古茶树上，周期需要三四年，在古茶树上汲了足够的养分之后，方能长成。近些年由于当地茶农都在采摘，留在树上的确实少了。

后来，我们去景迈山布朗族翁基古寨，在寨口一个小伙子的商铺，看到摊放的土特产中有螃蟹脚，黄褐色中透着暗绿，可见晒干后存放的时间并不长。一小袋约 50 克，标价 50 元，我们当即购入数袋，算是弥补遗憾。

布朗语中"翁"是"出水"，"基"是"住"，"翁基"之意，即为住在出水处的村寨。翁基古寨颇具原始风貌，漫步古寨，所见安乐祥和，具有民族特色的传统木结构建筑保存完好，民风淳朴。村民以茶为主业，入秋了，仍有村民在晾晒茶叶。

让我印象深刻的特别之处是，每个房屋的屋顶角上都有一个简单的雕塑，细看像一株茶树的枝叶。此外，许多商铺门口窗下挂着晒干的巨大的豆类瓜类植物，家家户户比赛着谁家的更大，最大的豆角足有两三尺长。无论是屋顶茶叶状的雕塑，还是商铺门口的植物标本，这应该是布朗族茶农的一种图腾。布朗人的骄傲是茶叶，而这些植物标本又分明在向世人昭示是他们"种豆得豆，种瓜得瓜"，体现出他们勤劳、富裕和收获的喜悦。

正是午饭时间，我们在翁基古寨用餐。餐前，民宿女主人请我们喝景迈山古树茶。景迈山茶香气浓郁，投放时，有花香茶香幽幽飘来，我却觉得似乎还少了什么，少的是螃蟹脚的梅子香。我特别要求女主人投放几片螃蟹脚。茶和螃蟹脚碰撞，所散发的醇香甘爽气息，随着沸水的注入，在木屋中弥漫，袅袅茶烟成为景迈山一道独特风景。

邦崴，邮票上的茶王树

在云南大山行走，所到茶山古寨都可见茶王树，冰岛老寨、老班章村、南糯山、困鹿山、白莺山……莫不如此。最有名的当数凤庆小湾镇锦秀村 3 200 年树龄的茶尊和镇沅千家寨树龄 2 700 年的野生古茶树。但是，在众多的茶王树中，荣登中国邮票的只有一棵，那就是邦崴茶王树。国家邮电部 1997 年 4 月 8 日发行《茶》邮票，一套四枚，第一枚《茶树》就是邦崴茶王树。

此刻，三元带我们去邦崴，越野车在狭窄的乡间小路行驶，路两边的玉米，长得两米多高，青纱帐似的。过了密密匝匝的玉米地，车在邦崴山上盘旋。邦崴古茶山地处澜沧、双江、景谷三县交界的澜沧江畔。阳光充足，气候温和，夏无酷暑，冬无严寒。茶园散落在森林中，村寨分布在茶林间。邦威村在海拔1900米的古茶山深处。

接待我们的是村里90后茶农小谢。谢氏家族在邦崴村很有名气，一是这棵茶王树虽然归政府所有，平日里却由谢氏家族看管护理，二是邦崴古茶山的二王树属于谢氏家族。家族有多家茶厂，其中一家就叫"邦崴茶王人家"。

坐下喝茶，第一泡是茶王树的春茶。小谢说："你们有口福，往年我自己只有一泡，今年我多了一些。茶王树是政府的，我们不可以采。但政府管理人员为感谢我们平日的看管，今年多给了我们一些。"茶王树的干茶样子与普通古树茶没什么特别，小谢手机里收藏的鲜叶图片，倒是碧绿生青，娇嫩新鲜，十分可爱。1700年高龄的茶王树，生长出的叶芽如此青春美丽，老树秀骨不老，仍然生气勃勃。

第二泡是小谢家2013年的邦崴二王树单株金瓜茶，金瓜有3公斤重，当茶刀撬开的一刹那，那种幽幽的醇香就飘了出来。

时近黄昏，口腔中茶的甘香仍在，大家就迫不及待要去看邮票上的茶王树。2021年5月，我曾在凤庆瞻仰锦绣茶尊，遗憾的是隔着一堵墙，只能远望。邦崴的这棵茶王树也被围着，平时不让外人进出。幸运的是看管茶王树的谢氏家族可以为我们破例。

穿越村间小路，我们看到山腰上的这棵茶王树，果然高大，树的顶端直窜天穹，与晚霞连接。茶树周围绿茵茵的草地在夕照中如同泛着金色光泽的地毯，四周有旧木板围着。小谢用钥匙为我们打开门。

古茶树高 11.8 米，是"世界过渡型茶树王"，被称为"茶树进化的活化石"。1993 年 4 月，"中国普洱茶国际学术研讨会暨中国古茶树遗产保护研讨会"召开，来自世界各国的一百多位专家学者到邦崴考察，一致认为邦崴古茶树比印度阿萨姆种起源更早，从而使世界茶树原产地在中国还是印度的这场争执有了结论。

我们抬头仰望，古茶树茂密的枝叶遮掩了天空，树幅直径有 8—9 米，根部茎干直径超过 1 米。两个人张开双臂，无法合抱。拍照、录视频、蹦跳，细细端详观察它古老而遒劲的树枝和生长茂密的绿叶……爱茶人既是它的粉丝，又是它的老朋友。

太阳下山之前，我们又赶着去看二王树，有一段登高的石台阶路，一天的赶脚，我的脚步在这时已显疲惫。奇怪的是见到二王树的时候，兴奋又让自己忘记了疲倦。我上下左右察看，与茶王树相比，它丰满圆润，却少了点巍峨挺拔。如果说，茶王树有君临江山的威严，这棵二王树更具母仪天下的雍雅。从树高、树冠面积和根茎的粗壮判断，二王树的树龄也有千年了。

在小谢家吃过晚饭，天已全黑。小谢问是不是还要喝一壶茶？我们因为计划在双江过夜，还要赶路，都说不喝了。三元说："赶到双江，我还要在线上卖茶，搞直播。你有茶让我在线上卖吗？二王树的金瓜还有几个？要不要在直播时为你吆喝几声?"小谢求之不得："好啊好啊!"三元把他的 5 个 2013 年的金瓜茶悉数带走，丢了一句："你别忘了给我报个底价。"小谢嗯了一声，满脸是笑。

到双江的宿地已过 21 点，我们准备睡了，隔壁房间传来三元直播的声音。第二天，我问："那五个金瓜全卖了?"他笑说："秒杀，一抢而空。"

茶马古道上的丽江

2012 年 9 月，我去过一次丽江。我坐在沿河的小饭馆享受云南美食，窗外就是著名的大石桥，当有游客坐在马背上，缓缓上桥下桥，传来马蹄踩踏路石的哒哒声时，思绪就会把我带到遥远的年代。多少年前，马帮们带着西双版纳、普洱等地的古树茶，也是从这里经过，运往藏区……

丽江是茶马古道上的重镇，拉市海是丽江通往西藏的重要路段，第二天我们租了辆车，直奔这个风光秀丽的地方。那天，湖水很浅，给我的感觉更像是个湿地。湖边，几匹马在低头啃食青草，水鸟不时在湖面飞过，蓝天白云，碧水绿草，美极。我们流连忘返，茶马古道不仅有山路弯弯，也有秀水回绕。离开的那一刻，我默默自语："我们还会再来。"

谁知我们第二次再去，竟在十年之后。2022年9月，我在临沧茶友华玉忠陪伴下，走了十多座茶山。在我考虑返程的时候，华玉忠告诉我，去上海的直飞航班云南省只三个机场有，目前昆明和西双版纳都有疫情，随时可能被封。他说："去丽江吧，那里有我们公司分部，有好几个销售点，开民宿客栈的、卖机票的、供应土特产的……都有。你什么都不用操心。"我一听，忙说："好啊好啊。"

坐高铁从临沧到丽江三个多小时。抵达的时候，前来接站的常伟是丽江一家精品民宿的老总，知道我们还没吃晚饭，直接把我们拉到一家餐馆。一个儒雅的中年人等在门口，华玉忠介绍说："唐敏，丽江分公司的负责人。你买机票可以找他。"朋友多，办什么事都不用操心。这不，我们人还没到，唐敏把菜都已点好了。

饭后直奔宿地，客栈女主人何英早已妥妥地安排了一切。放下行李，我们去茶室品茶。民宿的环境氛围很有诗意，何英又很干练，在茶室坐下，何英快人快语，瞅着华玉忠："老板带什么好茶来了？"都是明白人，华玉忠从随身的包包里掏出茶来，绿水塘的、昔归的、团结丫口的……何英舌尖上的感觉极好，能一款一款说出各自的特点，甚至一些很细微的区别。最难忘的当数冰岛老寨的古树单株茶。华玉忠承包的这棵古树单株在2022年的采摘价为36万元，做了2.8公斤干茶，压了14个茶饼。那晚撬开一个茶饼，喝了都说好，又都各自瓜分了部分。华玉忠故意显得有点心痛："给我留点，我在丽江还有别的朋友。"

我和殷慧芬先离席回房休息了，华玉忠、唐敏、常伟和何英喝茶聊天至深夜。第二天我们起早去丽江古城闲逛，行至大石桥、四方街，见各地游客仍不少，方知丽江的魅力是疫情不可阻挡的。十年前来丽江时游人如织，夜间在四方街我与当地少数民族百姓手携手围着篝火跳舞狂欢。十年后重游，那情景仍恍如在眼前。

　　下午去拉市海。拉市海还是那么迷人，湖周边的草木比十年前兴盛了许多，一丛丛不知名的红色小花点缀绿树丛间，煞是好看。周边修起了木栈道，拉市海仿佛成了一个高原湖泊的大公园。环境在变，人也在变。十年前，我纯粹是旅行者，而现在，有华玉忠、常伟等当地朋友在，似乎成了半个主人。这不，在果园里采摘鲜艳饱满的雪桃、苹果，自由自在，想怎么采就怎么采，想采多少就采多少。

　　指云寺就在附近，当年丽江的茶马古道，其中一条经过指云寺，翻过蒙古哨，从阿喜渡口过金沙江进入藏区。正是这条古道延伸连接了大理、昆明、普洱和西双版纳，山间铃响马帮来，一路跋涉去西藏。常伟说："从某种角度上说，指云寺是这条茶马古道云南段的最后驿站。马队在那里祈福一路平安，休息，宿夜，之后再启程。"

　　指云寺建于清雍正年间，通往寺庙的路上一幢接一幢的白色佛塔气势不凡。寺庙内外纯净肃穆，殿宇巍峨、富丽，飞檐画栋，无论是镂雕或是彩绘壁画，体现了藏传佛教的绚烂色彩及迷人魅力。据说寺内的落水洞曾留下莲花祖师的足印，更为其增添了几分神秘气息。

登上寺庙的制高点，极目远眺，峰峦叠翠，碧水潋滟的拉市海尽收眼底，正是夕阳时分，云烟缥缈，飞鸟归巢，有古刹钟声传来，偶尔会邂逅身穿袈裟的僧人……此境此地，我有一种远离尘嚣的清静和安宁。难怪无论古今，这里都是人们祈福许愿的圣地。

指云寺大门前几棵古树如撑天巨伞。走出寺庙，华玉忠舞性大发，在树下空地上跳起了藏族舞。他长得有点硕壮，朋友们称他"大猩猩"，跳起舞来的一招一式倒是挺有板有眼，袅娜有姿。大家被逗乐了，仿佛他也随着古时马帮入藏，被藏民们的热情感染了一般。我一边乐着，嬉笑着，骂他是个妖怪，一边却想他为什么这么高兴？

以后的几天，我去了他在丽江的其他几个销售点，生意做得都很红火。我开始领悟那天他为什么载歌载舞那么快乐？同是卖茶人，过去的马帮，路漫漫，沿途千辛万苦，生死未卜。现在的，比如华玉忠，在丽江这个面向世界开放、来往游客络绎不绝的古城设立分公司，布下若干分销点，而这些分销点的经营者既有足够的智慧，又尽心尽力，他的茶不用马帮就可以运往西藏，销向全国乃至世界各地。而他自己还有闲情逸致陪同朋友看风景、采雪桃、摘苹果，唱唱歌跳跳舞……茶马古道在新一代茶人面前已成为旧迹，只是记录中国茶文化的一个历史印痕。

将乐，被遗忘的深山老茶

与建业相识，纯属偶然。2020年5月，我在武夷访茶，某夜去星村一家茶厂，主人与我谈兴正浓之际，忽然起身，说他有朋友从三明送茶青来，他要去处理一下。我心生好奇，便尾随下楼，于是便意外与建业相遇。

那夜，建业费时两个多小时，开车二百多公里送来在三明大山深处采摘的荒野茶，请星村茶厂师傅加工。我问他，茶青在运输过程中会不会发酵？他说他全程开足了冷空调。我看他的车，果然冷气逼人。五月的武夷山已经很热，我穿短袖 T 恤，他却穿着厚厚的全套长袖工作服，尽管如此，他说在车上仍冻得发抖。

那一车茶青足足有 300 斤，我随手取其中一枝，一芽三叶，开面适当，全手工采摘，外型非常漂亮。荒原老树茶带来的山野气息，在星村晚春的星夜里散发，不但好闻，我还感受到一种茶与诗的豪放。

我说，你这样来来往往，做茶的成本是否太高？他说，他不卖茶，每年这么做，只因为太喜欢，茶做好了，除了自己喝，就与朋友们一起分享。

这个瘦高个子的中年男子身上有一种江湖气，直觉告诉我，是一个有故事的人。这些年我在寻茶途中不时会与各种传奇人物邂逅，故事就在其中。眼前这个汉子又是一位茶中奇人，我不想错过，与他互相加了微信，随口说了句："那你茶做好了，别忘了也给我寄一份。"他一口答应。几个月后，他果然有茶寄来，并邀请我择日去三明大山看茶。

他约多次，我一直拖延，原因多半是因为疫情。此外就是他寄来的茶，我喝了觉得并不怎么样。

2021 年 10 月，他再次邀约，我无法抵挡他的热情，答应去三明。这下，他在电话另一头高兴得像个大男孩，还叮嘱我带几套我写茶的书，说是县里的政协领导也要一套。

建业居住在三明市将乐县。将乐置县于三国吴景帝永安三年（260），是福建省最早的七个古县之一，1760 多年历史，宋代理学家杨时的故里，生态环境极好，我第一次来就喜欢上了。

还没入住，建业先请我喝茶，并责问我为什么拖了那么久才来？"诸葛亮也不过三请，你究竟要请多少次？"我也心直口快："因为你寄给我的茶很一般，有青涩味。"

他稍有尴尬，随后坦率承认这批茶确实没做好，主要是摇青做青不够。说着他为我泡一壶2014年他自己做的茶，原料还是山里的荒野茶。这茶他已所剩无几，用他的话说，喝一泡少一泡。

建业茶泡得很好，有时站着泡，而且必须是沸水，冲击力强。经过一个站立男人的力度和沸水滚烫的热度，这泡存放了七年的山里荒野茶的烈度、厚度和药香味顿时被激发出来。我深深地呼吸，茶汤尚未入口，便已陶醉其中，一口入喉，茶汤便如一股热泉流入腹腔。

紧接着，他又泡了一壶2015年在永春老家合作伙伴冯氏那里做的深山老树茶。这款茶喝的喝送的送，他自己身边已经没有了。他当时作为酬谢给了冯氏一部分，冯氏现在也视作珍稀，有茶客要用软中华烟跟他换茶，冯氏都不愿意。这次因为我来将乐，建业专门要他寄一些来，他才小气巴巴地快递过来一二两。这款茶与2014年的比，陈药味稍弱，但山野的豪放和老树的厚醇依然。我被这两泡茶所惊艳，颠覆了对他的山野茶原先的成见，甚至后悔我来三明将乐是否晚了？

建业出身于闽南茶乡永春，七岁丧父，是母亲把他拉扯大。母亲是个做茶好手，在他的记忆中，母亲经常用她做的茶与乡邻换米粑给孩子们吃。母亲的含辛茹苦，建业自小看在眼里，长大后，见到有谁欺侮母亲，他就为母亲出头，对人拳脚相加。

他做过小贩，卖过油条包子，开过茶馆饭店，走南闯北，闯荡江湖。尽管事业有成败，人生有坎坷，起起落落，但他一颗爱茶的心始终未变。

他现在经营着一家工程公司和物流公司，开车到三明火车站接我时，在通往将乐的高速公路上，他很骄傲地告诉我，这一段是他参与建设的，那一段他现在仍承担着其中的维修任务。我坐在他的办公室喝茶，望着窗外堆积如山的碎石，起重机轰鸣着铲起大堆石子向大卡车倾泻时飞扬的尘埃，简直无法把这种场景和茶的优雅联系在一起。

建业自称"茶疯子"，为寻找将乐的茶资源，经常出没深山老林，龙栖山、九仙山、孔坪那些人迹罕至的地方都留下过他的脚印。他曾登顶鹫峰山脉最高海拔 1 538 米的主峰九仙山。在九仙山他迷过路，回想那次迷路，他现在都后怕。他说，幸亏有两个猎人带路，"如果只有我一个人，那肯定走不出来了。好多地方没有信号，向人求救，人家都不知你在哪个方位。后来，偶然在一个地方发现有网络信号，赶紧向朋友发定位。朋友们找到我时已是夜晚。深更半夜才回到家，家人都担心死了"。在深山老林迷路，在将乐是有过先例的，有一次蓝天救援队找到一个迷路者时，他已在山里被困 5 天，虽还活着，却已奄奄一息。

九仙山顶有一座古庙九仙万缘庵，又名普照寺，最早建于宋代，一直至清代都有重修，传说古时有人在此炼丹修道。"仙山有楼观，虚爽轶浮埃。昔日九仙人，跨鲤兹山来"，"九峰幻化仙人久，天地同生亦同朽"……古人关于九仙山的诗咏，让我向往。

建业也在龙栖山寻找过荒野茶。龙栖山主峰海拔 1 620.4 米，海拔千米以上的山峰还有四十余座，地处将乐与明溪两县交界处，为国家级自然保护区。据相关文史资料记载，龙栖山仙人塘庵前有一棵老茶树，"所产茶叶品质极佳"，人称"三仙茶"。龙栖山山高林密，古木参天，秀水长流，自然保护区有近六万亩原始森林，是我国独特的天然植物园，其中有被遗忘的荒野老茶树。

每年茶季，"茶疯子"更疯。花钱请山里人带路，组织二十来人的采茶队伍，深入大山，长途跋涉，披荆斩棘，摘叶撷青。其间，时有险情发生。连续两年，有两人跟着他上山采茶先后被捕兽的夹子夹伤了腿，他为他们支付医疗费，赔偿误工费。有一次他看见一条比五步蛇还毒的蛇，青青的，背脊上有一条红线，对着他虎视眈眈，吓得他赶紧从这棵树慌忙跳到另一棵树上，差点跌得半死。他的腿至今仍有摔伤的痕迹。采完茶，他又必须连夜驱车二百多公里，或去武夷山，或去家乡永春做茶。

他这种不计成本，不顾危险，为茶把什么都置之度外的疯狂和痴迷，我理解，是在追求一种过程，一种快乐的让他陶醉的过程。

如果说我和建业投缘，是因为彼此身上多少有点江湖气，那么我与将乐县政协的江太生说话投机，则因两人都有书卷气。建业带我去拜访这位公务员，在茶桌前坐下后，我们谈话的内容就离不开将乐的人文历史。"程门立雪"的杨时和将乐历史上的茶，成了我们的主要话题。他给我看他从清代《将乐县志》上摘录的字条，分别记录了云衢茶、仙人堂茶、石岭茶、九仙山茶，"虽法制朴拙，而真实有味"。我说，这段文字《八闽通志》也有记录。他笑道："那就对了，将乐历史上是有产好茶的。"

我与他加微信，他的微信名为"茶农江太生"。我向他翘起了大拇指。他笑了，说他本是农家子弟，1986 年从福安的宁德地区农业学校毕业，学生期间参与茶园间种绿肥试验，在《福建茶叶》与老师共同发表过论文，1995 年破格被评上农艺师。回到泰宁家乡后，做过茶果技术员，当过乡里书记，后又在大田县当常委、统战部长，主抓茶产业发展，现在是将乐政协的主要领导。职务在变，爱茶之心不变。文质彬彬的江太生与初中辍读的建业能走到一起，完全是因为茶。此时与远道而来的我相聚，话题更是离不开将乐山里被遗忘的茶。我们决定择日上山看茶。

天有不测风云。初到将乐那天，我还身穿短袖 T 恤，两天之后天气骤然降温，恍若初冬。想去龙栖山那天，建业与带路的山民联系，山里人说山上不但很冷而且下雨，进山的路肯定不能走。对方听说带的是两位老人，更是回绝得斩钉截铁。建业无奈向我双手一摊："去不成了。"他说，车可以开到山上，但寻茶必须深入山里，走几公里坎坷山路，有些地方需要山里人在前面砍掉荒草野树藤蔓，辟出一条小路，才能让人前行，雨天更是寸步难行。

一日，上午还有细雨，下下停停的，午后突然有了阳光。建业有点兴奋："下午我们上山。"我问："上龙栖山还是九仙山?"他说刚下过雨，龙栖山、九仙山还是去不了，我们去孔坪。孔坪是个自然村，海拔 1 094 米，但从孔坪上山，海拔就更高，那一批荒野茶树的位置在海拔 1 200 米左右。

建业叫了一个叫小何的带路，我把"小何"听成了"小侯"，见他瘦小机灵，开玩笑说："你长得也像个小猴。"山里人笑笑，也不生气。

正是秋收季节，沿途是稻禾果蔬的收获景象，越野车沿山路盘旋而上，所见青山绿水满目葱翠，杨时有诗"苍藤秀木远空庭，叠石层峦拥画屏"，此刻方觉身临其境。将乐的山水环境不愧是国内最适宜深呼吸的天然氧吧之一。带路的小何指着窗外远处的几间旧屋，说那里就是他的家，见此又让我想起杨时描绘山居的字句："结屋数楹，杂莳松桂。"

越野车终于再也不能往前，我们只能步行上山。周边林竹繁茂，上坡的时候，每隔几米就横着一杆毛竹，一根接一根筑起了一个通道。小何说那是当地村民伐竹，竹子沿着这个通道从上往下滑行，比人工搬运省力省时许多。

我曾经读过张百年先生的《闽北农场纪事》，写的是一批劳教分子在将乐大山深处伐竹运竹的往事："我们挑的毛竹，长约10米，挑着的时候，前六七米腾空，后三四米着地，人向前走，毛竹着地，磨擦发出了声响，那就是演奏了。随着地面的高低不平，一根毛竹，由粗到细，由细到粗，每节容量有大小，发出的声响有不同，这就有了轻重高低的不同音节，大山又发出回声，一个声音就变成了两个声音，这也就成了一种美妙的音乐。"（《静静的军天湖：亲历七千三百天》，张百年著，上海三联书店，2016年8月）张百年写劳改中的苦难，文字仍不乏幽默。他把一个人扛着拖着毛竹在山里走的声音说成是"美妙的音乐"，那我眼前的由竹铺就的滑道，在一根根毛竹成群结队、巨梭似的鱼贯滑下的情景，可谓声势浩荡的交响乐了。

小何告诉我这里过去也种茶，不知什么时候起改种其他经济作物，比如这满山坡的毛竹。在江太生给我的文史资料中，我读到过："唐宋时期，将乐已种植茶叶"，"明、清代，县内都皆有开发茶园……名扬八闽内外"，"1990年，全县茶园1.76万亩，产茶叶708.26吨，因茶叶一度价格低迷，大多数茶园改种其它作物。"可见小何所言不虚。

我看到了茶树，竹丛中、树林中、岩石旁，分散着，零零星星的，有大有小，有高有低，自由自在，肆意妄为。

当横在面前的竹竿消失时，眼前已无路可走。上午下过雨，脚下的山泥仍然泞滑，举步维艰。建业搀扶着殷慧芬，一步一步很小心。登上一个山坡，他说，扶着殷老师，他想起了过去扶着妈妈走路的情景。我听了，有点感动，这个读书不多的汉子是个有情义的人。

小何继续前行，告诉我："里面还有更大的茶树，是几年前我妈上山时偶然发现的。"我们紧随其后，太陡的地方，我只能一手抓紧前方的毛竹或树木，借一下力才能登上。无路可走时，小何拿出随身带着的柴刀，左挥右砍，硬是在丛生的乱草荒木中辟出一条路来。

终于，几棵被时间淹没的老茶树呈现在眼前。碗口粗的树干，巨伞状的树冠，茂密的自由舒展的枝叶，乃至秋天正绽放的一朵茶花，都让我们欣喜若狂。

"茶疯子"更是癫狂，一会儿爬到树上，一会儿又惊喜地叫喊："这一棵好大，根茎有 40 公分，树冠超过 5 米，楼老师你快来拍照。"高大的乔木状的老茶树下，他仿佛回到了孩童时代。老夫聊发少年狂，这一刻，我与他同乐。

下山的时候，建业在拐角处停车，我们眺望九仙山，建业说：那里的荒野茶树更多，树龄也更长，在一个名叫三头羊的地方有一棵茶树，树干直径有 30 公分粗。树龄少说也有两三百年。

这些地方我不可能一一都去，但我感到将乐的大山深处，被世人遗忘的古茶树一定不会少。杨时曾在《资圣院记》中写道："将溪据闽之上游，地险而隘，以崇山大陵为郭邦，惊湍激流为沟地，鱼稻果蔬，与凡资身之具，无所仰而足，故五季之乱，人乐居焉。"将乐这块土地，人乐居，万物滋润生长，茶树又何尝不能深植繁茂呢？

满目青山令人陶醉，也令人想入非非。建业忽然边骂边感慨地说着他的理想："金钱是个王八蛋，有钱不用是笨蛋。楼老师，这些年我挣了点钱，我真想什么也不干了，一心用挣来的钱在茶上面做一些自己喜欢的事情。"我说："好啊，我支持你。你们政协的领导江太生是学茶的，喜欢茶，他一定也会支持你。"

我想，唤醒被世人所遗忘的深山老茶，重现将乐茶业的辉煌，也许真的要有建业这样一批对茶痴迷热爱甚至疯狂的人。

赤壁茶香

在福建泰宁大金湖畔，我见到了赤壁。

关于赤壁，古人有太多的故事，太多的诗词赋，李白的，杜牧的，甚至还有曹雪芹《红楼梦》中薛宝琴的。苏东坡《赤壁怀古》尤为脍炙人口，"大江东去，浪淘尽，千古风流人物……"太多的名句为古今传诵。东坡老人写的是黄州赤壁，他没有去过三国赤壁之战的地方，当然也没来过福建大金湖的赤壁。

苏东坡没来过的大金湖赤壁，我来了。那是 2021 年 10 月，我不是为怀古，只是为寻茶。泰宁的丹霞地貌赤壁之间也种茶。

抵达三明的第一个夜晚是在泰宁尚书第度过的。茶友江太生知道我要寻茶，专门叫来他的老同学、泰宁农业局的高级农艺师黄颜明。黄颜明近些年一直以"科技特派员"的身份忙于在基层指导茶企工作，助力于"茶香金湖"的建设。

第二天黄颜明带我们去大金湖畔的境元世外茶园。大金湖国家地质公园是著名的 5A 级景区，千岩万壑，湖中有山、山中有湖，山环水、水绕山，山光水色交相辉映，气势磅礴，蔚为壮观，水上丹霞独具魅力。丹霞地貌被联合国教科文组织评定为"泰宁世界地质公园"。境元世外茶园群山相伴，草木为邻，茶与景互为交融。生态化的管理和景观化的改造，使我们在这里远可看丹霞山景、金湖水貌，近可看茶园风光。

让人欣喜的是这里的品种园，水仙、肉桂、水金龟、白鸡冠、佛手、金毛猴、白瑞香、奇兰等六十多种茶叶品种各展风姿，令人赏心悦目。我们采茶，在茶树丛中，江太生显出"茶农"本色，建业也有点疯。五个采茶人这时都像是天真无邪的大孩子，不一会儿满满一袋"佛手"就成了我们的战利品。

沿着栈道去湖畔，站在制高点的观景台上放眼远眺，我感到了那种浩荡的美。在画界我有不少朋友，我忽觉有些画与眼前的真山水相比，多少有点小家子气。

我看到了赤壁，绿色环抱中那一块赭红山体刀削一般从灰白的天空直垂而下，是那么显目。这里也许没有"遥想公瑾当年，小乔初嫁了，雄姿英发。羽扇纶巾，谈笑间，樯橹灰飞烟灭"的典故，却也不乏颇具传奇的遗痕，比如山体上的"仙""寿"两字，天然的？人为的？又比如我途经时见到风洞，大自然形成的山洞，洞口有风吹出，冬暖夏凉。我手置洞口，果然如此，颇觉神奇。

与苏东坡的黄州赤壁和"二龙争战决雌雄，赤壁楼船扫地空"的古战场赤壁相比，更大的不同还在于大金湖赤壁四周是满目茶绿。好山好水出好茶，生长在赤壁丹崖、山水环抱中的茶，我想应该是有独特风味的。

我们坐在湖畔，面对赤壁喝一壶"赤壁肉桂"，这滋味也许与在别处喝不尽相同。在这里有一种情景交融之感，不经意中又会低吟东坡先生"遥想公瑾当年，小乔初嫁了，雄姿英发。羽扇纶巾，谈笑间，樯橹灰飞烟灭"的词句来。和江太生、黄颜明等围坐茶席，虽无羽扇纶巾，却有谈笑风生。不远处，见樱花又盛开，粉红色一片。正是深秋，这个季节樱树也开花，可谓"花开二度"。据说一年能两次开花的樱花品种比较耐寒，花如此，人又何尝不可呢？我们虽已不年轻，但是因为茶，何尝不想再雄姿英发一回呢？

北苑的时空穿越

《红楼梦》第八回写到凤髓茶："古鼎新烹凤髓香，那堪翠罂贮琼浆。"诗中的"凤髓"茶，产于建瓯北苑。苏轼在《水调歌头·尝问大冶乞桃花茶》中提到"老龙团，真凤髓，点将来。兔毫盏里"。凤髓茶、龙团茶等北苑茶，在中国独领风骚数百年，宋代更是登峰造极。去建瓯看北苑御茶园成了我多年的念想。

2021年10月我在闽地，终于了此心愿。那天，为寻找北苑御茶园遗址费了一些周折，有朋友去过，却说不清具体方位。无奈之下，我想到了媒体，通过《闽北日报》找了当地融媒体的小魏做带路党。

小魏先带我们去了建瓯东峰镇茶神庙。这个茶神庙，初看貌不惊人，但就是这个简朴素净的小庙供奉着一位中国茶叶史上的重要人物，被称为茶神的张廷晖。张廷晖（903—981），祖居建宁府，建瓯北苑御茶园的奠基人。据《张氏家谱》记载，唐僖宗丁未年，其祖张世表从河南光州固始县落籍建安东苌里岚下洋（今水北后山），开基立业，置有相当规模的田庄茶园。凤凰山一带方圆数十里的茶园，由其长孙张廷晖管理。

寺庙内有多副对联颂扬张廷晖，诸如"烟萦恭利庙茶神业绩万民传，翠馨凤凰山北苑芳名千古誉"等。墙上有文字简介张廷晖，由于他的精心管理和经营，凤凰山茶园所产茶叶口碑甚佳，时闽王好茶，尤喜张廷晖所制凤凰山茶，龙启元年（933），张廷晖将凤凰山及周围三十里茶园悉数献给闽王，闽王封其为"阁门使"，凤凰山由此成为闽国御茶园，仍由张廷晖管理。因茶园地处闽国北部，故称北苑。

从闽国到南唐、宋、元、明，历代朝廷都在北苑建"龙焙"，并派重臣督制御茶。北苑御茶园在两宋时达顶峰，龙团凤饼名冠天下，绍兴年间（1131—1162），宋高宗赵构为张阁门使庙赐额"恭利祠"，封张廷晖为"美应侯"，累加"效灵润物广佑侯"，进封"济世公"，引发民间，尤其是茶农茶工对其敬仰，尊其为茶神。

苏东坡、欧阳修、王安石、陆游等很多文人都为北苑茶留下过诗篇。无论是苏轼的"看分香饼，黄金缕，密云龙。斗赢一水，功敌千钟。觉凉生、两腋清风"的婉美诗词，还是陆游的"建溪官茶天下绝"的直白论断，都足以说明北苑茶的美妙。

苏东坡笔下的"前丁后蔡"更是功不可没。丁谓在《北苑焙新茶》中称"北苑龙茶著，甘鲜的是珍"，"作贡胜诸道，先尝只一人"，抒写北苑贡茶的采茶制茶，滋味绝佳。蔡襄的《茶录》《北苑十咏》则通篇以北苑茶事为背景，在中国的茶文化史上留下灿烂篇章。北苑茶的品种除龙团、凤饼之外，著名的还有密云龙等，蔡襄任福建转运使期间，研制诞生"小龙团"茶，被欧阳修誉为价值二两黄金也不为过，成了北苑贡茶的极品，很受追捧。宋徽宗赵佶在《大观茶论》中赞："本朝之兴，岁修建溪之贡，龙团凤饼，名冠天下。"

我们在东峰镇政府食堂用午餐。镇长江伟惠得知上海两位老作家专为北苑御焙遗址而来，表示了极大欢迎。江镇长介绍说北苑茶事摩崖石刻"凿字岩"是在1987年全国文物田野普查中发现的，位于裴桥村焙前自然村林垅山坡处，是北苑现存极珍贵的历史遗迹。她说："现在武夷山茶产业做得比建瓯好，但在茶文化这块，我们建瓯有优势，北苑茶当年声名天下，与苏东坡、欧阳修、蔡襄这些文人写了许多诗文有很大关系。今天楼老师、殷老师专门来，正好借你们的笔为我们宣传推广。"

她略有担忧的是有一段山路，车不能开，也不那么好走，七旬老人徒步行走是否会累？得知这段山路仅1.5公里，我笑道："没问题。我们经常走山路，去年在武夷山还登上了竹窠。"江镇长感佩一番。10月天气，那天午后阳光正强，她专门让人到商店给我们每人买了一顶遮阳草帽。

小魏全程陪同我们。一块"全国重点文物保护单位北苑御焙遗址"的石碑竖立在公路和一条不起眼的山路交叉口，山路仅一米多宽，若无小魏当向导，开车稍有疏忽，错过这块石碑，就很难找到御焙遗址"凿字岩"了。

我们开始步行。山路是焙前村的一条村道，刚开始还可见零星的村民住房，再往里就显荒凉，路窄，弯曲崎岖。好在有一个叫阿利的人义务在每个拐角处设置一个路标，上写"摩崖石刻"，为探寻者指方向。

行走不久，见路边草丛中有一古井。我惊喜，心想不知是否福建省博物馆考古队发现的那口北苑"龙井"？欧阳修有诗"我看龙团古苍壁，九龙泉深一百尺。凭君汲井试烹之，不是人间香味色"是否写此井？井旁竖有一石碑，我凑前细观，石碑上有"……其山形谓若张翼飞者，故名之曰凤凰山。山麓有泉，直凤之口，即以其山名名之。盖建之产茶地以百数，而凤凰山萃坼，常先月余日，其左右涧滥，交并不越丈，而凤凰穴独甘美有殊。及茶用，是泉齐和，益以无类，识者遂为章程，第共制羞御者，而以太平兴国故事，更曰龙凤泉……"等刻字。此碑记为邱荷于景祐三年（1036）所书。明《福建通志》记："北苑茶焙，在府城东吉苑里凤凰山麓……苑中有宋漕司行衙，后经兵燹。有御泉亭，造茶时取水于此……御泉亭在吉苑里龙山左，宋景祐间重修，邱荷撰碑记。"

石碑虽是复制品，但此地为宋代北苑"御泉井"遗址，应无疑。几百年前茶农在此打水，浇灌茶树的情景在我面前浮现，我像历经时空穿越。遥想当年，朝廷痴迷北苑建茶，一定与御泉井水的"甘美有殊"相关。

福建省博物馆考古队当年在焙前村北苑制茶作坊遗址发掘时还发现宋、元时期的院落、天井、道路、水井、水池、土灶等，揭露面积 646 平方米，考古发掘结束，遗址回土以保护。往前几步，我果然在路边土下见到露出的旧砖，我拣起其中一块细看，仿佛与古人在对话，一霎时又闪现几百年前茶农茶工事茶情景，再次置身时空隧道中。

低缓山坡上，随处可见茶园，蓝天白云下，绿树翠竹掩映，很美。再往前，我见到小山坡上的北苑茶事岩刻保护亭。更近处是一间破陋的泥墙小屋。小屋是谁的栖息地呢？凤凰山茶园、北苑御焙遗址的守护者？我遐想着，竟与殷慧芬在门口的石板上坐了下来。即便只是须臾，也算有过守望。

抵达林垅小山坡上，我与"凿字岩"面对面，细看岩石，高约 3 米，长约 4 米，宽约 2.5 米，不那么规则，却浑圆厚重。岩石上刻有楷书，每字约二三十公分，记录了北苑茶事。因年旷日久，渐已风化，有些字已难辨认。"建州东凤凰山，厥植宜茶，惟北苑。太平兴国初，始为御焙。岁贡龙凤，上束东宫，西幽、湖南、新会、北溪，属之十二焙。……庆历戊子仲春朔柯适记。"根据落款，可知石刻为宋仁宗庆历八年（1048）所作。其时正是蔡襄任福建转运使时期，北苑御茶园的高光时刻。

欧阳修为北苑茶写过诗句："建安三千五百里，京师三月尝新茶。"站在凿字岩边，手抚岩刻字句，我脑际浮现采茶焙茶季节，茶工正忙，快马驮新茶，策夜奔京城的画面，我觉得此刻与九百多年前的蔡襄、欧阳修距离竟那么近，近在咫尺。读书人心相通，即使遥隔近千年。

从遥远年代回到现今，龙团茶凤髓茶虽已难觅，但我放眼四周，远处茶山翠郁，近处茶树簇拥，心想有着如此深厚茶文化历史底蕴的建瓯，重现北苑建茶的风光是指日可待的。

从小宛香到牛栏坑

在三明将乐的茶友建业和江太生那里喝到一泡牛栏坑肉桂，居然会很激动，我被那独特的茶香深深吸引，并为之陶醉，多年前我初喝"牛肉"时的难忘记忆此刻又被唤醒，久违了。

"这茶是谁家做的?"我问。江太生说制茶师是他同学项金茂。

项金茂，1986 年从福安宁德地区农校毕业，被分配在武夷山茶叶总公司，曾在茶叶收购站工作，转制后，和夫人创办一家叫宛香的茶叶公司。

我的激动是有缘由的。2012 年，武夷山三坑两涧的岩茶还没像现在这么红火，我收到武夷山下梅村寄来"牛肉""马肉"各半斤。谁寄的? 疑奇之间，福州朋友林云发来短信，说她知道我和殷慧芬喜欢茶，特请武夷茶家寄奉。惊喜之余，我即取一包"牛肉"尝鲜，烧水淋壶烫盏，一阵忙乱。沸水入壶，"牛肉"顿被激活，一种掺和着花蜜奇香的气息顷刻弥漫。袅袅茶烟中，我连呼好茶，一个下午沉醉其间。此后凡有朋友来，我即取此茶共享。有的喝得此茶，取走包装纸袋，按图索骥，直接去武夷山寻找茶家。2014年中秋，我喝完最后一泡，也将包装袋揽入囊中，去寻访制作此茶的"邹府家茶"。

到了邹府，我与之前去过的茶友立刻有了共同语言，同样这款茶，2014年的已没有了那种令人迷醉的滋味。方知武夷岩茶即使同一山场、同一品种，因为不同年份、不同时间段的采摘，不同师傅、不同场合的制作，都可能导致口感的不同。岩茶滋味的可知和不可知的因素可谓玄妙。那一年，我还专门去牛栏坑"不可思议"的岩壁石刻下，看长在那里的肉桂、周边的生态环境，在那里享受坑涧的阳光、山风和空气。

某年我在福州遇林云，议及此茶，她有同感，说她也再没找到过2012年的那种口味。2020年5月，我应邀去武夷山访问一家著名茶企，在产品陈列室中见有"不可思议"的肉桂，要求开一泡品味。东道主专门送来一盒，包装可谓豪华，打开后喝，虽然有它独特滋味，但我仍没找到2012年同样产于"不可思议"的肉桂口感。

没有想到不经意中我在将乐找到了这种美好滋味。建业说这茶曾经惊艳2017年厦门的一次国际会议，口碑甚佳。我深信不疑，无论国际政要还是平常凡人，味蕾的感觉还是有共同之处的。

"什么时候带我去认识一下项金茂？"我对建业说。建业一口答应，于是就有了从将乐直奔武夷山之行。

到达武夷山天心村已是傍晚，我见到的项金茂，个子不高，微胖，却儒雅、谦和、务实。我们喝茶聊天，我知道了天心村原先有个叫小宛香的地方，项金茂的夫人是小宛香的原住民，1994 年，国有企业体制改革，武夷山茶叶收购站解散，一夜之间项金茂成了失业人员，他面前只有两条路，一是回老家浦城，二是留在武夷山做茶。他喜爱茶，学的是茶专业，他说："我有能力养活一个茶叶收购站，难道还养不活一家人？"决定继续留在武夷山，创办茶企，做自己的茶。宛香就成了他的企业名称。

他为我们泡了两壶茶，慧苑老枞水仙和牛栏坑肉桂，那泡肉桂与在将乐喝到的相比，似乎少了点什么。这种感觉的细微差异再次印证了武夷岩茶某种滋味可遇不可求的神奇。但仍不失为难得的好茶。

"茶疯子"建业正在筹划建个茶坊做茶，我建议他向武夷山做茶好手拜师。喝了项金茂的茶，我说："你也不用找别人了，你就老老实实拜项总为师吧！"建业说，那当然好啊，就不知道项总肯不肯收呢？我说，那要看你心诚不诚？建业笑道："明白明白。"我在武夷山结识茶中好手不少，有无名师指点很关键。有人很认真，但做的茶总觉差一口气，差的也许就是名师只可意会却难以言传的"密码"。

项金茂做茶认真，从农校毕业后三十多年一直从事茶行业，我纳闷为什么没有入列武夷岩茶的非遗传承人？他淡淡一笑："这些都无所谓。"他说在第二批申报非遗传承人的时候，他是填过表的，去交表的时候，看到通知上写了几个条件，觉得自己与其中一条不符，虽然这一条与做茶无关，他决定不再申报，没进大门，就把报名表撕了。

这以后，项金茂再没在什么名衔上费过什么心思。"做茶人把茶做好就是了，就那么简单。"他如是说，倒很合我的意，作家凭作品说话，做茶不也如此吗？他做的茶能让我这个对茶挑剔的"三无"作家当天奔袭两百多公里来讨一杯喝，已经足够说明一切。

项金茂夫妇在九龙窠和水帘洞等正岩核心地区都有茶园，在牛栏坑有他长期的合作伙伴。吃晚饭的时候，我见到了他的两位伙伴，瘦瘦的、年龄稍长的姓郑，身材高大的姓杨，都很质朴。得知我们因为喝了与他们相关的一泡肉桂就专门从将乐开车过来，他们既惊异也欢喜、自豪。我问他们去过将乐吗？他们说没有。我说："项总，你老同学江太生在那里啊。"项金茂说，有一次开车经过，他问老郑、老杨去不去？他们都说不去，我们就没下高速去将乐。项金茂还说，有一年去上海，在浦东陆家嘴看到金茂大厦，因为与他的名字相同，便笑问郑、杨："这是我们家的饭店，我请你们吃饭，你们去不去？"结果他们也不愿去。项金茂说："我听他们的。"看得出，三人关系很不一般。项金茂牛栏坑的茶青都是由他俩供应，我要求第二天上午去看山场，项金茂和老郑、老杨都说好啊，都愿意陪我去。

次日早上，我到宛香茶业，项金茂坐在门口一张小板凳上等候。看见我，他起身说："走，进山去。"

相距第一次进牛栏坑已有七年。当年我曾有文字描述："牛栏坑位于章堂涧与九龙窠之间，左右皆陡峭岩壁，其间溪水潺潺，是个天然的生态植物园。岩壁野草青翠欲滴，野花繁茂兴盛，周边水气氤氲，日照阳光温和柔媚。""牛栏坑天然养分足，环境独特，因此这里的肉桂茶韵十分丰富。"七年后的秋天，坑涧两侧山坡上仍有百草、小花与茶树互为交融。面对牛栏坑如此丰盈的植被，肉桂茶香流动，我再次细细感受、静心品味这独特山场的气息，内心有一种"七年之痒"以后寻找新刺激的感觉。

项金茂带着路，介绍着老郑和老杨的茶园。进牛栏坑走不多的小路就可以见着老杨家的肉桂，地势稍高，茶树周围满是形状各异的岩石，红如丹霞。陆羽《茶经》有记"上者生烂石"，已为这片茶园下了定论。茶在岩石中，岩石伴着茶生长，茶客们孜孜追求的岩骨花香不就是因为滋生在这样环境中的茶吗？

老郑家的茶园则是另一种风貌。继续往前走一段路，项金茂转身指着侧后方半坡一个更小的坑涧说："这一片就是老郑家的。"我转过目光，看到这一丛丛蜿蜒而上的绿色，未加思索就脱口而出:"这块地好啊!"好在这个小小的岩壁之间的峡谷像是牛栏坑的"坑中之坑",有一种大坑套小坑的意味。山场是决定岩茶品质至关重要的因素,看到这样的生态环境,再加上制茶师在工艺上的精到,项金茂的这款牛栏坑肉桂的品质已经不再需要我过多诠释了。

项金茂给我看前些年的照片,背景与我现在看到的并无大的差异,不同的是那时武夷山茶园还允许树企业的标牌。我看到了"华祥苑"的字样。华祥苑正是 2017 年厦门国际会议的茶叶供应商。我的记忆被唤起,那时电视新闻中的场景又历历在目,茶艺小姐现场为各国嘉宾斟茶,一个个亭亭玉立,楚楚动人,茶仙子似的。

离开牛栏坑,项金茂和我一起去拜访他的老上级、当年武夷山市茶叶总公司总经理王顺明。王顺明创办的琪明茶叶研究所我是第三次去了,上一次去还在大兴土木,这次已经旧貌换新颜。首批武夷岩茶大红袍非遗传承人王顺明是拙著《寻茶续记》中的主要人物之一,很忙,下午他将去外地讲课,上午正好有时间陪我们喝茶聊天。他很了解项金茂,言谈中,他说:"金茂这个人能做事,做得多,说得少。他在茶叶收购站工作的时候,他做的许多事我是后来才知道的。"又说,"金茂,楼老师喝了你的一泡茶,专门从三明赶过来见你,你厉害啊!"

项金茂在老领导面前略有腼腆地微笑:"哪里哪里。"敦厚的他依然是那么低调、谦逊。

"一涧芬喉""牛及第"

"一涧芬喉"和"牛及第"是两款武夷岩茶的名称，天心应家出品。

喜欢武夷岩茶的，对天心应家一般都不陌生。在历届天心村的斗茶赛中，应魁寿、应建强父子多次得奖，被称"得奖专业户"，"状元"和金奖奖杯、奖牌在他们家放满了一堵墙。

我喝过他们家的金奖茶，也喝过他们家没有参赛的茶，比如"壑壑有茗""竹里飘烟"等，都很不错。为此，我在《寻茶续记》中专门写过《天心应家，壑壑有茗》《竹里飘烟五里坑》。

2021年10月，我又去武夷山。应魁寿得知我行踪，邀我择日喝茶。去应家本在我计划之中，应魁寿买了不少《寻茶续记》，说好我到武夷山，就去他们家签书，我不能爽约。

天心应家二楼茶室，应魁寿正洗盏备茶，见我如约而至，笑道："我给你准备了好茶。"茶桌上有四泡茶："壑壑有茗""天心应家""一涧芬喉"和"牛及第"，前两款我是喝过的，后两款倒是初次见识，我满怀期待。

　　"牛及第"，顾名思义，产自牛栏坑。牛栏坑有一处岩壁石刻，刻有"仰止"两字，这款肉桂的茶树就长在"仰止"岩刻之下。"牛及第"的另一含意是应家在斗茶赛中获得过状元，所谓状元及第。

　　我问应师傅："'牛及第'与'壑壑有茗'比，怎么样?""差不多。"应师傅说，"都是肉桂中的上乘之品，倒水坑、牛栏坑都是很好的山场，再加上我们做茶用心，这茶不会让你失望，你喝了就知道"。应家在牛栏坑、倒水坑、悟源涧、九龙窠、三仰峰、金交椅、杨梅窠、象鼻岩、下风楼、宝国岩等岩茶核心产区有茶园四十多亩，这规模在武夷山算是中等。近几年他们有了一定的品牌效应后，也承包些别家在正岩的茶园，由他们管理，必须无公害，保持绿色环保好生态。

　　管理山场，应师傅始终亲力亲为。有一年我和朋友在应家喝茶，应建强接待，我问："你爸呢?"应建强给我看视频，应师傅一身蓝布衫行走在"仰止"的岩壁下巡视茶园。

　　应师傅家的"牛及第"，冲泡后琥珀色的茶汤清澈明亮，茶香、花香和隐隐的青草香互为交融，芬芳馥郁。初入口觉猛烈，口感内敛厚重。应师傅注意着我的表情，"是不是像武松上景阳岗打虎之前喝的酒那样?"他问。我笑起来,这比喻还真有点"茶亦醉人何须酒"的意味。微妙的是这种强烈在口腔里停留瞬间又化为一种细腻,下咽后,桂皮味花果香尤觉明显。

应师傅戏称自己是"斗牛士",每次斗茶赛之前,对自己家的参赛作品都要反复琢磨,不断试喝,不断调整,用他的话说"一闻二啜三回味"。他尤其注重焙火。黄贤庚在《武夷茶说》中有文《善于把火的焙师傅》,列出1949年之后武夷山十来位知名的焙师傅,应师傅的父亲应立炎名列其中。黄贤庚认为:"'火'字在岩茶制作工艺中十分讲究。对焙茶而言,火功指的用火的技巧和功夫。如用火来固条索,用火来止发酵,用火来定香气,用火来调汤色,用火来驱杂味,用火来防霉变,用火来延久存……"火高火低,火急火慢,至关重要。应师傅深谙其父传授的焙火手艺,他说:"茶焙好了就是天使,焙坏了就是魔鬼,参加斗茶赛必须拿出像天使一样的好茶。"在天心应家,焙火的功能似乎还应增补一条:用火决定斗茶的参赛作品。

正喝着茶,应建强进来了。这个90后小伙子是武夷山年轻一代茶人中的佼佼者,应家屡次在斗茶赛中获得金奖状元,应建强功不可没。正是10月,他们家的茶复焙还没结束,应建强和工友正日夜守在焙房,此刻拿了茶样请父亲把脉。应师傅看了看闻了闻,说了声可以了,应建强与我相视一笑又去焙房了。

2020年秋季天心村的斗茶赛,我在现场,我见到应建强在斗场上志在必得的姿态。遗憾的是最后应家居然没有得到金奖和状元。后来我才知道在备茶参赛的过程中父子俩产生了矛盾，应师傅一气之下到女儿家去指导做茶了，恰恰是女儿家的大红袍夺得了这次斗茶赛的状元。这结果让应建强对老父亲口服心服，姜还是老的辣。

时隔一年，应师傅重提旧事，他笑说："去年焙火的时候，我说可以下焙了，他不听，还要继续焙。今年通过事实，他认账了。焙火高了不行，低了也不行，时间长了不行，短了也不行，一定要恰到好处。只有这样，在斗茶赛中面临众多对手可以一剑封喉而获胜。"

百年老枞"一涧芬喉"取"一剑封喉"的谐音，与"牛及第"相比，别有一番滋味。武夷山人把 60—100 年树龄的水仙称老枞，百年以上树龄的称百年老枞。百年老枞量少稀罕，因此，制作"一涧芬喉"的百年老枞茶青由应家在九龙窠、三仰峰等几个山场组合而成。

三仰峰海拔 729.2 米，大仰、二仰、小仰，三峰叠起，丹壁簇翠，斜插云霄，如旌旗飘展，极富动感，是武夷山风景区内三十六峰九十九岩中的最高茶山。那里的茶园幽静而古老，百年老枞从茶树根茎到枝叶布满青苔。

浓郁的枞香随着应师傅的冲泡，在屋里袅袅飘起，木质味迎面而来，那种沉厚令人神迷，入口饱满有力度，回甘清爽绵长，青苔味、木质味、粽叶味从不同层次中体现了"一涧芬喉"的美丽升华，我觉得我喝的不仅是茶，更是沧桑岁月。我像是在与一位鹤发童颜、仙风道骨的老者对话。

赛场上剑拔弩张，一剑封喉，赛后刀枪入库，化干戈为玉帛，茶桌上的"一涧芬喉"，把茶香留驻喉间，我体会到了一种禅意。

茶禅一家，近些年，应师傅经常走访禅寺，与僧人交流心得，为制茶寻找禅意。他明白，心怀禅意做的茶更有宁静致远的意境。

我环顾四周，发觉二楼的整个空间已经重新装饰布置过，茶室墙上多了块字匾"茶悟"，一旁还有木雕对联"茶熟酒香客到，月明风细花开"。都是老物件。这对联好像是专门为我们这些茶客们挂的，而字匾"茶悟"，却是天心应家种茶做茶的一种追求。"茶悟"，看似简单，要做到却不容易。无论种茶做茶，还是喝茶写茶，真正的"茶悟"是一种修行，是一辈子甚至几辈子的事。

从应立炎到应魁寿、应建强，无论是"壑壑有茗"，还是"一涧芬喉""牛及第"，茶的品质无不体现着天心应家的"茶悟"。

山外有山，味外有味

我在武夷山有过一次登顶竹窠之行。起因之一是清代诗人朱彝尊、查慎行曾先后登上竹窠，在古庙和僧人一起喝过茶，并留下诗篇。这无疑是对我的一种激励。回忆 2020 年 5 月那次竹窠之行，山峻坡陡，攀登艰难，很难忘。但更难忘的是站在竹窠顶放眼四望，群山绵亘，峰峦叠翠，我真正感受到了什么叫山外有山。

在山上我参观了赵汉宏、汉福兄弟小时候居住的旧屋，在山下厂里跟着学习摇青，体会岩茶初焙后在口腔中的感觉，与赵氏兄弟结下情谊。回上海大半年后，兄弟俩给我寄茶来，其中有我在他们厂里喝过的"竹窠老丛""手工肉桂"，也有我没有喝过的。一款名叫"味外味"的，让我馋涎欲滴。

"味外味"是他们家的非卖品，在江湖上有不少传说，某个茶友群将其列入年度武夷茶推荐榜中，名列前三，定价不菲，很有点卓尔不凡。至于这样的推荐、排名、定价，于我只是参考。看到"味外味"三字，我脑际首先闪过的是袁枚的诗《武夷试茶》："我震其名愈加意，细咽欲寻味外味。杯中已竭香未消，舌上徐停甘果至。"为这茶取名"味外味"的，看来也是一位读书人，知道袁枚与武夷岩茶的渊源。

袁枚（1716—1798），清代著名诗人、美食家，乾隆十四年（1749）辞官定居南京随园，著有《随园诗话》《随园食单》等。在《随园食单》中，袁枚详细记录了从 14 世纪到 18 世纪我国三百多种菜肴饭点，也写到了茶。"七碗生风，一杯忘世，非饮用六清不可。"《茶酒单》一章，他开篇就这样写道。他写了龙井茶、阳羡茶、洞庭君山茶等，用笔最多的是武夷茶。

71 岁那年，袁枚去了武夷山。在这之前，他对武夷茶印象并不好："余向不喜武夷茶，嫌其浓苦如饮药。"然而到了武夷山之后，真正品尝到武夷岩茶的"岩骨花香"，感到无与伦比，由衷赞美"武夷享天下盛名，真乃不忝"。从此痴迷武夷岩茶，感慨"杯中已竭香未消，舌上徐停甘果至"，"叹息人间至味存，但教卤莽便失真"。

袁枚从龙井茶、阳羡茶转变到对武夷岩茶的喜欢，我的喝茶经历与他有几分相似，至今我虽然仍喜欢品质精良的绿茶，但每天下午一壶上好的武夷岩茶必不可少。近十年里，我几乎每年去武夷山，与制茶师们一起走山寻茶，品茗论道，比如那次登顶竹窠。

2021年10月，我又去武夷山，赵汉福知我行踪，告诉我他们的茶厂已搬至仙店新址，欢迎我去。我答应后，他即刻派人来接我。

到了仙店新厂房，我第一感觉与以前的老厂比真是鸟枪换炮了。赵汉福正在等我，我来不及——参观，直接上三楼茶室。武夷山人称赵汉福为"福哥"，上海朋友也叫我"福哥"，赵汉福出生于1982年，小我36岁，又同生肖，两人见面，老福哥抱住小福哥，好不亲热。

茶桌上已备了十多种好茶，相比2020年我第一次去他们老厂，这次丰富了很多。其中有我见过的"丛岩"品牌，当初赵氏兄弟选择"丛"字，是取"人人一心"之义，希望赵氏族人齐心合力，发扬光大祖辈的事业。二十多年来，竹窠赵氏制作出一批香高味醇、岩韵凸显的竹窠岩茶，没有辜负人们的期望。"竹窠茗星荟"包含梅占、佛手、矮脚乌龙、北斗一号、玉麒麟和水金龟等六个品种，则是我初次见识。而"独步春""五谷茶香"这些茶的名字就让我既有独行春风的潇洒，又有坐享金秋的喜悦，令人想象无穷。眼花缭乱中，我又感受到了茶外有茶。

赵汉福问我："上次给你的'味外味'喝了没有？"我说："还没舍得喝。"汉福笑道："那我们今天喝。""味外味"全年产量很少，茶青来自竹窠一个叫宛香的小山场。宛香又毗邻慧苑坑另一著名的小山场古井。生长在那些岩坳里的茶，生态环境得天独厚。赵氏兄弟在宛香拥有肉桂、水仙和名丛，有不少是他们的祖辈和父辈栽种的，有相当长的树龄。

"味外味"干茶条索匀整紧结，深褐润亮，汤色金黄清澈，在温杯投茶之时，我闻到水蜜桃般的那种甜香，一口下去喉舌间感到一种独特甘美，润润的像含着桃汁。我不禁又想起袁枚的诗："云此茶种石缝生，金蕾珠蘖殊其名。雨淋日炙俱不到，几茎仙草含虚清。"之后的每一泡都有微妙变化，但那种醇厚、润滑、馥郁始终不变。后几泡显现的木质香是我最喜欢的岩茶气息，我陶醉其中，连呼享受。《诗经·周南·桃夭》有句"桃之夭夭，灼灼其华"，虽然是比喻美丽新娘之词，此时用在"味外味"倒也挺贴切。

赵汉福又请我喝"五谷茶香"等茶，每一泡"含石姿而锋劲，带云气而粟腴，色碧而莹，味饴而芳"。之后他带我去参观新厂房。我尾随他下楼，曲尺型的厂房建筑背后和左侧靠着山，山坡有泉水缓缓淌下，从左侧汇成一条小溪流向楼前。"背山面水，风水好。"我夸说。赵汉福乐滋滋地引领我里里外外走了一圈，主楼底层是生产车间，其规模已今非昔比。副楼仍空留着，赵汉福说他们计划在这里做一个文化空间。我夸："这个主意好啊。说竹窠的文化，说朱彝尊、查慎行、袁枚，说古庙僧家的茶，说武夷茶界的前辈姚月明，说赵氏祖辈的经历，说'味外味'这茶名的来历、出处……太多的内容可以挖掘。"我还提议，"瑞泉的文化空间布置得不错，可以去借鉴一下。比如有一间是专门存放各种写茶的书，有一间存放每年生产的各种岩茶样品，也有名人去过他们厂里的图片记录，有他们家族的历史……"

赵汉福含笑点头："我们还可以放你写竹窠赵氏的文章和书。"我也不谦虚："那当然好。"

文化的发掘，让赵氏兄弟的每一款茶会有更多意味，那是另一种意义上的味外味。

雨中燕子窠

知道燕子窠的茶近年有点火，但没想到火到这个地步，据说都卖脱销了，之前滞销在仓库的茶都有人要。有些客户听说有茶厂拿不出燕子窠的茶，居然只要求："别的茶也行，但包装必须是燕子窠的。"颇有点黑色幽默。

2021年10月，我在武夷山，永生茶业的掌门人游玉琼和我刚见面就说："都说燕子窠的茶一泡难求，那可以到我这里来。我这里有。"这个首批武夷岩茶非遗传承人中的唯一女性还是那么快人快语。我看到茶桌上除了戏球的传统茶"金佛""玉琼"之外，果然还有燕子窠生态茶，水仙、肉桂、大红袍。"别说一泡，谁来我都可以请他喝三泡。"游玉琼很有点豪气。

游玉琼这么说是有底气的，燕子窠1 000亩茶园，永生茶业有 600 亩，占了百分之六十。

喝着戏球燕子窠的茶，游玉琼向我介绍燕子窠的人文历史，一本民国三十二年林馥泉编写的《武夷岩茶之生产制造及运销》，其中一页写了当年燕子窠有一家叫"丁福顺"的茶厂。"丁福顺家的老屋就在星村，离我们家很近。"中午，我在游家老屋用餐时，游玉琼指着窗外不远处说："原来就在附近，可惜前几年拆了。"

燕子窠产茶是有历史的。我在访问她之前，了解到历史上的星村是武夷岩茶的集散地，从天心岩、马头岩、慧苑坑、弥陀岩、竹窠等地生产的武夷茶经过古茶道挑到星村镇茶市售卖，燕子窠是必经之地。古茶道沿途有古桥、凉亭，其中一处乾隆年间修建的"三里亭"内，原有一块贡茶碑。三里亭往前一公里有五里亭，原在燕子窠村里。再往前一公里的山坡顶有七里亭，现在的永生泉处。七里亭也称遇林亭，是宋代窑址，现被列为国家级文物保护单位。

"丁福顺的老茶厂现在还能看到吗?"我对燕子窠的陈年往事还有几分兴趣。游玉琼告诉我，武夷山申遗后，对景区内的房屋实行了统一搬迁，一些老茶厂就荒废了，几个老茶厂的遗迹还可以看到。她说："燕子窠的茶园一度也荒废过，改革开放后，特别是邓小平南方讲话后，政府号召开发燕子窠，谁开发，谁拥有。我爸那时是村支书，干什么都要带头，因此我们家是最早开垦燕子窠的，而且开发的茶园都在山岩这边。"我说：

"你爸还是有眼光的。"她笑说："政府鼓励农民当万元户，我爸也是被逼先富起来的。"

正巧，午饭后我意外与游玉琼82岁的老父亲游永生相遇，一身旧中山装，头发全白，依然很精神、壮实。这位永生茶业的创始人，16岁来武夷山市星村镇打工，先后任星村村团支部书记、村党支部书记和崇安县县委委员。在任村支书的十多年间，他带领村民大力发展茶叶种植，建造了星村大桥等一系列工程，为官一任，造福一方。"永生泉"也是他带头开发、并以他的名字命名的。泉水甘洌清甜，汲泉者络绎不绝，武夷山许多本土居民会专门驾车去取永生泉的纯自然山泉水泡茶。我每次途经，也会停顿片刻，当我双手掬一捧泉水，感受它的甘净时，就会想到游永生，这位星村茶农致富的带头人、武夷山的传奇人物。

我似乎也在蹭某种热度，下午与游玉琼一起去燕子窠看生态茶园。燕子窠在武夷山风景名胜区九曲溪以北，三仰峰以西。某种植物或鸟兽比较多的山坳，在武夷山叫窠，比如九龙窠、竹窠、斑竹窠、枫树窠、老狼窠等。叫窠的地方都出好茶，九龙窠的母树大红袍自然不必说了，我品尝过的竹窠、枫树窠、老狼窠的茶也都让我喜欢。

"燕子来时新社，梨花落后清明。池上碧苔三四点，叶底黄鹂一两声，日长飞絮轻。"比较九龙窠、老狼窠这些山坳地名，燕子窠似乎更多几分春意和诗情。此刻在蒙蒙细雨中行走，杜

173

甫的"迟日江山丽，春风花草香。泥融飞燕子，沙暖睡鸳鸯"、王安石的"营巢燕子逞翱翔，微志在雕梁"、辛弃疾的"燕子几曾归去。只在翠岩深处。重到画梁间，谁与旧巢为主"这些名句全涌了上来。燕子窠的别有风情尽在其中。

游玉琼边走边介绍，燕子窠的引人注目，还因为是国家农业可持续示范区示范点。示范的内容主要是有机肥替代化肥的试点，茶园绿肥套种模式，优质高效生态茶园。她们家的茶园一直坚持有机生态管理。沿新筑的木栈道深入燕子窠茶园时，我见到一家竖着"福莲"两字的木牌。这些年来在科技特派员的指导下，"福莲"也是生态茶园示范基地。说起这一片茶园，许多年前也与"戏球"家有着渊源，那是游玉琼父辈的故事了。

远山、大树、起伏的茶园，如画般赏心悦目。与我曾经到过的牛栏坑、慧苑坑、竹窠、鬼洞、流香涧等山场比，这里还有一个特点是视野开阔，没有太多的高高低低、崎岖不平，更没有七拐八弯的悬崖峭壁。

永生茶业燕子窠的 600 亩茶园还将往山岩延伸，再往深处就是白云岩了。我登过白云岩，在白云寺喝过茶，那一路便是山岩峻峭了。

江山美人茶

　　"坐地日行八百里"。这一天竟然真的奔走八百公里，为的是去大田县看江山美人茶。

　　我喝过台湾东方美人茶，茶香、花香、微甜的果蜜香，给我留下深刻印象。这种美妙滋味因为茶叶被一种叫小绿叶蝉的虫子叮咬过，因此颇觉神奇。我一直想去台湾看看，新竹的茶友也有邀请，无奈这两年的新冠疫情致使我去一次祖国宝岛都很困难。到了三明，听说大田县也有美人茶，而且相当不错，新结识的将乐茶友江太生前几年曾在大田当县委常委、统战部长，主抓茶叶产业。我喜出望外，要求从武夷山回三明后带我去大田看茶。江太生一口答应，"茶疯子"建业更是自告奋勇愿意开车。

不料我到了武夷山就身不由己，接连几天应接不暇，一天赶几个场子。"茶疯子"建业看了忧虑：楼老师在武夷山朋友多，被拖住了，脱不了身。他担心我从武夷山直接回上海，便打来电话说："这次寻茶是我邀请的，你在三明的任务还没完成呢！"随即当夜驱车赶到武夷山，第二天一早就"劫"我而走。先是到将乐，午后又与江太生一起直奔大田。一个单程就跑了四百多公里。

江太生联系了江山美人茶业有限公司董事长李志忠，公司拥有生态茶园2100多亩，其中被有机认证的有800多亩，与周边农户建立合作关系的茶叶基地3万多亩。我们第一站去大田的茶厂。听了厂长的简单介绍，喝了杯热茶，就上大仙峰景区看他们的茶叶基地。

大仙峰现在成了以高山茶为主题，融文化体验、环境教育、文创展示、休闲度假等功能为一体的4A级景区。不知是天气骤然发冷，还是疫情的原因，除了我们，景区无一游客。细雨绵绵，周围被雨雾笼罩。建业见殷慧芬衣服不够御寒，脱下自己的外套让她穿上，自己只能依靠狂奔取暖。尽管寒冷，但是生态极好。山高、雾多、水甜、茶香。土层深厚，雨量充沛，常年多雾，光照适宜，空气清新无污染，大仙峰高山茶园的自然环境得天独厚。

茶的专业知识于我，学无止境。在大仙峰，我看到茶叶被虫咬的痕迹，问江太生：美人茶是不是用这样的叶片做？江太生笑道:"不是不是。"他毕竟学的是茶叶专科,随即俯身摘了一片给我看,"这是被小绿叶蝉咬过的"。很细微的被咬痕迹,若不细看,真发现不了。他向我普及关于美人茶的知识,有人说是虫子的唾液,形成了美人茶的果蜜香味,这种说法并不对。实际上被咬过的茶叶释放的香味物质,经过乌龙茶工艺的深度氧化,才转化成了茶的果蜜香味。而我所看到的明显被咬叶孔,则是其他虫害所致。"有机茶不能打农药,用来做美人茶的更不能打农药。美人茶虫做一半,人做一半,一打农药,小绿叶蝉被消灭了,美人茶还怎么做?"江太生如是说,我又长了见识。

景区内,小绿叶蝉的形象化设计,展现在各个角落,既是一种吉祥物标志,又像在向我讲述美人茶天然生长中的一个不可或缺的环节。

我们沿木栈道而上,终于到达海拔最高的观景台。三块标牌分别写着"海拔1108""深呼吸""茶海观岚"。76岁又一次登高,我看了第一块很自豪。第二块写得也不错,空气那么好,山上那么多负氧离子,赶紧深呼吸,此刻你不贪婪,更待何时?只是第三块在这一天名不副实。这里天气晴好时,你可以极目远眺,高山云岚,蓝天白云与一片绿色茶海互为交缠,相映生辉,是极佳的景观拍摄点。可是这一刻一片雾茫茫,什么都看不清,不如改为"高山观雾"更为贴切。

除大田县屏山乡生态茶园外,江山美人茶业有限公司在沙县和德化也有基地。下了山,我们去德化"江山美人庄园",江山美人茶品牌创始人李志忠在那里等候。奔袭一百多公里，抵达目的地时，天色已黑。夜色中，我虽然看不太清晰，但是能感受到环境的幽雅和静谧。李志忠和他的两个弟弟以及儿子李鹏春十分欢迎我们的到来，江太生是大田县的老领导，当年曾给他们很大帮助和支持，老朋友重逢自然是件开心的事，两位上海老作家专门从闽北赶到闽南，为了看他的江山美人茶，他自然也觉难得和高兴。知道我们还没用过晚餐，李志忠直接把我们拉到餐厅。

满桌佳肴很是诱人，但我更多的注意力还是听李志忠讲他的人生经历，他怎么开创这片"江山"，又怎么获得茶"美人"？许多往事顷刻间在这位汉子眼前涌起，他介绍两位弟弟时说，因为家里穷，三弟小时候是被送掉的，收了人家一百元钱。"他从小过的是城里人生活，过得比我好。"李志忠表面似乎谈笑风生，我听了却觉得沉重，多少做茶人一路走来的艰辛尽在其中。

闽南人喜欢喝茶，李志忠的父亲也是。他父亲做茶，一开始只是为了自己喝，后来也卖。李志忠曾经学过瓷器造型，师从中国工艺大师杨剑民，16 岁那年他高中毕业，父亲对他说："你要从山村乡里走出去，做什么都可以。"

他懂老爸的意思，走出去才有一片更大的天地。于是他选择了做生意，1989 年他 24 岁，承包了一家茶厂。我们所在的江山美人庄园与永春县仅一路之隔，永春佛手是一款很不错的乌龙茶，李志忠一开始做佛手茶，供给厦门茶叶进出口公司外销，8元钱一斤，每斤利润1元钱左右，现在看来好像微不足道，但在那时卖给他们是有限定指标的，而且要有关系。"1990年，有个祖籍德化的台湾茶商来到厦门，四处打听哪里有好茶。看到我的茶园茶青不错，便提出与我合作，他先给了我1万美元，1991年我开始试做，他看到我做的茶样，很满意。1992年我为他做了两个40尺的集装箱大货柜，赚了二十多万，我还清了债务，盖起了房子。"李志忠说到这里，有点扬眉吐气。

之后，他在上海与台商合作做过茶饮料，在沙县做过铁观音，其间有风生水起的喜悦，也有坎坎坷坷的苦恼。1998年，李志忠在大田屏山乡投资承包茶园，那就是我们今天去的大仙峰。大田茶园比沙县的海拔高，生态环境更好。那年冬天他在茶园施有机肥，第二年开始做美人茶，这年做的茶特别香，李志忠说："以后几年都没那么香，那是大田的土地公公要留住我这个客。"

饭后，我们随李志忠去茶室喝美人茶，李鹏春却起身告辞，说要去做直播。李鹏春现在是公司总经理，比他父亲更忙。看着儿子年轻的背影，李志忠笑眯眯的，说他不愿意继续念书，儿子说："只要不念书，做什么都行。"李志忠就叫他做茶，"一个事物总有两个方面，我本来担心没人接班，现在他愿意接班，我轻松了很多。他现在是台式乌龙茶传承人"。

东方美人茶又名膨风茶，是台式乌龙茶中的佼佼者，在青茶中发酵程度较高，一般达60%，有的甚至高达75%—85%，因此不会产生任何青涩味。东方美人茶名字的由来，我未经考证，有传说是英国维多利亚女王喝了此茶赞不绝口所赐。在制作工艺上，江山美人茶与东方美人茶大抵相同，李志忠请台湾制茶师、台式乌龙茶第六代传人张庆泉先生做公司技术总监，初衷或许也是因为这一点。张庆泉几十年来一直用心做茶，潜心于研究传承创新。他不仅是多届木栅铁观音头等奖的获得者，而且是获得多届状元冠军的江山美人茶的品质导师。

从海峡彼岸到此岸，江山美人茶足以与台湾的东方美人茶媲美。

江山美人茶中，级别最高、品质最好的，被李志忠他们列为五星臻品，选细嫩的一心两叶茶青，再以传统工艺精制，全年产量并不多。

在茶桌前坐下后，李志忠请我们喝他的五星江山美人茶。那茶的外观真是漂亮，不仅条索秀气紧致，而且色彩丰富，红黄白青褐，五色齐全。茶入瓷碗，随着沸水注入，瞬间满屋飘香，很不一般的香气。一口入喉，有一种隐含的冰蜜味，花香果香尽在其中，但不张扬，幽雅，柔甜。茶汤呈透明的琥珀色。喝着茶，恍惚觉得面前有如纤纤美女轻吟曼舞，飘逸如仙，如置身天上人间，顿觉江山美人茶名不虚传。

我很喜欢"江山美人"这个名字，李志忠回首往事，却更认为三十多年来，江山美人茶屡获茶王、金奖、国际金奖，优秀的不止是名字，更是公司长年坚持的有机理念和做茶人追求品质的匠心传承。

　　李志忠想起了远在海峡彼岸的张庆泉，因为疫情他有两年没来大陆了。我想张庆泉此刻也一定在思念这里，江山、美人、茶，谁不喜欢呢？

阿松在上海的青春岁月

　　快年底的时候，阿松告诉我，他要来一次上海，说他的茶铺要撤离上海，来办相关手续，"这次来了，下次来的机会就很少了"，我听了，一声轻叹："那你到了上海告诉我，我来看你。"

　　阿松和陈林萍这对小夫妻来上海开始打拼是 2006 年，那时才二十四五岁，刚结婚不久。转眼已是 2021 年，整整十五年，一路走来，确实不易。

　　我去看阿松那天，阿松很动情，一见我就说："这里是我们的青春啊！"我理解，他把人生中最好的岁月留给了上海，如果把他在上海的经历写一本书，每天的故事写一页，这本书也有几千页。

　　阿松的店开了十五年，我与阿松的缘分也有十五年。2006

年前后，因为迷茶，我有空就往茶城走，先是在几家卖普洱茶的铺子转悠，后来发现二楼角落新开一家"武夷人家"，很兴奋，贸然闯入，便结识阿松，此后成了他的常客。

我喜欢岩茶是因为 1995 年殷慧芬参加作家出版社的武夷山笔会，笔会组织者张胜友，福建人，懂武夷岩茶。回来时殷慧芬带了水仙、肉桂、大红袍，色泽褐黑，形状粗壮，像绍兴梅干菜。喝惯江南绿茶的我，初见之，远不如碧螺春、雨花茶那般纤秀嫩丽，一下子不知该怎么喝，便束之高阁。五六年后，整理物件，忽闻此茶之奇香，忍不住打开品尝，于是一发不可收，对岩茶情有独钟。看到阿松的"武夷人家"心生激动，也由于此。

阿松的店，两开间门面，玻璃大门敞开，阿松坐在茶桌前，与客人喝茶交流心得，介绍各种茶的特性。背后木架子上满是铁皮茶箱，写着各种茶名，有耳熟能详的四大名丛，也有人们不怎么听到过的品种：石角、不老丹、醉贵妃等。让我心动的是墙上照片，有陈林萍爷爷陈金满做茶摇青、举杯闻香，有他们家在武夷山的茶园风景，芦岫、慧苑、鬼洞……茶树高大粗壮，长得像乔木，根茎裹满青苔，采摘必须爬在梯子上。

这些图片给了我以下信息：一是有历史传承。后来我果然得知陈金满是武夷山著名的民国八兄弟之一，人称"老满公"，陈林萍的父亲陈玉维是老满公长子，制茶深得其家族传承，现在武夷山"玉维茶厂"就是以他名字命名。二是在正岩有最好的山场，树龄比较长。茶叶自己种，自己做，自己卖，茶园、茶厂、茶铺一条龙，自产自销，这就区别于茶贩子倒来倒去的茶，质量可靠。图片不是广告，胜似广告。

开始几年，阿松一直在上海守店，只有在茶季回武夷山帮老丈人带山采茶、做茶时，才换陈林萍来上海看店。后来小夫妻俩在茶城附近租了住房，便开始夫妻双双共守茶铺。说起陈林萍，也是个有故事有性格的女子。她自称"石老三"，陈玉维生五个女儿，她排行老三，前面加了个"石"，我揣测是岩石的意思，从小生活在岩石旁，又希望自己像岩石一样坚强。后来陈林萍告诉了我她小时候的故事，说她像男孩，从小爬很高的树，很小就跟妈在古崖居天车架下摆茶摊，累了，妈让她躺在山坡的岩石上，一觉醒来，手臂胳膊腿上脸上竟全爬满了蚂蚁，那时，她才四五岁。

陈林萍大学毕业后，被分配在国家机关单位，有一份稳妥的"铁饭碗"工作，可是她不干了，要与阿松到上海闯荡，父母拗不过她，于是在昔日"十里洋场"的上海有了这么一家夫妻老婆店。

我每个月去他们店，既可以蹭好茶喝，又可以买一些价格能够承受、又合自己口味、性价比较高的茶，不断为自己的茶库补仓。比如慧苑肉桂、慧苑石角、芦岫老枞，那时的价格每斤800元，十来年里这些茶涨价不少，但阿松给我的价基本不变。武夷岩茶隔年喝，阿松家的茶存放几年都很好喝。我边喝边囤，至今我还存有 2010 年的石角、2011 年的芦岫老枞、2013 年的慧苑肉桂……

后来，我的口感要求越来越高，在阿松那里好茶一上口就欲罢不能，出手也大了起来，买了鬼洞铁罗汉、鬼洞老枞水仙、龙窝兰水仙枞、慧苑老坑肉桂、慧苑水金龟等。最贵的是一罐陈玉维手制的 2010 年慧苑大红袍，当我提着这罐茶离开阿松店时，老伴悄悄问："你怎么舍得，那差不多是你一个月的退休金啊！"好在老伴也痴茶，嘴上这么说，心里却乐着呢！

我在阿松店里还买过一张鹅掌楸树根茶桌。那是阿松开店不久，我喝着茶，却上下打量茶桌，整块树根呈元宝状，中间瘿木，没一点繁琐的雕刻，简洁大方。"这茶桌你卖不？"我问。他愣了一下，傻傻地看着我："买茶还是买茶桌？"我笑道："买茶桌。"他也笑了，说："卖。"于是商定价格，成交。第二天，阿松叫了辆货的，从市区送到我嘉定家里，那是个大雪天。

我去阿松店里最多的一年是 2007 年。那年 8 月，我 88 岁的老母亲不慎摔了一跤，脑颅内出血，在浦东仁济医院住院治疗。我几乎每天从嘉定到浦东开车来回奔走，回嘉定时有点疲劳，就从南北高架广中路道口下车，顺路去阿松店里蹭茶喝，小憩个把小时，重提精神后再赶路。那些日子我一直听阿松讲武夷山，"什么时候到我们那里看看，我们家周围景色可漂亮呢！"他不止一次地邀请。

2010 年我去武夷山。阿松在上海得知，很兴奋："陈林萍在家里，我让她与你联系，欢迎你去看一看。"于是我就有了在他们武夷山店家喝茶的经历。那时我不知道他们家还藏有九龙窠大红袍母树茶，陈林萍问我喝什么茶？我只是礼貌地回答："客随主便，你们家的茶都好。"

茶铺二楼，屋里上上下下并排放着不少铁皮箱，标着各个品种的茶名，昔日老满公做茶、陈玉维在斗茶中获奖等照片配上镜框挂在墙上，尤其是一张民国年间"武夷继昌茶庄"的招贴，显示着家族世代制茶的渊源。

我和阿松第一次在武夷山见面是2014年秋天，他陪我看茶山、慧苑坑、牛栏坑、鬼洞。我问他："这一二年你在上海的时间怎么少了？"他笑笑："家里事多了呗。"我又问："老丈人年纪大了，茶厂的事是不是你得多担当点责任了？"他还是笑笑："差不多吧。"

阿松在武夷山也确实忙。茶季带茶农上山采茶，他是指挥员。做茶时候，摇青、烘焙等重要关节他都亲力亲为。那几年，上海店里他也来，那是过了茶季，茶厂的事基本忙完的时候。他不在时，上海的店就由一个远房表亲的妹子看管。我见过这个妹子，做不了主的时候，她会电话联系阿松，阿松在武夷山遥控。又过几年，这个妹子要嫁人了，换了个小伙子，我去阿松店里就少了，只有阿松来上海时才会去。

2018年3月，阿松夫妇来上海，我说我到你们店里来蹭茶喝。他俩说："不，这次我们来拜访你们。"我说，好啊，欢迎。

他们给我带了两盒好茶："虫王"和"老坑肉桂"。"虫王"由芦岫树龄130年的老枞水仙精制而成，"枞""虫"谐音，故名。后来我还为这茶题写过毛笔字。"老坑肉桂"也是我非常喜欢的，茶青主要来自鬼洞，鬼洞树龄长的肉桂量又不多，于是拼了些慧苑老坑的肉桂，对茶树的小环境、树龄等要求很苛刻。

那天他们看到我们家的那张茶桌，十多年里，这张茶桌接待了无数中外宾客。今天接待它原先的主人。阿松说："保养得很好啊，我放心了。"陈林萍说："多了几条小鱼，怎么回事？"我说那是嘉定竹刻好手安之的作品，里面有故事呢！我重述安之醉酒后"将功补过"的故事，他俩听了哈哈大笑。我给阿松夫妇题赠拙著《局外树》。我说书中写了好几位在我们家喝茶的师友，招待他们的就是你们家的茶。

这一年，我的《寻茶记》要在上海书展主会场签售，我说："我的签售嘉宾，不请名人，只请书中写到的做茶人，比如叶芳养、阿松……你愿意吗？"阿松先是谦让："我行吗？"后来很高兴地一口答应。陈林萍笑说："楼老师看得起我们，让茶农登大雅之堂，阿松你回去得好好练字。"8月20日，《寻茶记》上海书展主会场签售，我介绍阿松时，说他的身份是天心村世家茶农的代表。这一天，他结识了不少喜欢岩茶的新朋友。

阿松来上海的时间越来越少，"武夷人家"的招牌却一直挂在茶城。我有时去，店门紧闭，快快离开时总想着过去茶桌前阿松的那张笑脸。2020年1月，阿松终于又来，原来他们聘的小伙子没心思守店卖茶，阿松辞退了他。这次来，是想出让一半门面，虽然不营业，但在这里还保留一个窗口。我说："那为什么不直接把店关了？一年可以省几万块钱租金啊！"他苦苦一笑："舍不得啊，十多年了。那些年，初到上海，举目无亲，我和陈林萍白手起家，青春岁月，吃过多少苦？"他在感情上还是放不下。

"你以后要买茶，我可以从武夷山直接发货。"阿松说。店里有2017年的老坑肉桂，剩下不多的量，我说："我今天全拿走。"阿松笑了："有位品茶高手垂涎许久，一直想买断这箱茶。我还真舍不得卖给别人，既然你这么说了，今天你全拿走，免得你牵挂。"阿松从木箱里取出锡纸包装的茶袋，称了一下，还有2斤4两，悉数惠让。

在武夷山的陈林萍得知我们在那里，特别打招呼："地方比过去小很多，会不会很挤？"我说有好茶喝，不会在乎地方大小。那天古井老枞、芦岫老枞、慧苑肉桂，每一款都让人欲罢不能。

此后，有近两年的时间阿松没来上海。我倒是两年里三次去武夷山。有一次，天心村举办斗茶大赛，人山人海，好热闹。陈林萍也在那里坐摊，边斗茶，边卖我的《寻茶记》。我正好为她坐台。阿松有了自己的岩茶坊，墙上挂着好几张他在斗茶赛中获得荣誉的照片。不在上海的时候，阿松忙得很，而且忙得很有成就。

上海的店铺门面压缩了大半，空关了两年。这次阿松终于下决心告别上海。他说，店里的茶不想带回武夷山，降价卖给老茶客。我赶到茶城，既为他送行，也顺便扫货。2017 年的鬼洞老枞水仙悉数收入囊中，2009 年的慧苑老狼窝肉桂、2010 年的慧苑水金龟、石角……我每每见之都有齿颊留香之感，解囊也不迟疑。我本还想买他的鬼洞铁罗汉、芦岫老枞，阿松劝我："差不多了，留一些给别的客人。"我无奈作罢。

阿松与上海情深，他不舍，我也不舍。他把生命中最好的青春年华献给了上海，上海也给了他难忘的人生履历，为他积累了宽广的人脉和丰富资源。我在《寻茶记》中每每写到武夷岩茶，都绕不过阿松和陈林萍在上海与我交往的岁月。

阿松离开了上海，但阿松家的茶在我们家的茶桌上不会凉。

陈盛峰和他的雨花茶

　　我与陈盛峰相识于 2015 年春天，在目睹了他制作雨花茶的全过程后，我写过一篇《秦淮河边雨花茶》，先是在上海媒体发表，后收入拙著《寻茶记》。之后，我每年清明之前都会收到他的极品雨花茶，有时很小一罐，贴纸上写："赠茶科所样品茶。"有时几小袋，签了陈盛峰的名，分别请我和殷慧芬品鉴。

　　在与陈盛峰交往的这些年里，他对做好雨花茶的执著和用心是一致公认的。此外，他对文化和友情的注重，也是我非常喜欢和欣赏的。2015 年初见，他向我介绍南京茶的历史，从唐代陆羽说到晚清建立的江南植茶公所，说到上世纪 50 年代以俞庸器为代表的前辈如何研发雨花茶……娓娓道来，如数家珍，还给我看了他抢救和保存的许多历史资料和珍贵图片。如果没有一颗对茶文化历史的敬重之心，他不可能这么做。

2018年，拙著《寻茶记》出版。8月上海书展，20日主办方为《寻茶记》安排首发仪式。在选择签售嘉宾时，我没有邀请文化名人，我选了书中写到的普通茶农叶芳养和徐良松，后又增加了在武夷山做茶的教授韩进军和贵州"老茶妈"丁超英。在紧锣密鼓筹备的日子里，陈盛峰忽然告诉我，他要从南京赶来为我捧场。我高兴，又踌躇。中国雨花茶的标志性人物陈盛峰来了，必须请他到嘉宾席中。那时各家媒体已发布了嘉宾名单，宣传海报也都已出样。我对盛峰说："你来，我必须把你补入嘉宾席，但只能排在名单的最后，你在意吗？"他在电话那头豁达地大笑："不要紧，不要紧。"于是，茶界一代名匠陈盛峰就成了嘉宾名单中的"副班长"。

那天，我被各地读者簇拥，难免顾此失彼。叶芳养和徐良松在上海都有去处，我不操心。我把韩进军和来自武夷山团队安排在嘉定住宿，我问盛峰："你要不要一起来？"盛峰笑说："楼老师，你忙，别管我，我上海有朋友。"我就傻傻地相信了他。后来我才知道他买了火车票，当晚回南京了。

他有文字记录："8月中旬，我和楼老师说：20号，我要来上海参加您的新书签售会。楼老师听后很高兴！我参加，是出于楼老师为雨花茶的宣传。和楼老师一道为读者签名售书，是人生第一次也是最难忘的一次，就是'火爆'。我想，这种火爆，于雨花茶，就是最好的宣传，是雨花茶的自豪与荣耀！楼老师予苏茶予雨花茶的宣传，令我动容！我能为楼老师做什么呢？只有帮他在江苏搞一场签售会，才能使我良心稍安！"之后就有了 10 月 13 日他与凤凰传媒集团共同策划的"南京《寻茶记》读者见面会"。

　　一个制茶人，策划和组织这样一次文化活动，正如陈盛峰所言："太难了！涉及方方面面，心中诚惶诚恐！"他用真情欢迎他的朋友们。他成功了。13 日下午南京新街口新华书店《寻茶记》的签售会非常火爆，不满两个小时，原先准备的 370 本《寻茶记》销售一空。有朋友评论："誉满金陵，一代茶人，本色文人"，"真情笔触，深得茶友书友垂青"。答谢晚宴上，我看到电视屏幕上滚动播放的都是关于《寻茶记》的信息。我体会到了陈盛峰的用心细致。

　　因为 15 日要参加凤凰传媒集团的秋季图书订货会的活动，我继续留在南京。14 日，陈盛峰安排游南京栖霞山，看陆羽试茶亭遗址，寻找陆羽当年茶踪，之后又去紫金山找"江南植树公所"遗址。陈盛峰对苏茶历史文化的情深一如既往。

　　凤凰传媒集团的秋季图书配送会，是南京的盛会。我与爱书爱茶的读者座谈，陪伴我的始终是陈盛峰。休息间隙，陈盛峰掏心掏肺向我细叙他做雨花茶的一路艰辛。

　　1992 年，还在江苏省句容农业学校求学的陈盛峰在陈宗懋主编的《中国茶经》中读到"江南植茶公所"是中国近代茶业科技的开端与发源地，地点就在南京紫金山。这影响了陈盛峰的茶叶人生，后来他如愿成为中山陵茶厂的一名技术员，在紫金山茶园寻找老茶树，"15 号职工宿舍"原是他恩师俞庸器的住处。他通过查阅史料，走访老茶人，反复勘察地形，确定江南植茶公所的大致地点就在这一带。冥冥之中的信息让陈盛峰感动，1905 年，江南植茶公所在此设立，1959 年，以俞庸器为首的老茶人在这里研制了雨花茶。如今，陈盛峰又在这片土地上从事茶业，一种历史的使命感让他觉得任重道远责无旁贷。2002 年，他担任中山陵茶厂厂长。2003 年，企业改制，陈盛峰带了老厂下岗的职工，开始了新的创业之路，盛峰茶业因此应运而生。

陈盛峰说："企业转制，茶厂搬迁至下马坊，困难重重，有人冷言冷语，说陈盛峰下马了。但我挺过来了，2008 年，我担任南京茶叶行业协会会长。我做的雨花茶现在是江苏省非物质文化遗产。原先的'钟山'牌雨花茶一般只用于会议招待或馈赠海外贵宾，市场上很少见。我走市场化道路，雨花茶从此走入寻常百姓家，家喻户晓，成了南京的一张名片。"

我说："嘲讽你的人，其实不懂什么叫下马坊。下马坊的意思就是今后凡到你茶厂来，乘车骑马的，必须下来步行。你的盛峰茶业规格不一般啊。"

他大笑。扬眉吐气的同时，他坦言有忧患意识，他说："我很羡慕叶芳养和阿松，当今福鼎白茶和武夷岩茶的市场势态比雨花茶好。但我不气馁，我要用时间换空间。"我听了有点动情。南京茶界的领军人物也有忧虑，但面临困难，他不离不弃，信心满满。他告诉我，下一个目标，是让雨花茶成为中国非物质文化遗产项目。

金陵四日，陈盛峰为《寻茶记》办了一场轰轰烈烈的茶文化盛宴，展现了他的豪迈大气、缜密细致。我们还约定了一个"苏茶行"计划，陈盛峰愿意一路相伴。这以后，我有近四年的时间再没见过他，"苏茶行"的计划也一直未能兑现。

尽管两地相隔，但相互间的关注却觉得彼此一刻也没分开过。在陈盛峰的微信朋友圈、自媒体公众号、视频号中，我知道了2019年，"雨花伉俪"陈盛峰和陆葵香双双获得南京市五一劳动奖章，陈盛峰同时还获得十大"南京工匠"的荣誉称号。这是南京市政府对陈盛峰坚守传统的充分肯定。我知道了2020年5月，经层层推荐、专家评审、评委会审定和网上公示等程序，盛峰茶业有限公司被评为"江苏省乡土人才传承示范基地"。2021年6月10日，以盛峰茶业为代表的南京雨花茶制作技艺被正式列入第五批国家级非物质文化遗产代表性项目名录。陈盛峰在他近三十年茶业生涯中，扛着雨花茶的大旗，闯过一道道难关，开创了一个又一个新天地。

我还在视频中目睹他在滚烫的铁锅里炒茶。我像重回2015年春天在他厂里，再次感受那种热气腾腾、茶香弥漫的氛围。"手工炒出来的茶好喝，炒得好的雨花茶，手摸上去就像丝绸一样，那种感觉好开心。"陆葵香如是说。这种愉悦，隔着屏幕也感染到了我。

我还知道陈盛峰新订购了手工竹编的茶筛。这些茶筛按网孔大小分为2号到11号筛，是他茶叶等级分配的传统"神器"。毛茶分选早已有机选、风选等机械化设施，但陈盛峰仍执拗地坚持保留手工筛选。筛选分为抖、撩、飘等手法，用以区分叶片大小、粗细、轻重。陈盛峰认为，机选的原理来自筛选，但无法做到手工筛选的精细。陈盛峰的车间现在仍在使用的茶筛最老的是1951年的。这件"古董"我也曾见识过。

作为中国针形茶的翘楚，绿茶中制作工艺最难最复杂的雨花茶"形质俱胜"，几十年不走样，陈盛峰功不可没。世上种茶做茶卖茶的，有不少是把茶作为生意在做，而陈盛峰把茶当作事业。

陈盛峰也无时无刻不关注我。2021年5月，我的《寻茶续记》出版，他像我一样高兴，问我是不是还会在上海书展举行签售？在雨花茶获得国家级非遗项目正式挂牌那天，是不是在南京再办一次读者见面会？为此，他又购入了几百本《寻茶续记》。2022年3月开始，上海疫情突发，他对他的"楼叔""殷姨"更是关心，"你们受苦了"，"要多保重"等问候不断。

6月，上海的物流逐步恢复。我收到的第一份快递是陈盛峰的雨花茶。除了精美礼盒包装的小罐雨花茶外，更珍贵的是纸包装的小袋茶，照例是陈盛锋的亲笔签名，照例写了请我和殷慧芬品鉴，与往年不一样的是多写了"上海加油！"我明白，他希望我与他有更多的见面机会，希望一起能在江苏的茶山自由行走……

一个早晨，我随意置放在茶桌上的雨花茶透过纸袋散发出幽幽的兰草清香，非常好闻。我一直以为茶是有生命的，因此我凡收到茶，都会让它安静地休息一段时间，散发尽一路风尘的气味后，在茶达到最佳状态的时刻开泡品味。心有灵犀，我听见了这几袋雨花茶的呼唤，即取其一袋，小心翼翼地剪开口子，轻轻抖出如米针一般细嫩的茶芽，投入杯中，随着纯净水的缓缓冲泡，茶烟袅袅升起，甘甜清香的气息在空间弥漫。我深深吮吸，沁入肺腑。这茶浸淫了陈盛峰的心血，我轻抿一口，直呼太好喝了，即刻被陶醉，忍不住发视频号和微信，与朋友们分享。远在紫金山下的陈盛峰有心灵感应，感觉到了我的兴奋，与我互动，说上海作家楼耀福、殷慧芬两位老师，七旬老人在寻茶路上不停奔走。苏茶是一首首江南小调，雨花茶让他想起《桨声灯影里的秦淮河》，此刻正在感受她的美妙……

陈盛峰诗一般的语言，再次让我感到，他不仅是个至善至美的制茶师，还是一个研究雨花茶人文历史的学者。

这一天恰是自然与文化遗产日，陈盛峰在镇江西津渡历史文化街等地展示雨花茶制作技艺，在他的团队中我发现了他的儿子，很帅，个子比陈盛峰高，叫陈陆宇。陆宇，与陆羽谐音，表达了陈盛峰夫妇对茶圣陆羽的崇敬和对茶叶事业的执著。此外，我还领悟到另一种含义，"宇"与"雨"谐音。陈陆宇

（雨），陈盛峰、陆葵香、雨花茶的第一个字构成了儿子的名字。陈盛峰夫妇是把雨花茶看作至亲至爱的儿子啊！

"择一事，忠一生。把雨花茶带入国家级非物质文化遗产保护名录，是我的人生夙愿，我已经完成。下一步，是将雨花茶和龙井、碧螺春申报联合国教科文组织人类非物质文化遗产，这个事情我们正在做。""作为育茶人，我更愿意像茶，把苦涩埋在心里，散发出来的都是清香。"陈盛峰如是说。这不仅是他，也是陈陆宇等一代雨花新人的心愿。

2022年11月，我国申报的"中国传统制茶技艺及其相关习俗"，经委员会评审通过，列入联合国教科文组织人类非物质文化遗产代表作名录，江苏省以盛峰茶业为代表的雨花茶名列其中。陈盛峰热泪盈眶，开怀大笑。他的激动我理解，那是他多少年的愿望，终于成为现实。

六股尖山泉滋润的新安源

2020 年，我去过一次安徽休宁新安源，回来写了两篇文章，收入《寻茶续记》中。之后，我一直惦记着那里的山、水、人，尤其是与方国强相关的 2 万 5 千亩有机茶园。

时隔两年，我又蠢蠢欲动，只是我春天的行走计划一直延宕至秋冬之际方得实现。

2022 年 11 月 14 日，我出黄山北动车站，接站的是两年前的"带路党"冯少迅，另一位则是初次见面。冯少迅介绍说："他是你书中写到的人物，方国强当年创业时的五人智囊团之一，流口农业银行的韩主任，韩胜民。"这么一说，我和老韩的关系一下子升温，像老朋友一样。我问："方国强呢?"老冯说："他忙。在县里开会呢!"于是，车进休宁境内后，直奔县政府接方国强。

老朋友见面，很亲热。黄山地区一百多天没有下雨，这时竟淅淅沥沥细雨绵绵了。方国强开玩笑："及时雨啊，是不是你带来的？"我笑道："我没那么神通广大，碰巧而已。"

雨蒙蒙的一片。齐云山在雨雾中掠过，隔着车窗远望倒像是一幅泼墨山水画。天渐黑，车出县城拐入山路。我问："是要赶到右龙村有机茶基地吗？"方国强说："对啊，你不是一直牵挂那片茶园吗？"

到右龙村时，天已全黑。细雨中的山村黑咕隆咚的，伸手不见五指。新安源公司接待四方来客的红豆杉山庄在右龙村停车场下方的一块平地上，需沿石阶步行往下，幸亏山庄的小方为我们准备了雨伞，帮我们提行李，还带来了手电筒照明。

第二次入住山庄，有一种客至如归的感觉。方国强妥妥地安排了一切。此刻满满一桌农家菜，山地鸡、山笋、菌菇、鱼……分外新鲜，也许一路劳顿，有点饥饿，尤觉美味。方国强因为另有一场重要接待，到了山庄就匆匆离开。这倒给老冯和老韩有给我讲方国强故事的机会。

"小罐茶公司的总部落户黄山，方国强贡献很大。"冯少迅说："杜国楹原来不做茶，2012 年认识方国强后，特别是看了方国强在休宁的有机茶基地的生态环境后，对茶产生很大兴趣。他是个营销鬼才，一下子就把小罐茶做大了，现在是黄山市的纳税大户。"韩胜民是方国强的高中同学，他告诉我，方国强在流口的茶叶厂，原先是一家破产企业抵押给银行的，有次同学会，他与方国强说起这事，方国强先租后买，把这块地和厂房盘了下来。老韩经办了其中的相关手续。《寻茶续记》中写到的一些人物，如原浙江省茶叶公司副总经理李生富，老韩都很熟。

无论是冯少迅还是韩胜民，现在都已离开了各自的领导岗位，至今仍与方国强持续着深厚友情。方国强是个有磁性的人物。

在通往客房的楼道上，我看到荣誉榜上多了几块新的奖牌，其中一块是"中国茶产业最美生态茶园"。

第二天，我们沿着徽饶古道看"最美生态茶园"。"山明水净夜来霜，数树深红出浅黄"，"雨径绿芜合，霜园红叶多"。秋冬之交的茶园有一种特别的美，红的枫叶、乌桕叶，金黄的银杏叶，与翠绿苍郁的茶树互为交织，渲染成一幅色彩斑斓的图画。虽然这里一百多天没有下雨，茶树的生长态势总体却比遭受干旱之灾的武夷山等地滋润很多，地处三江（新安江、富春江、钱塘江）源头，五股尖六股尖汩汩流淌的山泉滋养着这里的土壤、树林、茶园。

在村里行走，凑巧遇上右龙村村长张国良。他向我介绍这些年方国强在右龙等 16 个行政村组建了十多个监护生态环境的植保服务站，全天候关注新安源地区的空气、水源是否纯净，为的就是不让这里的茶园有任何污染。"我们右龙村的茶叶，方国强的收购价格最高，春天，每斤茶青最高可以卖到 150 元。"

张村长很骄傲地说。在方国强收购之前,这里成品茶才卖三四十块一斤,茶青只有几块钱一斤。新安源公司让右龙村的村民脱贫致富了。

我问:"这三年里,因为疫情,新安源公司的生产和经营多少也受到影响。那么,方国强有没有减少对村里茶农的茶叶收购呢?"张村长回答:"没有,一点也没减少,价格也不降低。"我听了深深被感动。

方国强忙碌了一天,晚上从休宁县城赶到右龙村。喝了点小酒,两人畅叙。他诉说这三年的经历:"不是一点点辛苦,是非常辛苦。"我说:"白天这里的村长告诉我,你对茶农茶青的采购一点没减少。那么,你对工厂的职工有没有裁员?""没裁一个员工。"我又问:"茶叶的销路没往年好,那么公司的成本没有降低,你不觉得亏吗?"方国强轻叹一声:"企业家应该追求利润,降低成本,因此,在严格意义上,我不是一个合格的企业家。""那这三年你是怎么过来的?"方国强说:"利润的三分之一交付银行的贷款利息,三分之一交税,三分之一用于员工工资、企业运作等。因此,有人说我儿子是富二代,我儿子回答是'负二代',我是银行的负债户啊。"

宁愿自己亏,不让茶农亏,不让工人丢饭碗。我望着方国强,觉得他不是一个唯利是图的商人,他有情怀。正因为此,他连续获得了"中国茶叶行业年度十大人物""安徽省劳动模范""心动 2012 安徽省年度新闻人物"等许多荣誉,2021 年他又被评为"安徽省脱贫攻坚先进个人"。

方国强对新安源这块土地有着很深的感情。"来过这里的，都会被这里的环境所迷恋。"他让我看一张地图，"北面祁门，是 16 万亩红茶产区；西面浮梁，是 15.6 万亩红茶产区；南面婺源是 18 万亩绿茶产区；东面是休宁等县的绿茶产区。新安源 2 万 5 千亩有机茶园处于赣皖两省四县名茶产区中间，四周山清水秀。这样得天独厚的地理优势，你在别的地方哪里去找？早些年的李生富以及这几年的小罐茶杜国楹见了这块土地都心动过"。

没错，方国强的老朋友冯少迅和韩胜民告诉过我，早在 20 世纪 90 年代，浙江省茶叶公司副总经理李生富曾经携带 80 万元现金，想私人参与这片茶园的投资。而杜国楹的小罐茶总部也曾经有过落户休宁的念头。即使现在小罐茶总部设在黄山市，但在休宁鹤城乡杜国楹还是与方国强合作投资建造了茶叶加工厂。

群山环抱，常年云雾缭绕的六股尖下新安江源头，由于方国强始终致力于有机茶的开发，他的公司已是欧盟市场连续二十多年的中国有机绿茶最大供货商。有关方面统计，某年，我国出口欧盟的有机绿茶 4 000 多吨，其中 1 100 多吨来自安徽，在这 1 100 多吨里，方国强新安源的产品占有 800 吨。

第二天，我们去看小罐茶在休宁的工厂。2020 年我去过一次，那时厂房刚建成。2021 年，投入生产后，产值突破 3 000 万元，成为新安江源头山区脱贫攻坚和绿色环保的代表性企业。

站在方国强的老家鹤城乡渔塘村的村口就能看到小罐茶厂美丽而富有现代气派的白色厂房。已过花甲的方国强努力奋斗了大半生，用这种方式回报生他养他的小山村，可见其挚爱这片土地的拳拳之心。

之后，我们去了茗洲。人真是一个奇怪的动物，2020年我去过那里之后，茗洲茶园的美丽有一次竟然出现在我的梦境中。

方国强和韩胜民告诉我，有一年，一家著名的德国茶叶公司专家来茗洲考察，走着走着，发现怎么突然少了两位外国客人。茗洲由于偏僻闭塞交通不便，抗日战争时期连日本人都没打进来过。这几位德国专家是新安源山里老百姓第一次见到的金发蓝眼"老外"。少了两个老外，方国强和韩胜民着急啊。到处找，后来见他们在河里游泳，才放下心来。上岸后，两位老外说，这里风景太好，河水太干净，他们实在是被诱惑了。

不管男女老少，不管来自何方，对美的向往，是共同的。

下午，在新安源办公室喝茶的时候，方国强告诉我，他现在为公司制定的口号是"健康有机茶，自然新安源"。这个"自然"，既是对新安源有机茶生态环境的概括，又表达了对坚持做国内有机茶第一品牌的当仁不让。捧一杯新安源有机茶，如捧六股尖流淌的清澈山泉，如置身于一尘不染的高山云雾，如品尝纯净鲜爽的负离子。在茶香清酽的杯中，我感受到了三江源头这片茶山的春风、夏日、秋雨、冬霜。山泉流淌、风动树叶、飞鸟啁啾的声音犹在耳畔。

草木有缘只为茶

　　与台湾茶友一起喝茶，聊起了她与茶的故事，她认识福鼎一位茶人，"茶可做得真好，是张天福的学生，他的茶园是福鼎的'张天福有机茶示范基地'"。

　　我听罢微微一笑："是不是叶芳养?"

　　她惊讶了："你怎么知道?"

　　我说："我的《寻茶记》里写他的有好几篇呢。"

　　"啊呀，怎么这样巧? 你的书我刚拿到，还没来得及读呢。天下真是太小!"接着她说了与叶芳养认识的过程，"我先认识他的夫人林西英。十多年前的一个夜里，在福州想买茶，我是个夜猫子，深更半夜的，所有的茶叶店都关门了。我满街找，将要绝望的时候，看到有家茶铺的二楼亮着灯。我走近去，门口招牌是'芳茗茶业'，我就使劲敲门，下楼来开门的就是林西英。后来，我和西英就成了好朋友，我想要的茶都通过西英去买。印象中，西英很会说，叶芳养话很少"。我说："他茶确实做得好。一路走来不容易，做了三十年茶，一路被人追着要债，直到 2016 年，没人要债了，他们的日子才好过了。"

"是啊是啊。叶芳养不容易，西英也不容易，一个人守着福州的店，晚上带着孩子睡二楼，很辛苦的。"对话之间，台湾茶友拍了个小视频向福州的林西英直播。林西英看了惊喜地大笑："你怎么和楼老师、殷老师走到一起去了？"台湾茶友不无得意："我现在正和他们一起喝茶呢！楼老师说，他写了叶芳养很多文章，听了我讲你的故事，说要写你呢！"林西英在电话另一头哈哈大笑："好啊好啊。欢迎你们来福州、福鼎。"

2021 年清明刚过，我们相约去了福鼎。林西英已提前在那里等候。一起喝茶时，林西英打开话匣子，说了许多往事："那些年我也很辛苦。那时我们还没在福州买房，我白天看店，晚上住二楼，以店为家，还要带孩子，能不辛苦吗？"林西英哈哈笑着，"说起来，我和叶芳养还是青梅竹马，叶芳养小时候曾经过寄给他姑妈，当时我们家有两间房，一间自家住，一间就租给了叶芳养的姑妈。他姑妈家和我家还是远亲，我和叶芳养从小一起长大一起玩，调皮捣蛋的故事很多。叶芳养的姑妈是个裁缝，叶芳养从小给她当下手"。

我问："叶芳养还会做裁缝？"林西英说："拷边、锁眼、缝纽扣……这些活他都会做。他姑妈后来生了周蓉蓉，叶芳养又回到自己父母身边去了。16岁那年，他开始自己做茶卖茶，走南闯北，一路打拼，这些故事你们都知道。"

"都听他说过。他挑着茶担到杭州，一路闯关，还跟人打架。年轻时他很野蛮。用他的话说，不凶一点，总是被人欺侮。"

林西英说："是啊是啊。不打不拼，哪有今天？"

我又问："那你和叶芳养后来又怎么走在一起了？"

她又哈哈笑了："后来他创办了'芳茗茶业'，要卖茶啊，在全国布设销售点，我为他走南闯北，在大连等地帮他卖茶。2000年我们结婚，之后一直在福州为他看家守店。"

正说着，周蓉蓉来了。蓉蓉现在是芳茗茶业的总经理，叶芳养的得力助手。她说当年她被叶芳养安排在上海浦东看店卖茶。

墙上挂着几幅照片，有叶芳养、林西英和政府领导人、张天福等茶界名人的合影。

"照片里，我比现在瘦，长头发，是什么种子推广能手，受到副总理接见。"林西英指着其中一张介绍说。

照片是历史的记录。这些年里，夫唱妇随，林西英在叶芳养的创业途中，既是贤内助，又是好帮手。芳茗茶业如今能在福鼎白茶界创立一片自己的天地，叶芳养和林西英都有很大的付出。

以后的几天我们都在茶山度过。从2013年第一次艰难攀登，到今年茶季，我七上九峰山，目睹茶园经过叶芳养他们这些年的打造，越来越美。这种美较之于小桥流水的江南园林，更辽阔、更豪迈；即使与北方的皇家园林比，虽然少了点豪华，却更具生态的大自然之美，与天与地与大海与平民百姓更接近。我在海拔698米的山顶"茶寿亭"上，俯瞰福鼎市区和远处的八尺门海湾，那种大气磅礴让我胸怀顿时开阔。

在九峰山，我邂逅了一位武汉的茶友，她读过《寻茶记》，认出了我是这本书的作者，问我："楼老师，你为什么每年都要来呢？"我说："我每年来是为了质量追踪啊，我写过这里的茶，这些年是不是还这么好？我不想让读者骂我。"她后来把我这段话写进她的微信，在朋友圈中说钦佩我这个七十多岁的老头。其实，每年来九峰山的另一个原因是这里的美。有谁不喜欢美的享受呢？

第一次上九峰山的台湾茶友更是被这种美所迷醉。我们下山后很久，她和林西英仍在山上。我催她们多次，林西英在电话那一头只是咯咯地笑，说景色太美，台湾茶友走一步停一步。山里各种野花多，看到花她就不想走。"我也拖不动她。她说采些花，要为我们插一盆花。"我这才想起台湾茶友还是一位花艺师，嘀咕了一句"花痴"，便也无可奈何她。

以后的几天，我们登金亭林场海拔七百余米的小太姥，走三十六湾古茶道，上十大最美海岛之一的嵛山岛。我想让林西英说些她自己的故事，她却总是绕不开叶芳养："2016年之前，应该说茶卖得还不错，叶芳养一路被人讨债，是因为把钱用在打造生态茶园上了。他这人书读得不多，但想法挺超前的。比如有机茶，现在做的人多了，十多年前叶芳养坚持这么做时，多少人说他傻呀！再比如点头镇现在是福鼎最大的白茶交易市场，但最早提出'白茶一条街'这个概念的是叶芳养。"

嵛山岛现在是旅游热点。我跟着叶芳养五上嵛山岛。2014年初春，我们在岛上仅有的一家旅社过了一夜，第二天，叶芳养向一个叫阿春的岛民租了辆小面包车，带我满岛转，除了他在天湖周边开垦的三百亩有机茶园外，周边几乎是一片蛮荒。

在"鳄鱼出海"礁石附近的小山冈上，有一幢水泥浇制的建筑物，那是岛上最早的发电站，2014年之前已被废弃。他带我上上下下转，生锈的旧发电机还在，他说："我也许会在这里盖民宿，到时候留一间让你做工作室，你可以在这里写作，看海，你想出海，我帮你租一条船。"他的描绘很有点诗情画意，"那时候，这块礁石不叫'鳄鱼出海'，叫'楼老师出海'"。我被他逗得开怀大笑。

无巧不成书。这次上岛，我们住的民宿叫"海上天湖"，就建在发电站的原址。从下榻的客房，我看得见大海，看得见"鳄鱼出海"。这民宿的主人虽然不是叶芳养，我却又一次感受到了他的前瞻目光。

在"海上天湖"用晚餐时，老朋友相聚杯觥交错，叶芳养和林西英都很能喝酒。席间，台湾茶友要拜叶芳养做老师。叶芳养见她滴酒不沾："拜我做老师你要先学会喝酒。"台湾茶友笑说："那么是不是因为林西英酒量好，你俩才走到一起的?"我说："我和殷慧芬是草木缘，叶芳养和林西英也是草木缘，走到一起是因为茶。"台湾茶友毫不退让："我叫林史青，跟你们也是草木缘啊。"

她的名字确实也与草木相关。我看着他们一张张脸，暗自思忖，这些人前世莫非都在一个林子里，今世因茶结缘又都走在一起了?

草木有缘只为茶。殷慧芬跟我苦行茶山十余年如此，叶芳养与林西英夫唱妇随打造有机白茶一片好天地也如此。只是叶芳养与林史青是否能成为师徒，此乃后话，且听下回分解。

林中茶园，不仅是风景

2021 年 3 月中旬，福鼎刚进入白茶采摘忙季，叶芳养问我："楼老师，什么时候来福鼎啊？"

与叶芳养交往多年，凡他主动发出邀请的，大多是有事要与我商量。我想了一下，说："过了清明吧。"

果然，他紧接着发来第二条微信："4 月来，我与你探讨一个利民利国的大课题，与生态茶有关。"

4 月 6 日，我如约赶到福鼎，夜宿九峰山。我是第七次上九峰山了。每次来我都觉得美，都有一种新鲜感。即使是夜景，站在新铺设的木栈道上，遥望月光下的福鼎市区，星星点点，昔日鲜为人知的闽东北小县城，如今灯火阑珊，一片繁荣。

第二天早晨，我们沿木栈道上山走了一大圈，那种新鲜的空气，微微吹拂的山风，满目苍翠的山林，像一条绿色长河的茶园，点缀其间的各色野花，山里人养蜂的蜂箱，春天已开始结果的桑葚……都让人养身养眼养心。移步皆景，我登上海拔698 米的制高点"茶寿亭"，放眼四周，美丽尽展。

午后下山，车在平缓的山路行驶，我不由得想起第一、二次登山时的艰难：坑坑洼洼，崎岖不平，小车在山路上颠簸，像是在做破坏性试车。驾驶员告诉我，即使是这样高高低低的路，也是叶芳养为茶园新垦筑的。要不，我们到茶园少说也得多走三四个小时。

今非昔比，无论是车行道还是人行木栈道，叶芳养为打造九峰山有机茶园费心费力，付出了不少。

下午在叶芳养茶厂，喝着茶，我问他："你说要与我商量一个大课题，这么重要，是什么呀？"

他笑了，从抽屉里拿出一本杂志《福建茶业》。翻到其中一页，有他写的文章《开发利用森林防火隔离带推广种植有机茶初探》。

我瞅着叶芳养，颇有惊喜。这小子念书不多，文化程度不高，被评上福鼎白茶非遗传承人后，如今又写起学术论文。真可谓：士别三日，当刮目相看。多年前，他是福鼎市人大代表，写了个关于白茶发展的提案，还专门通过邮件发给我，让我修改。这篇论文他却没让我改过一个字，可见他进步不小。

我逐字阅读，文章阐述了在森林防火隔离带栽种有机茶的好处，有观点，有举证，有说服力。我想起 2015 年春天，叶芳养与金亭林场签订合同不久，他带我去看那片未开垦种茶的防火隔离带，一片蛮荒，那举步维艰的情景历历在目。我边看边问："防火隔离带原本只有泥石，寸草不生，你种上茶树后，还能起到防火作用吗？"

叶芳养笑道："当然可以防火。我文章中有写到，你往下看。"

果然，文章写道：茶叶属于耐火树种，防火效能高。营造生物防火林带，将大面积连片森林分隔成若干小区，一旦发生火情，能将火源阻隔，起到阻火、隔火、断火作用。文中举例，2013 年，九峰山林场发生山火，连续烧了一天一夜，最后，是叶芳养种植的三百多亩茶园防火隔离带起到了阻隔作用，控制住了火势，最后将火扑灭。

我这时方知，美丽的九峰山茶园，若干年前也是森林中草木不生的防火隔离带。昔日的不毛之地，如今被打造为有机茶示范基地，楼亭台阁点缀其间，不是花园，胜似花园，我对叶芳养又一次投以赞许的目光。

"不但防火、美化环境，栽种茶树后还可以防止水土流失。"叶芳养如是说。我想想也是，防火隔离带一般都辟在山脊山岗，坡度较陡，长期无植物地表，暴雨来时，山土表层被雨水冲走势在必然。种植成片有机茶，增加了山林植被覆盖率，有效地起了固土护坡的作用。

"要不要去金亭林场看看？"叶芳养提议。我知道他的提议与他论文中提及的内容有关，便说："好啊。"

叶芳养在金亭林场的茶园，我分别在 2015 年 5 月、2019 年 9 月、2020 年 11 月去过三次。

我有文章回忆第一次去时的情景：行走在防火带时百般艰辛，"荒草、枯木、荆棘、乱石、坑坑洼洼……有的地方连立足之地都难找到。天气燠热，穿短袖衫都汗水直流，心中不免抱怨：叶芳养带我到这种地方来干什么？既无茶树可看，又是蛮地一片，总不见得叫我垦荒。七旬老汉有一种被折腾的感觉"。

面对荒凉，叶芳养兴致勃勃地向我描述美丽远景，充满憧憬。

2019 年初秋，我第二次去金亭林场。那天叶芳养在市里开会，他的侄儿叶素海陪我。进山后全程步行，眼前一片茶园，蜿蜒盘旋，像匹抖开的绿色宽幅缎带，往上看是茶树，往下看也是茶树。我将信将疑，这里就是我以前来过的防火带？那时可真是一片荒芜啊。时隔四年，旧貌换新颜，不禁从心底佩服叶芳养他们。有点遗憾的是行走仍很艰难，有几处仍需叶素海他们搀扶照应才能攀登。

第三次是叶芳养自己开车带我上山，那是 2020 年 11 月。通往山顶的路正在铺筑，坎坷崎岖，弯曲陡峭，有几处拐弯时因为坡陡，他不得不在拐角处停一下，往后倒几尺，然后打转方向盘，一踩油门，沿陡坡冲上去。有工程车在挖土施工，见叶芳养的车迎面而来，不得不艰难地后退让道。

有两辆越野车尾随叶芳养，其中一辆坐着一个叫婷婷的姑娘。小女子能开这条路厉害啊。到了山顶，见了婷婷，我还想夸她，婷婷说："我哪敢开这样的山路？开车的是我舅舅。"我打量一下，那也是个壮实汉子，是叶芳养的帮手。

有山路可开车直达山顶，我自然省力许多。我四处寻走，发现山坡有人挖的炉灶，上面的洞口置放铁锅，下面的洞口烧柴火。叶芳养说，在山路尚未铺筑、车辆无法通达时，采茶工就是这样因地制宜，解决吃饭问题的。

那一次，我稍觉不足的是山顶茶园四周还有枯木、残竹、杂草。

仅仅相隔半年，叶芳养再次邀请，我想一定有新的变化和看点。还是叶芳养自己开车，只是队伍没有半年前那次庞大。山路已经筑好，虽然弯道多，坡度陡，但较上一次已有很大改善。上了山顶，回首看，盘旋山道也成了茶园风景的一部分。

当地人称这里为"小太姥"。站在海拔七百余米的山顶，环顾四周，群山绵延，如同一片翠绿汇成的海洋。"那里是太姥山主峰，海拔高 987 米；那里是白马岗，2015 年你登上过山顶，最后几步还是我和李求行架你上去的。你说白马岗的茶好，其实这金亭林场小太姥地理位置和周边环境与白马岗相仿，茶也很好。"叶芳养如是说。

很难想象五六年前的蛮荒之地，如今可以这么美丽。满目翁绿的连片茶树在阳光的映射下，像有油在叶瓣上流淌。茶园里种植着福鼎大白毫、福鼎大白茶、建阳水仙等不同品种的茶树，我们一边采摘，一边听叶芳养讲各种茶的区别，叶片的厚薄大小、树龄的长短、采摘制作时的不同和品饮时的口感不一。小小一片树叶，学问多多。

周边零星的枯木、残竹都已不见。

四上金亭小太姥，每次来，我都感受到这里越来越美的变化。

上午我在九峰山赞美和陶醉，下午又在金亭林场感慨和憧憬。九峰山的今天就是金亭林场茶园的明天。

想起叶芳养邀请我来的初衷：探讨一个利民利国的大课题，站在脚下由生态茶树构筑的防火隔离带，我顿觉森林中茶园不仅仅是美丽风景。

比尔·波特的白胡子在中国茶山晃动

2023 年春节刚过，福鼎茶友、《白茶时间》的作者雷顺号告诉我，比尔·波特计划 4 月初第三次到太姥山，邀我与美国的这个白胡子老头一起走茶山。

美国作家、汉学家比尔·波特，1943 年出生，长我 3 岁。接受邀请后，我重读他的书，发觉他很喜欢中国茶。他说："多年来往中国，我培养出一项小癖好，每次都会设法捎点好茶回去。"（《禅的行囊》）

为写作《空谷幽兰》，1989 年，比尔·波特在太姥山寻访了一位 85 岁的老和尚之后，下山时拜访了两位修行的隐士，得到两公斤"东方美人"茶。这茶是两位隐士在自己的小茶园采制的。比尔·波特非常喜欢。

"东方美人"茶，原产于台湾新竹一带。这种"人做一半，虫做一半"的白毫乌龙茶在大陆也有产制，我在福建省三明市大田县看到过。但是从没听说过太姥山和福鼎也有"东方美人"茶。我想在4月与他见面时提出我的置疑。

2018年4月，比尔·波特第二次来福鼎太姥山。时隔二十九年，两位隐士送给他的茶，他早已喝完。他想念那里的茶。

除了太姥山，比尔·波特也多次写到别地的茶。比如《禅的行囊》的"不得闲"一章中，写他在九江茶缘茶庄买铁观音，对铁观音春茶、夏茶、秋茶、冬茶的理解，尤其是喝一泡香气四溢的秋茶时的痴迷，让我觉得他很会享受好茶。

《禅的行囊》有一段写他在少林寺喝茶：延颖从床底下掏出一袋一斤装的极品铁观音"观音王"，是一位居士送的，价值一千元。"尽管如此，泡茶时他仍然毫不吝啬地在紫砂壶里装满了茶叶，几乎都没地方盛水了。我赶紧客气，别为我浪费这么好的茶叶——尽管我心里并不是这么想的。延颖闻言，回身掀开搭在床边的毛毯，露出床下的茶叶存货，足有几十包之多，估计都是同样的观音王。这令我十分嫉妒。延颖笑着坐在了我旁边，等茶沏好，给我倒了极小的一茶盅，却给自己倒了一马克杯。我们静静地坐了一分钟，细细品味着铁观音的香气和滋味。"他见好茶时的神态和心情，羡慕妒忌，心中的喜爱贪婪和嘴上言不由衷的假客气，写得惟妙惟肖，非常真实生动。他对茶的嗜好也由此可见。

比尔·波特也写过普洱茶，那是在《彩云之南》中。他专门写了南糯山和大黑山的茶王树。他在勐海加入茶之旅，"我挨个品尝，买了好多，直到背包里装不下"。

近几年，我也一直在云南转悠，经常涉足比尔·波特笔下的西双版纳勐海、景洪等地，两次上南糯山，在茶王树下摆茶席品茗古树茶。比尔·波特的文字让我再次身临其境，倍感亲切。

比尔·波特在《江南之旅》开篇，写他在广州白云山九龙泉"一边品着茶，一边拾遗补阙地完善我们的旅行计划，一坐就是两个多小时。最后，茶喝得快没了味，我们才离席返回"。

到了湖南洞庭湖君山岛，他写了那里的毛尖和银针，说茶是他们到君山岛去的一个原因，"它的坡地生产了中国最好的一种茶"。"一到那里，我们径直走进一家茶馆，点了几杯茶。当我们坐在那里等着泡茶的时候，看到杯子里的茶叶就像上百把微小的小刀，仍被它们的叶鞘包裹着。泡水后，茶叶慢慢开始沉淀，少顷，我们端起来品尝了一口，其味道就像清晨的露水一样新鲜和纯净。"绘声绘色的文字，让我回忆起我上君山岛陶醉于君山银针之中的情景。比尔·波特到了杭州，写龙井茶更是不吝篇幅。

因为文字，因为对东方文化的共同喜爱和钟情，更因为茶，我与比尔·波特似乎已神交很久，直觉告诉我他是一个很可爱很有趣的老哥。我期望有一天陪他在山水之间走走，无论是我跟他寻禅问道，还是他跟我走山访茶，我都会乐此不疲。

我满心期待与比尔·波特在太姥山相见，多次向雷顺号打听比尔·波特的计划是否有变？3月，雷顺号告诉我，因为各种原因，比尔·波特不能如愿来中国访茶，我好遗憾。4月，我不改初衷，按原计划去了太姥山。行走在层峦叠翠的茶树丛中，我觉得身边陪伴的不仅有福鼎茶友，恍恍惚惚中，比尔·波特的白胡子也仿佛在茶香弥漫的绿影中晃动。

鲤鱼山下的白茶古道

我提出福鼎"白茶古道"这个概念是在 2015 年。那一年，我写了篇在宜兴廿三湾的寻茶文章，在上海《新民晚报》发表后，福鼎茶友叶芳养告诉我，他们那里有三十六湾。我查阅资料，《福鼎县志》上果然有记载："陆路北达浙江分水关，据上游之胜；水路东通瀛海烽火门，扼天堑之雄。而又有三十六湾、昭君岭、百步溪、水北溪环绕左右前后，气象雄伟，隐然全闽锁钥。"

福鼎白茶很早远销海外，英国王公贵族喝红茶时放几枚白毫银针，以显珍贵。读到这类消息，我一直在想，这白茶是怎么运到国外的？三十六湾没准就是我想寻觅的白茶古道？

我当即南下，与叶芳养一起在太姥山下探寻。建于道光年的五峰桥、昔日行人熙来攘往的五蒲岭、举州碇步……都让我印象深刻，后来我写了《寻找白茶古道》。文章在媒体发表后，引起热烈反响，多家网站转载，福鼎旅游部门还专门开辟一条徒步旅游路线。我既高兴又惶恐，惶恐的是我虽然提出了这个概念，但却说不清古道的始末和沿途，更不知背后的人文历史底蕴。

我很想进一步了解，于是2016年春节刚过，再次南行福鼎，考察古道路线。福鼎境内古干道有两条，计110公里。一条是起自福州的福建北驿道，经今之连江、宁德、霞浦，进入福鼎县之蒋阳、五蒲岭、白琳、点头、岩前至县城桐山，再由城关取道万古亭、贯岭，越分水岭达浙江。福鼎路段总长75公里。

抵达福鼎后的第二天，我们就去桐山，那里有始建于五代后晋天福三年（938）的栖林寺。王十朋有诗："我如倦鸟欲栖林，喜见禅僧栖处深。家住梅花小溪上，一枝聊慰北归心。"足见当年王十朋也曾徒步古道，并宿栖林寺。

雨中徒步近两小时，我们登上太姥山脉一岭头，见有供行者茶人歇脚的凉屋，让挑担茶人小憩。这古驿道某种意义上就是古茶道。点头、柏柳、举州、五蒲岭、白琳等地，我又一一踏访，收获颇丰。一篇《王十朋走过的古道》应运而生。

几年过去了，2022年春天，叶芳养给我发信息，说是在福鼎点头镇后梁村又发现一条长10公里的古道，梁氏祖先在当地种植茶叶，凭借海拔数百米的高山优势，开垦梯田式茶园。所产白茶需转运外埠，逐步筑道，沿途建上呈、梦坑、第一尖、乌岩里四个茶亭，供茶农运茶时休息。叶芳养诚邀我择时前去考察。

一个读书不多的茶人，仍然关注着家乡茶的历史文化。叶芳养的执著让我感动。我一口答应。好事多磨，这个行走计划在2023年春天才实现。

后梁村的这条古道，由泰顺经柘荣、福鼎管阳等地，直通点头乾下妈祖宫码头，是福鼎白茶运输主干道的一部分。2015、2016年两次考察中，我未曾走过。这次，叶芳养联系了后梁村梁氏宗族的梁亦辉、梁亦彤，由他俩全程陪同。并安排他的侄女叶守红为我们开车。

后梁村宋代时属长溪县，元、明时属福宁府遥香里二十一都，福鼎置县后属十四都，民国初期属点头镇至今。后梁原名"后洋"，因梁姓聚族而居，后改名"后梁"。境内群山拱秀，岭上茶园梯田环翠，景色清幽，宛若世外，是个山清水秀与深厚人文底蕴互为交融的古村落。

梁亦辉、梁亦彤带我去了村里的梁家宗祠，得知后梁村是在明末逐步形成的，以山区沟壑为发展途径，由传统民居、宗祠、宫庙、墓园和农耕田地等组成，呈散点式布局特征。建于清嘉庆年间的梁家宗祠，坐西朝东，背靠燕峰山，面向鲤鱼山，左呈龟状，右似蛇形，有"蛇龟相守，水聚气生"的独特风水格局。

站在宗祠门前，遥望蓝天白云下，正前方绿树葱茏的山体，酷如鲤鱼上山，鱼头像在吮吸西来的淙淙溪水，鱼尾分叉，连接一片茶园，似尾鳍摆动，形态惟妙惟肖。梁氏后人告诉我，那条白茶古道就蜿蜒在秀丽的鲤鱼山下。

梁亦辉、梁亦彤考虑到我和殷慧芬都已年逾七旬，担心走古道全程会体力不支，建议我们徒步其中一段，而且选择了从上往下走，让叶守红的车等在这段步道的尽头。虽不能领略古道全程的风光，但窥一斑知全豹。两尺来宽的古道，由石块垒铺，缝中野草、石面青苔，显示着它的岁月沧桑。曲曲弯弯，上上下下，时而翠竹掩映，时而溪水潺潺，行走其间，我们体会了古时茶人挑担远行的不易。沿途山壁竖有石碑，记载此段古道重修于清光绪十三年（1887）。古道上有个残存的茶亭，梁上刻有"光绪十六年岁次二月建"。梳理这条古道和这个茶乡的历史脉络，似乎还可追溯更远。

据说，后梁村的梁姓族人是宋代宰相梁克家后裔，梁克家在福建《三山志》提到，闽中有茶，曰"太姥白"。重修建于光绪年间的这条白茶古道和如今后梁村满山的茶园，正是梁克家笔下的"太姥白"的延续和传承。

启程，霞浦白茶

霞浦的朋友总对我说霞浦的白茶："楼老师，你写了那么多福鼎白茶的文章，怎么不写写我们霞浦的呢？霞浦紧挨福鼎，地理环境、气候都一样，福鼎现在还有茶厂在霞浦收茶青呢！"

2023年春天，我又去福鼎看茶，霞浦朋友得知，邀我先到他们那里看看，我答应了。坐在霞浦的茶桌上，话题离不开霞浦白茶。几年前因茶结缘的林宁从历史、地理等各个方面向我叙说霞浦与福鼎的渊源关系："福鼎磻溪有个仙蒲村，海拔最高，那村子下面的大片茶园，都在霞浦境内。"我去过仙蒲，那是个山清水秀、世外桃源般的山村，生态极好。林宁笑说："这就对了，这个村子下面，就是霞浦的茶山，茶的品质能差吗？"

因为喜欢茶，林宁对家乡的茶文化历史很有研究，听说我此行福鼎有考察后梁白茶古道的安排，饶有兴致地向我介绍霞浦水门畲族地区也有一条古道，有全国文物保护单位观音亭（又称官路亭、半岭亭），亭前保留着十多块古代碑刻。绘声绘色的介绍，对我极具诱惑力。

林宁的弟弟林宇在一旁观察我的表情，主动请缨："明天我带你去看茶，介绍你认识一位对茶很有情怀的朋友。"第二天我有大半天的空闲，便爽然应允。

细雨蒙蒙中，我们随林宇去柏洋一个叫谢墩的地方。路过崇儒，烟雨薄雾笼罩的山岭茶园如同一幅淡淡的水墨画。面对这种恬然和安宁，我不由得感慨：崇儒，这个地名好。这样的环境，有几户耕读人家，读书种茶做茶品茶，很让人向往。

到达目的地，在谢墩，我倒真遇上了在青山绿水中种茶做茶的读书人。他叫贺子顺，来自北方，因为茶，在这里娶妻生子，安家落户，创办白茶科学研究所和相关茶企。

贺子顺在茶厂门口迎接我们，一身白大褂，戴一副眼镜，年龄不大，头发已呈花白。坐下喝茶时，他讲了他的经历。

2012 年，贺子顺 28 岁，对白茶的认识只停留在书上，从未喝过，也没见识过。那年 10 月，他的老师推荐他去福鼎看白茶。正在潮州收茶的贺子顺每天喝几十杯浓酽的凤凰单枞，一路从潮州到广州，到福州，再到福鼎白琳镇，沿途颠簸，腹中积储的浓茶泛涌，茶醉使他浑身难受。到了白琳，在一家茶厂前，看到茶匾上晾晒的白茶，他便向做茶师傅讨茶喝，那位刘姓师傅为他泡了一壶白毫银针，一杯喝下去，他脑醒目清，连喝几壶舍不得放下。之前贺子顺走了大半个中国茶山，喝过各种茶，此刻面对白茶，他"众里寻它千百度，蓦然回首，那人却在灯火阑珊处"。他很激动，从此，对白茶情有独钟。

第二年春天，贺子顺去福鼎白琳拜师学艺，刘师傅成了他做白茶的启蒙人。当年的刘师傅现在是贺子顺茶叶企业的技术总监，刘师傅的妻子，是企业的生产总监。每年茶季一开始，刘师傅夫妻俩就从福鼎来到霞浦，在谢墩做茶，像亲人般与贺子顺共度与茶相伴的日日夜夜。

有人说，霞浦白茶与福鼎白茶的差距主要在制作工艺上。也许有一定道理。刘师傅夫妇的介入，使贺子顺的茶少了这方面的缺憾。贺子顺本是国家一级评茶师，好学，肯钻研，爱琢磨，坚持禅修……各种因素铸就了他对白茶品质的追求。2022年，贺子顺生产的寿眉在第十届宁德茶王赛中获奖。

贺子顺请我们喝的茶，有当年的，也有前两年的。我一一品尝，总的感觉是干净、鲜爽，一款白牡丹，有幽幽的青草香。我在舌尖上品味霞浦的春天气息，感受春天的阳光、轻风、雨露。我牵挂着谢墩的那片茶园，贺子顺茶厂的茶青来自那里，他与村民建立了合作社。"达到国家规定的有机标准吗？"我问得很直接。"没有。有机涉及到土壤等各个方面，但我们对施肥、农药的使用都有严格的规定，有机是我们的方向。"他回答得也很坦率。

喝着茶，我打量四周，发觉墙上挂的字幅多为佛门语句。贺子顺是个佛家子弟，禅修是他日常功课。我想起了在武夷山做茶的朋友慧相，北方的一位大学教授为寻求安宁恬静，与当地茶农合作在一个叫溪源的小山村建茶坊，做手工茶。两人的共同之处都是因为茶与禅。"般若味重重，兰若茶香远"，"般若""不二"，成了贺子顺的几款茶名，禅意满满。在与茶相处的日子里，贺子顺抛却杂念，心境明寂，无牵无挂。心放下了，干净了，做的茶也纯粹干净了。

柏洋，位于福建省霞浦县西北部山区，亚热带季风性湿润气候区，年平均气温16℃，昼夜温差大。境内平均海拔440米，自然资源丰富，森林覆盖率达83%。山的壮丽，水的清雅，使柏洋成了天然的森林氧吧。低纬度、高海拔、多云雾的山区气候条件，使柏洋成为霞浦的主要茶叶产区之一。我的朋友林宁曾告诉我，除柏洋外，大京、崇儒、水门茶岗、沙江葛洪山等地的茶，同样得天独厚。从气候、土壤环境上来说，天时地利，霞浦适宜白茶的生长。如今我在谢墩看到贺子顺和他的团队对白茶的满怀深情、孜孜以求，感到除了天时地利，"人和"也正在让霞浦白茶充满希望。

临别，我看到一张照片：贺子顺和霞浦的茶人们站在动车前，车身上"醉美霞浦，白茶飘香"赫然醒目。启程了，霞浦白茶。

几回磻溪

磻溪，古人诗文中多有提及。郦道元《水经注》："有石夹水，飞湍浚急，人亦谓之磻溪……"韩愈《和裴仆射相公假山十一韵》："傅氏筑已卑，磻溪钓何激。"

本文所说磻溪，是一个乡镇的地名，位于福建省福鼎市的西南部，与霞浦、柘荣毗邻。

记不清是第几回去磻溪了。第六回？第七回？或许还不止。反正这回，又去了，那是2023年4月，我去看一个叫叶素海的年轻人。

第一回去磻溪是2013年10月，一起去的还有沪上文艺评论家吴亮一家。叶芳养安排他的助手为我们开车做向导。他说："磻溪有碗手打面特别好吃。福鼎城里的人为了这一碗面，专门开车去那里。"

到了磻溪，一条溪流从镇中心横穿而过，想来这或许正是"磻溪"这个地名的来由。溪流中露出水面的石块上有水鸟、白鹭栖息，生态环境很好。小镇还没开发，质朴中多少带些陈旧和颓相，一些老建筑因多年失修，像个衣衫褴褛的老者。说是茶乡，却没什么引人瞩目的茶铺。山里农民的茶园，那时多半为点头、白琳等地的茶企提供茶青，在福鼎茶界似乎是个默默的无名英雄。

声名远播的手打面馆就在水边，一间破旧的木板小屋，几根水泥浇注的柱子在水里支撑着，看上去摇摇欲坠，似乎一阵大风就能将它席卷而走。就这么一家小店，却生意红火，顾客趋之若鹜。见我们到来，店主为我们烧火下面，他儿子却在另一间小屋里用一根杠棒在制作手打面。我生性好动，忍不住也去打了几下，算是一种体验，也因此让磻溪古镇更深刻地留在了我的记忆中。

论经济发展，磻溪比点头、白琳等乡镇似乎略缓慢一些。但正是这缓慢，使磻溪的生态环境更好。境内青山碧水，层峦叠翠，森林茂密，空气清爽，日照充足，雨量充沛，长年云雾缭绕，很有利于白茶的生长，因此被誉为"太姥山下的明珠"。

以后的几年里，我去过磻溪境内的金谷村、五蒲岭和仙蒲、赤溪等地，所到之处，风景秀媚，美丽的茶山数不过来。与霞浦毗邻的仙蒲村，蓝天白云，满目青翠，我去的时候，没有别的游客，村民悠闲地晾茶、养蜂，恍若世外桃源。我也曾夜宿中国扶贫第一村赤溪。清晨，看赤溪河上两岸摇曳的翠竹，生机盎然的茶园，心中有一种莫名的感动。

有眼光的企业家注意到这片土地极好的生态环境，着眼在那里拓展茶业，比如叶芳养在白马岗等地新拓茶园。

我曾经登攀白马岗茶山。白马岗海拔700米，登顶后看到一人多高的荒野茶树在风中摇曳，我像是被那情景感染，手舞足蹈，与茶树共舞。以后的许多年里白马岗的银针一直热销，供不应求，我想原因之一，与那里的天时地利关系很大。

一回回去磻溪，四处看茶，却顾不上到镇上吃一碗手打面。某年，我找机会去了一次，旧地重游，溪边的旧木屋已被洪水冲走，面馆被临时安置在一个简易工棚里，烧木柴的炉灶也被液化气罐取代，打面的老人说他已经打不动了。此时我曾担心这家手打面馆日后是否会消亡？

最近一回去磻溪是在2020年11月。那天，在小太姥看茶，陪伴我的叶素海说，他租下了原来磻溪供销社的老屋，打算开个茶铺："那供销社是1953年办的，六十多年了，许多历史痕迹都在。"我对老屋老物件一直兴趣很浓，便随他前去观看。

供销社旧屋在磻溪桥头，临河，门牌号是鲤鱼街56号，位置很好。老屋原汁原味，外墙虽已蒙上斑斑驳驳的灰垢，但20世纪六七十年代留下的标语口号仍依稀可见，屋里的氛围也散发着旧时气息，毛泽东语录仍在墙上，"我们共产党人好比种子""念念不忘阶级斗争"……这些句子，年轻时我耳熟能详，并且曾经热情诵读。此刻半个世纪之前的场景再现，恍若隔世。我对素海说："这些历史痕迹，你在装修时尽可能地少干预，保持原来的真实。"素海点头称是。

素海本是书生，大学中文系毕业后曾经当过教书匠，2014年下海做茶。先是在点头镇白茶一条街上经营一家叫"八千两茶"的茶铺。与他初识时，我曾担心书生下海行吗？他有两个宝贝女儿，万一经商失败，一家人的生计会不会有问题？2015年，我提出"白茶古道"的概念之后，素海把他的茶企更名为"太姥古道"。几年里，在他叔叔叶芳养帮助下，茶品屡次在"张天福杯""闽茶杯"的白茶评审中获奖，公司不大，却经营有道，总算消除了我曾经的忧虑。现在，他把茶铺开到磻溪小镇，面积比原来的大了几倍，地域却比原先荒僻了许多。我不知道前景是否看好，这一回我到磻溪，就想看看他的茶铺状况如何？

磻溪的溪水依旧清澈，水中裸露的石块在水流日复一日的冲刷下，比之前更加润泽。浅滩上，我看到两只栖息的黑天鹅，素海告诉我，那是他为两个女儿买的，平时就放养在溪水中。鲤鱼街56号，已不再像三年前那么荒芜，门前绿意葱茏，尤其是一左一右两棵一人多高的茶树，舒枝张叶，像是两个守护天使。素海说，这茶树也是为女儿栽种的。

茶叶买卖之余，还有闲情雅致为女儿养黑天鹅、种茶树，素海诗一般的舐犊之情间接地告诉我，他的经营似还不错，至少在困难时刻他挺了过来，我先前的些许担忧顿时飘散殆尽。

福鼎的白茶市场最初集中在福鼎市区，后来又纷纷转移到点头镇白茶一条街，最近，磻溪因为好茶多，吸引了一些资深茶客不断慕名前来。过去的僻远小镇成了白茶界的新宠，素海先一步在此扎窝，让我看到他的目光有一定的前瞻性。

店堂的墙上，"太姥古道"四个大字很醒目。周边几行小字表达了茶铺的经营品种和茶叶来源，有来自他叔叔叶芳养基地的有机茶，也有他自己寻觅开发的品牌。有一款茶饼的包装纸上印了"1953"，那正是这家供销社成立的年份，我感受了几分沧桑，更感到在昔日计划经济的躯壳里，市场经济的商品一样可以演绎得非常精彩。

半个多世纪之前的口号、语录仍保留着。"干部中一切不经过自己艰苦奋斗，流血流汗，而依靠意外便利、侥幸取胜的心理，必须扫除干净。"墙上毛泽东的这段话像是在表扬叶素海。素海说："装修时，面对这些历史痕迹，我只是轻轻掸去一些灰尘。那些年月，我们虽然没经历过，但都听说过。在这幢计划经济年代磻溪代表性的建筑里，我做茶卖茶，深感今天开放的市场经济来之不易。我会珍惜的。"

靠窗临街的地方，叶素海做了书吧，长长的一条，各种图书陈列得满满当当，其中不乏茶书，有我写的《寻茶记》《寻茶续记》。我在书上签名，水笔落在扉页上所发出的唰唰声响，仿佛在夸赞素海把文化也带到了偏僻乡镇。

我们聊起了那家手打面馆，面馆还在，小木屋被洪水冲走，四层新楼房盖起来了。老一代做不动了，年轻人接上来了。而且开了好几家连锁店，生意还是很好。午饭时间，我们去吃手打面，在面馆我见到了十年前用杠棒打面的小伙子，他似乎还记得我。小伙子稍微胖了点，却因为得益于改革开放的市场经济，满脸都是笑容。

梅岙里的乡情

　　2014年春节刚过，叶芳养发微信，问我何时去他那里？我回答：四月，去看你们采茶、做茶。他说能否早点？我不知道他葫芦里卖什么药，恭敬不如从命，便早早启程赴福鼎。

　　之前我去他那里，觉得他为人实在，给我印象不错，回来写了《嵛山岛白茶》等几篇文章。后来他请我当他顾问，我答应后，才发觉把自己给"套"住了。比如，福鼎开"两会"，叶芳养是人大代表，写了关于发展茶文化产业的提案，也要发来初稿让我修改，后来成为那年福鼎"两会"的一号提案。这次他那么着急地要我过去，又是为什么呢？

　　抵达福鼎的第二天，大清早我就去他的茶厂。大门口原先是一片茶园，此时整成平地一片，一垄一垄的土壤中准备栽种花卉。他想在此筑建白茶晾晒萎凋园，春天嫩绿的白茶叶芽在此晾晒。一排排整齐的竹匾下面种月季、杜鹃等花卉，茶叶在萎凋过程中吸收花香，茶香花香互为交融……

稍后，我随叶芳养上山去种茶树、果树。那地方叫梅岙里，是叶芳养的出生地。经过他家老屋的时候，我遇见他父亲，老人手持锄头正在田里劳作，74岁了，还很健硕。交谈中得知他年轻时在上海一家船厂做过工。后来还是回到了梅岙里，骨子里的乡情无法舍弃。

到了现场，我发觉叶芳养早有预谋。山坡上，准备了树苗和各种工具。由于土壤松软湿润，他还特意为我和殷慧芬准备一黑一红两双防水的高帮靴子，尺寸不大不小，正好合脚。他的同伴们已在山上等候，看到我一步一步走进叶芳养的设计之中，咧着嘴在笑。后来，又看到有媒体记者扛着摄像机，对着我拍照摄像，我笑怼叶芳养："原来你蓄谋已久啊！"叶芳养哈哈笑道："市里'两会'的提案，是你帮我修改的，现在要实施了，我不找你找谁？"我顿时无话可说，挖坑、移苗、培土……按照叶芳养的安排，干得大汗淋漓。叶芳养抚慰我："你种的茶树果树，今后你每年来看看，像'探亲'一样。"

之后我每年去福鼎，叶芳养的事业不断拓展，每辟一地，有什么新鲜事新动作，总要拉我一起去看，每次都安排得满满当当，去梅岙里的事倒是被遗忘了。

2023年春天，我又去福鼎，叶芳养说："九峰山、嵛山岛、白马岗、金亭林场小太姥……你去了许多次了，这次想不想去梅岙里看看。"我说："好啊好啊。"

梅岙里是点头镇观洋村下属的一个自然小村落。观洋村因为历史上有个观洋亭而得名，据说过去可以看得见海洋。那天，叶芳养先陪我去观洋亭旧址，那里现在是一个寺庙，建筑上已找不到丝毫历史遗痕，唯有院子里小叶榕古老的虬枝上有铭牌标明它已有两百多年的树龄。我和叶芳养在树下仰望凝视，有那么几秒钟，我屏息静听，我想在这观洋亭的旧址是不是还能听到大海的波涛声？

梅岙里，一别九年，我又见到了叶芳养家的老屋，更加旧陋了，他老爸已不再住在这里，年纪大了，跟着叶芳养在厂里住，空荡荡的堂屋里挂着几块红底金字的匾，那是晚辈们在老人八十大寿那年专门制作敬献的。老屋的最后两间还住着叶芳养的叔叔。

记忆中，九年前从叶芳养家的老屋往山里茶园走，有一段路很是坎坷，不那么好走。这段路已经重新修筑过。路边一块石碑，刻了为筑路而捐款的人们名字，我看到了"叶芳养"。石碑上的名字先后以捐款多少为序排列，叶芳养位列第二。排在第一的是观洋村村委会。一件小事，透示出叶芳养对生他养他的这块土地的感情。

叶芳养家最早的茶园在梅岙里。他从小帮助家里采摘茶叶也在这块土地上。受爷爷的熏陶，他很早开始做茶，16岁那年，初中毕业，他先后到福州、芜湖、杭州、苏州和南京等地挑担卖茶。获得人生第一桶金之后，1992年，在福州开了第一家茶叶店。之后，他离乡背井，辗转南北，一路打拼，直至2001年重回故里，在观洋村承包茶山，创建"芳茗茶业"。

叶芳养现在是福鼎市非物质文化遗产——福鼎白茶制作技艺项目代表性传承人，芳茗茶业现在是福建省省级龙头企业。叶芳养和有眼光的企业家较早发现茶叶是家乡一宝，开拓茶产业，振兴了观洋村。以前，村民们多外出务工，正是叶芳养这样的企业家让家乡的白茶产业红火起来，村民们又纷纷回到家乡，视茶为金叶，共绘白茶之乡的蓝图。2015年春天，央视新闻频道《朝闻天下》直播"开茶啦"福鼎白茶特别节目，直播现场之一就在观洋村芳茗茶业白茶萎凋园。当这场直播向世界展示家乡白茶的魅力时，叶芳养内心奔涌的唯有喜悦和激动。

九年前我种茶树的那块土地，是山坡上的一块梯田。到了那里，我找不到当年留下的脚印，却仍记得那时在茶树间穿行忙碌的情景；我也看不见当年劳作时滴落在树叶上、泥土里的汗珠，却知道它已和阳光雨露融和在一起，化作养分被茶树吸收。正是抽叶绽芽时分，我俯身摘一枚春芽，含在唇间，鲜嫩甜香，宛若甘露。叶芳养每年为我寄这里的茶，此刻，在现场品味，感觉更是零距离。我的表情，如同在亲吻自己的孩子。

站在高高的山坡上，眺望四周，环山皆绿，被茶树围抱的观洋村，像是一个偌大的碧玉聚宝盆。正是茶季，有衣着鲜艳的妇女正在俯仰着采摘鲜叶，像一幅动态的画，美极。面对此情此景，叶芳养也陶醉了。

古人有诗"近乡情更怯"，这句子用在叶芳养身上已经不很贴切。茶让家乡焕发新的美丽和精彩，为之付出半生努力的他，现在近乡情不怯，近乡情更深、更浓、更自豪。

枫露茶

《红楼梦》第八回，宝玉喝了茜雪捧上的茶，吃了半盏，忽又想起早晨的茶来，问茜雪："早起沏了碗枫露茶，我说过那茶是三四次后才出色，这会子怎么又斟上这个茶来?"茜雪说她原来是为宝玉留着的，后来李奶奶来了，喝了去。宝玉大怒，把手中的茶杯往地上一摔，大骂李奶奶……

《红楼梦》第七十八回，宝玉撰文祭晴雯，有"谨以群花之蕊，冰鲛之縠，沁芳之泉，枫露之茗"之句。这"枫露之茗"就是枫露茶。

从这两段描述中，可见枫露茶在宝玉眼里极为珍贵。

《红楼梦》中写到的六安茶、老君眉、普洱茶、龙井茶，当今都可以找到，这款枫露茶却似乎难觅其踪。它究竟是一款什么样的茶？

清代顾仲《养小录·诸花露》记载："仿烧酒锡甑、木桶减小样，制一具，蒸诸香露。凡诸花及诸叶香者，俱可蒸露，入汤代茶，种种益人，入酒增味，调汁制饵，无所不宜……"因此有人认为取香枫嫩叶入甑蒸之，滴取其露，将枫露点入茶汤中，即成枫露茶。

按照这种说法，枫露茶似乎只是一种调制的饮品，与中国传统意义上的茶无关。我并不苟同这个观点。我认为枫露茶是中国六大茶类中的一种。

是哪一种呢？

首先不是绿茶，绿茶泡三四次后不可能出色，只会越泡越淡。而且早上泡的绿茶到晚上才喝，还会有什么味道？

也不可能是红茶，红茶第一泡就出颜色了。

从"三四次后才出色"这种特征来看，我认为枫露茶是一种白茶。冲泡白茶，三四泡后，汤色渐浓。白茶可焖可煮，从早上放到晚上仍然很好喝。

从枫露茶名称看，我理解是秋天枫叶红时采的白茶。这十几年里，我和殷慧芬四处行脚，千里寻茶，知道白茶中有白露茶、重阳茶、寒露茶。这些季节我们也曾在福鼎点头镇河边寨、九峰山和嵛山岛等地采过白茶。

一年之中，寒露是白茶最后一次采青，那时昼夜温差大，白天的阳光、温度所形成的光合作用，让白茶积累了充分芳香。

夜里，寒凉的空气，又让白茶滋生御寒的胶质，制成茶后经过冲泡，茶汤温润稠滑。昼夜冷热之间形成的寒露茶有一种独特的清香醇爽和细腻绵柔的甘甜，还会沁出花果香来。由此，我认为枫露茶很有可能就是寒露采制的白茶。

古人把二月雅称为杏月，三月雅称为桃月，六月雅称为荷月、荔月，那么为什么不能把枫露茶看作是寒露茶的雅称呢？寒露过后将是冬天的萧条，在曹雪芹的笔下这正是荣国府即将衰败的某种象征。

殷慧芬对《红楼梦》的痴迷更胜于我，年轻时她曾手抄过《红楼梦》，她说第七十八回，宝玉祭晴雯写到"枫露之茗"，那么这枫露茶有可能也是女儿茶，即由少女采摘的白茶嫩芽，类似于今天白茶中的白毫银针。

宋徽宗写过白茶："其条敷阐，其叶莹薄。崖林之间，偶然生出，虽非人力所可致。须制造精微，运度得宜，则表里昭彻，如玉之在璞，它无与伦也。"宋徽宗所言白茶"如玉之在璞"，被《红楼梦》中的"顽石"宝玉尤为珍重，也许这正是曹雪芹的用心之处。

栊翠庵的六安茶

《红楼梦》第四十一回栊翠庵妙玉请茶，贾母道："我不吃六安茶。"贾母此话并无贬低六安茶之意，只是六安茶不合年事已高的贾母而已。六安茶能入栊翠庵，让挑剔的妙玉收纳，说明它本就是绿茶中的佳品。

六安茶产于安徽六安，故名，清朝时为朝廷贡品。今天的十大名茶之一六安瓜片，据地方史志记载，是在清中期从六安茶中的"齐山云雾"演变而来。当地人称："齐山云雾，东起蟒蛇洞、西至蝙蝠洞、南达金盆照月、北连水晶庵。"六安瓜片的原产地在齐头山周围、大别山北麓的金寨和裕安两地。

2016年10月，我有一次六安之行，在六安城里用餐，饭店服务员用六安瓜片泡茶招待。我稍稍一看，笑说还是泡我的瓜片。服务员打开我的小茶罐，闻到香味就说："你的茶好。"

我的六安瓜片大凡都是朋友送的，最早送我六安瓜片的是儿童文学作家戴臻，他那时是一所学校的校长，有位学生家长是六安人，从家乡给戴臻带来两罐瓜片，他分了一罐给我，算是得了他的"半壁江山"。送我六安瓜片的还有沪上摄影家尔冬强，有次他来嘉定，带给我的也是这茶，一盒六小罐，包装比戴臻的漂亮。记不清2016年去六安，我带的是谁送的茶。

我瞅着服务员，问她我的茶好在哪里？六安人都懂六安茶，她说你的茶是手工做的，而饭店的茶是机制的，"而且你的茶比我们的香"。

六安瓜片外形似瓜子形，单片，不带芽梗，自然平展，叶缘微翘，采摘时须待鲜叶"开面"，之后要除去芽头、茶梗，掰开嫩片、老片，分生锅、熟锅两次杀青，生锅投量不能多，多了，叶片易粘锅。此外与别的绿茶不同，瓜片需烘焙三次，火温先低后高，特别是最后"拉老火"，炉火猛烈，火苗盈尺，抬篮走烘，一招一步，节奏紧扣，像是在跳双人舞，火功堪称一绝。

我心想，饭店招待客人，用手工制作的六安茶，成本岂不太高？！

那天吃饭之前，我去过苏埠古镇，由于没有开发，倒是原汁原味，铁匠铺、木作店，做拉面的、卖点心的，都让我记起儿时的生活场景，粢饭糕七毛钱一块，空心手工拉面是这里的非物质文化遗产。

一家名为"三顾茶坊"的店铺有一幅已褪色的广告牌，书有蝙蝠洞瓜片，纯手工，店门却紧闭，我只得快快离开。

六安市区这家饭店的隔壁是家茶铺，饭后我与茶铺主人交流，方知蝙蝠洞瓜片乃六安瓜片中的极品。蝙蝠洞位于齐头山南坡悬崖峭壁。齐头山是大别山的余脉，海拔八百余米，绿树、怪石、溪流、飞瀑、云雾、薄雨，是茶生长的好环境。蝙蝠洞因有大量蝙蝠栖居而得名，人迹罕至。20 世纪 50 年代有茶人为调查六安瓜片茶树品种资源，曾攀山探洞，见洞内厚积的蝙蝠粪便松软如棉，致使这块土地尤其肥腴。白天难见蝙蝠，但静坐洞中还能听到蝙蝠飞来飞去之声，如风吹过。洞口有野茶丛，据说是蝙蝠衔籽而生。我问："你店里有蝙蝠洞瓜片吗?"他坦言没有，称产量极少，最高时要价大几千元。

此时我想起苏埠镇那家大门紧闭的铺子，我为什么不主动去敲一下门呢? 很有失之交臂的遗憾。

我想去造访蝙蝠洞，只可惜那次是集体活动，身不由己。

六安瓜片的采摘期在谷雨前后。第二年茶季，我在朋友圈看到南京有茶友实地造访蝙蝠洞，很心动，却被南京茶友劝阻，说那里山峻路崎岖，"你年过七旬，肯定走不了"。我只得舍弃去蝙蝠洞的念想。

明代茶学家许次纾在《茶疏》中说："天下名山，必产灵草，江南地暖，故独宜茶。大江以北，则称六安。"明朝还有七律诗赞六安茶："七碗清风自六安，每随佳兴入诗坛。纤芽出土春雷动，活火当炉夜雪残。陆羽旧经遗上品，高阳醉客避清欢。何日一酌中霖水？重试君谟小凤团。"可见对六安茶的评价都不低。

《红楼梦》中写到的茶有十来种，六安茶、老君眉、龙井茶、普洱茶、女儿茶、枫露茶、凤髓茶、杏仁茶、暹罗茶、千红一窟……这其中，可以明确判定为绿茶的只有六安茶和龙井茶，而且出自曹雪芹笔下的，唯有四十一回栊翠庵妙玉请茶中的六安茶，其珍贵由此可见。

应缘我是别茶人

一场夜雨让茶山出奇的清新。宜兴茶人邵国强带我们去廿三湾。廿三湾又名啄木岭，是江苏宜兴和浙江长兴间的一座界山，传说当年项羽被刘邦追杀，慌不择路，从这里策马翻山越岭逃到浙江。在山坡上留下23道之字形马踏蹄印，后人依印筑路，俗称廿三湾。

邵国强说："山顶原本有个境会亭，唐代常州湖州两太守每逢茶季在此办茶宴品茶斗茶，白居易为此写过诗。"

白居易时任苏州刺史，那首《夜闻贾常州崔湖州茶山境会亭欢宴因寄此诗》曾被许多人传诵："遥闻境会茶山夜，珠翠歌钟俱绕身。盘下中分两州界，灯前合作一家春。青娥递舞应争妙，紫笋齐尝各斗新。自叹花时北窗下，蒲黄酒对病眠人。"南宋《咸淳毗陵志》记载："啄木岭，在县（宜兴）东南七十里，唐湖常二守贡茶相会之地"，佐证了这一历史传说。

进邵坞村时，我果然见到牌坊，上书"境会胜迹"，可见邵国强所言不虚。

"那境会亭还在吗?"我问。邵国强说："早不在了。"言语中不无惋惜。

那是 2015 年春天。几年以后，邵国强告诉我，山顶新建了境会亭，"境会亭"三字是陶艺家徐秀棠所题。

我登上啄木岭山脊，风光令人迷醉。近处青苔、蕨草、翠竹、山石、寺庙，远眺峰丘起伏、连岗接坡、竹海无边、层峦叠翠。我不由得想，难怪在这里品茶被白居易称为"欢宴"。

白居易一生写诗三千余首，与茶相关的有五六十首。《境会亭欢宴》一诗中写到的紫笋茶，白居易在《题周皓大夫新亭子二十二韵》《和微之春日投箭明洞天五十韵》中也都有写到。"茶香飘紫笋，脍缕落红鳞""绿科秧早稻，紫笋折新芦"等都是其中名句，可见紫笋茶作为当年贡茶，其名不虚。

白居易在诗中还多次提到四川的茶，如《琴茶》"琴里知闻唯渌水，茶中故旧是蒙山"，白居易将四川蒙山茶与古琴名曲《渌水》并论。在《新昌新居书事四十韵，因寄元郎中、张博士》中又说"蛮榼来方泻，蒙茶到始煎"，可见蒙山茶在诗人心中的地位。

2015 年深秋我去蒙顶茶山，看了甘露大师手植七株茶树在皇茶园，"灵茗之种，植于五峰之中，高不盈尺，不生不灭，迥异寻常"。我夜宿皇茶坊智矩寺，品蒙山茶，细细体味"茶中故旧是蒙山"的诗中意境，别有一番想象。

四川的茶，白居易诗中多次写到，如《春尽日》中，有句"醉对数丛红芍药，渴尝一碗绿昌明"。这"绿昌明"也是蜀茶，产自唐时眉州昌明，唐人李肇《唐国史补》一书有记，可见当时有名。这"绿昌明"我倒没喝过，时隔千百年后不知此茶还有人种否做否？

四川多好茶，我品尝过多种，除蒙顶茶外还有竹叶青、峨蕊、青城雪芽等。白居易的年代，这些茶有些可能还没有。《萧员外寄新蜀茶》《谢李六郎中寄新蜀茶》等诗中的蜀茶，产自何地，不得而知。

浮梁茶有名，白居易功不可没。一首《琵琶行》家喻户晓，诗中名句"商人重利轻别离，前月浮梁买茶去"把浮梁茶载入史册。

我喝过浮梁茶，有一次是在杭州孟庄中国作协创作之家。其时，写《茶道青红》的山西作家成一同在，晚餐后他说他有好茶，从兜里掏出一罐"浮瑶仙芝"。打开茶罐，茶香轻拂。那茶色泽嫩绿，白毫显露，泡在杯中汤色清澈，清芳持久，品之滋味鲜爽微甘。好多年过去了，那情景仍历历在目。

我去过浮梁瑶里，世外桃源般的山乡。绿树葱茏，屡见大树匝地，森林覆盖率高，空气清新，雨量充沛，长年云雾笼罩，气候十分有利于茶叶生长，是浮梁重要的茶叶产区。瑶里产的茶古代曾作为贡品进奉朝廷。其"崖玉仙芝"，形态纤细匀称，条索紧致，叶青披毫，银光隐翠。

遥望当年，"浮梁，歙州，万国来求"，唐元和年间，"浮梁每岁出茶七百万驮，税十五余万贯"。白居易直呼"浮梁买茶去"，可见浮梁茶举足轻重的地位。

在浮梁几日，我未见"万国来求"之盛况，却喜欢那里的幽静。看山水，访乡村，寻旧韵，行走古徽道，看山里薄雾笼罩的茶园，田间的耕牛稻垛，小溪的淙淙水流，古时的石桥、歇脚亭……更有林下土鸡可食，"崖玉仙芝"可饮，有"双鲜"滋养，日子过得像神仙，真有点乐不思沪。

白居易写《琵琶行》，是他在任江州司马期间，往来浮梁，关注茶叶，自然与他爱茶相关。有意思的是他在看够了"商人重利轻别离"的世俗现实，历经官场沉浮人生坎坷之后，居然在庐山香炉峰遗爱寺旁"置草堂"，在《与元微之书》中，他写道："仆去年秋始游庐山，到东西二林间香炉峰下，见云水泉石，胜绝第一，爱不能舍。因置草堂，前有乔松十数株，修竹千余竿。青萝为墙援，白石为桥道，流水周于舍下，飞泉落于檐间，红榴白莲，罗生池砌。"说的就是他的这段经历。"架岩结茅屋，断壑开茶园"，"药圃茶园为产业，野麋林鹤是交游"。他找了一块地种茶，远离俗世，结伴诗和茶。

"弄石临溪坐，寻花绕寺行。时时闻鸟语，处处是泉声。"

白居易诗中的遗爱寺，如画境，似仙界，在那里"坐酌泠泠水，看煎瑟瑟尘。无由执一碗，寄与爱茶人"，尘世间还有什么可留恋可牵怀呢？

"食罢一觉睡，起来两瓯茶"，"无忧无乐者，长短任生涯"，"不寄他人先寄我，应缘我是别茶人"。茶以诗名，茶也是诗人的寄托。

绕不过的白居易

寻茶途中，总会遇到白居易写过的地方。比如宜兴廿三湾山顶境会亭旧迹，白居易写过《夜闻贾常州崔湖州茶山境会亭欢宴因寄此诗》。又比如"琴里知闻唯渌水，茶中故旧是蒙山"，所说蒙顶茶山，我也曾徒步登攀。

有一年更是奇妙，我的行走，似乎总在白居易的笼罩下。比如河南新郑，他的出生地；陕西周至，他在那里当过县令；秦岭仙游寺，他写《长恨歌》的地方；龙门香山寺，他曾在那里度过晚年；洛阳白园，他的墓地……

洛阳香山寺和白园让我尤其流连。香山寺的建造与武则天对古印度高僧地婆诃罗崇仰有关。唐垂拱三年（687），修行高深的地婆诃罗圆寂，武则天将其葬于"龙门山之阳、伊水之

251

左"，即今天的龙门石窟东山南麓。天授元年（690），武则天又在地婆诃罗墓塔院基础上扩建寺院，命名香山寺。当年的香山寺飞阁凌云，巍巍壮观，雄伟恢宏。

"安史之乱"后，香山寺趋颓败。唐大和三年（829），白居易来洛阳任河南尹，闲时常来伊阙山水间，见香山寺萧条，想修复，却财力有限未能如愿。大和六年（832），好友元稹去世，白居易为元稹撰写墓志铭，将所得稿酬悉数拿出，费时三个多月，耗资六七十万贯，重修香山寺，并撰写《修香山寺记》，开篇第一句便是"洛都四郊山水之胜，龙门首焉，龙门十寺观游之胜，香山首焉"。旧貌换新颜，名人名山名寺相互辉映，香山寺重又名闻遐迩，游人络绎不绝。

"龙门几十寺，第一数香山。"香山寺屡修屡败，屡败屡修，历经五次修复，如今仍显古朴雄浑。当代游客游龙门石窟之后，去对岸的香山寺是必选的。门口的一副对联"乾坤容我静，名利任人忙"，告诉我们白居易当年选择在此度晚年的缘由。白居易自号"香山居士"，所写《香山寺二绝》："空门寂静老夫闲，伴鸟随云往复还。家酝满瓶书满架，半移生计入香山""爱风岩上攀松盖，恋月潭边坐石棱。且共云泉结缘境，他生当做此山僧"，是他当年真正的心迹。白居易为保存诗稿，又把自己从大和三年（829）到开成五年（840）所作的诗，共800首，合成12卷，取名《白氏洛中集》收藏于香山寺藏经阁。白居易对香山寺的情有独钟，由此可见。

游香山寺，印象最深的当数九老堂，白居易辞官后，在香山寺与如满和尚等人结成"香山九老会"，在寺中煮茗烹茶，赋诗吟诵。《白氏长庆集》卷三十七《洛中九老会》有记："会昌五年三月二十四日，胡、吉、郑、刘、卢、张等六贤，皆多年寿，予亦次焉，偶于弊居，合成尚齿之会，七老相顾，既醉甚欢，静而思之，此会稀有，因各赋七言六韵诗一章以记之，或传诸好事者。又有二老，年貌绝伦，同归故乡，亦来斯会，续命书姓名年齿，写其形貌，附于图右，仍以一绝赠云：'雪作须眉云作衣，辽东华表暮双归。当时一鹤尤稀有，何况今逢两令威。'"九老堂内壁上镶有画像，刻画出了当年九老的风采。

会昌六年（846）白居易去世，家人遵嘱将其葬于香山寺附近如满法师塔之侧。香山有一青谷，青谷将香山北坡分出一座琵琶峰。纪念白居易的白园，沿青谷而入，绕琵琶峰而建。

山间林海中的白园诗风茶韵弥漫。青谷区松竹茂密，池水轻漾，漫步其间心旷神怡。漫步石级而上，有"听伊"亭，是白居易晚年与好友元稹、刘禹锡等品茗论诗之地。翠柏掩映中的"乐天堂"依山傍水，有"门前常流水，墙上多高树，竹径绕荷池，萦回百余步"的意境。堂内汉白玉雕成的白居易塑像，素衣鸠杖，栩栩如生。山腰九曲回廊，壁嵌白居易《琵琶行》全文石刻。

出乐天堂，拾级而上，到琵琶峰顶，见白居易墓区，庄重肃穆。白居易陵墓与乌头门、登道、卧石碑、中外士人为仰慕白居易所立碑石等浑然一体。苍柏绿树掩映中，砖砌矮墙围合，圆形墓顶芳草萋萋，墓前立有高大石碑，上刻"唐少傅白公墓"六字。白居易长眠于此。我在墓前合十拜谒，心怀虔诚。琵琶峰，《琵琶行》，诗人的名句"商人重利轻别离，前月浮梁买茶去"，又在脑际萦绕。

许多年前，我曾去浮梁寻找白居易当年写的"买茶去"的旧迹。这一年，我在休宁与浮梁交界地又一次徒步徽饶古茶道。

我深深沉醉于白居易的诗文中，我多年的行走始终绕不过他。

桐城小花

一个未曾谋面的广州茶友史彬，清明之前说要给我寄一罐桐城小花。史彬说，在所有的茶中，他喜欢绿茶，在所有的绿茶中他最喜欢桐城小花。但凡出差，带茶，他只带桐城小花。他读过我的《寻茶记》，也许书中没有专门写桐城小花，心有不平："这么好的茶，楼老师怎么视而不见？"便专门向我推荐。

收到茶后，我开罐细品，方觉自己确实寡闻。天下好茶那么多，有所遗漏，似乎也在情理之中，但我不能原谅自己。因为位于安徽省中部偏西南的桐城，西依大别山，东临长江，多少次我曾与她擦肩而过，却没有停下脚步去探寻这款好茶，很是汗颜。

史彬寄我的桐城小花，多为一芽一叶，色翠绿润，泡在透明的水晶玻璃杯中，汤色嫩翠明亮，宛若绿玉。茶气飘拂中，有股清爽的兰花香。难怪桐城籍清代宰相张廷玉称其"色澄秋水，味比兰花"。茶有兰韵，只因其生长于大别山东南麓的龙眠山中，常年与兰为伍，蓄日月天地之芳华所致。采茶季节，恰是山上兰花盛开之际，花香融入茶中，兰香茶香互为交融。这茶又名"小兰花"，也正因为此。史彬坦言他喜欢桐城小花，就因为它的兰花香。

兰花香，滋味醇厚、鲜爽、回甘。桐城小花茶质优，与明代大司马孙晋相关。明亡后孙晋回归故里，筑"椒园"于龙眠山隐居，率子弟种茶读书，"宦游时，得异茶子，植之龙眠山之椒园，由是椒园茶与顾渚、蒙顶并称。旧植今犹存百余株。精茗事者，皆珍异之"。道光年《桐城县志》记载："桐城茶皆小树丛生，椒园最胜，毛尖芽嫩而香"，有"龙眠第一茶"之称。因其冲泡后形似兰花初展，又名"桐城小花"。

桐城小花，一般在清明时节、谷雨之前开采，选肥壮、匀整、茸毛显露的芽叶，经摊放、杀青、理条、初烘、摊凉、复烘、剔拣等工序精制而成。每 500 克成品茶有八千多颗鲜芽制成。

桐城属亚热带湿润季风区，气候温和，雨水充沛，光照充足，四季分明，山区年均气温在 14.5 ℃左右，很适宜茶的种植生长。桐城境内大沙河、挂车河、龙眠河、孔城河，河道交织。山区植被丰茂，森林覆盖率高，水源丰富，溪涧网布，壑谷间常年薄雾轻绕，土壤深厚肥沃，再加上种茶人的用心管理和精细制作，桐城小花茶占尽天时地利人和。《桐城风物记》称其"品不减龙井"。

旧时桐城文人品茶有"龙眠山上茶，紫来桥下水"之爱，姚文默"急煮蟹眼试新味，卢椀携来兰气香"，孙曰书"茶香云雾窟，鹿卧芝兰田"，方观承"茶熟兼花气，诗成记灏灵"，杜陵"香分玉液金承露，色似兰花未染尘"等都表达了他们对家乡小花茶的厚爱。"桐城好，谷雨试新铛，椒园异种分辽蓟，石鼎连枝贩霍英，活火带云烹。"姚兴泉在《龙眠杂忆》的记叙，更是展现了品茗龙眠山新茶时的美妙情景。

历史文化名城桐城古时有"天下文章其出桐城乎"、文人士子"言必称桐城"的美誉。明清之际，桐城程朱理学兴旺鼎盛，《桐城耆旧传》记载："城里通衢曲巷，夜半诵声不绝；乡间竹林茅舍，清晨弦歌琅琅。"可见崇教尊儒风气盛行。

清代文坛的"桐城派"博大精深，代表人物戴名世、方苞、刘大櫆、姚鼐的散文对后人影响极大，曾国藩称自己为文义法取自桐城派。从康熙年一直至清末，在中国文坛风光二百余年，桐城由此被誉为"文都"。也许正是桐城声名显赫的文化背景，产自龙眠山的这款绿茶低调地取名"小花"。

六尺巷是桐城一条小巷，长仅 100 米，因康熙年间大学士张英"千里家书只为墙，让他三尺又何妨"的包容礼让，成为流传至今的一个美丽故事。退一步海阔天空，当今茶叶世界群芳争艳，各领风骚，各地"斗茶赛"中你追我逐乃至剑拔弩张。而桐城小花谦逊地侧立一方，在深山幽谷与兰草为伴，默默散发她独特的幽香，"乾坤容我静，名利由人忙"，我忽然觉得她的这种品格与桐城的历史文化是契合的。

寻茶到芦溪

山里路窄，弯道多，车在山路盘旋，速度上不来，方国强的司机忍不住嘀咕："怎么还没到？"

在祁门看了红茶，方国强陪我去芦溪看孙义顺安茶。芦溪在安徽省的最南端，与江西接壤，是祁门的一个乡，从县城出发，开车需那么长时间，我也没想到。司机的抱怨，让我有点不好意思。我打招呼说："对不住，我原来想芦溪在祁门县境内，距离不过几十公里……"方国强说："楼老师，你别介意。山里就这样，早些年还没路呢！"

去芦溪看安茶，是我的主意，我想更多了解这款茶。有一次文艺评论家吴亮来看我，从双肩包里掏出一个小竹箩，说："你见识的茶多，这茶你知道吗？"我看一眼，笑答："祁门芦溪

259

的安茶。比较有名的是孙义顺。"他吃惊了，连称厉害，这么冷僻的茶居然也知道。我告诉他："你今天给我的是半斤装，汪珂做的。我十多年前收藏了汪珂外公汪镇响做的安茶。"

"你认识做茶的?"他问。

我说："没见过面，但我知道。汪镇响已经故世，茶厂现在是汪珂当家。"我向他介绍，安茶是后发酵紧压茶，当地民间也称"软枝茶"，历史上有记载，曾被评为安徽省优质特种茶，具有一定的药用价值，我一直想找机会去看看。"去啊，去看看。"吴亮鼓励我。

2020 年秋天，嘉定茶友王峰知道我要去安徽休宁看茶，约我是否一起去芦溪看安茶? 特别告诉我，安茶有一道工序，在烘焙后需要在夜里置室外摊晾露茶，时间一般选择天气高爽的秋夜。"楼老师，你如果决定去，我先与汪珂联系一下，选择露茶那晚到芦溪，在他那里住一晚。"王峰所说正是我的愿望，我一口答应。因为还要看黄山别的茶，我提早几天出发，对王峰说："你们到了黄山，确定哪一天去芦溪，通知我一下。"

9 月 26 日，王峰到黄山，正准备出发去祁门芦溪，打电话问要不要顺便来接我? 我说我已在祁门，我们直接在汪珂厂里会合吧。

一路颠簸，到孙义顺茶厂已近黄昏。王峰和黄山当地几位茶友比我先到一步。站在我面前的汪珂，27 岁，一身蓝布衣衫，清瘦文静，成熟淡定。"欢迎楼老师。早听他们介绍过你，多指导指导。"他很谦和，知道我来去匆匆日程安排得紧，稍稍寒暄几句，喝了他做的安茶，就带我参观茶厂。

屋里陈列的茶厂历史上的各种茶票让我开了眼界。虽然我在2005年购买安茶时见过茶筐内的茶票，但是如此丰富多样、精彩纷呈，我还是第一回领略，有清代的，也有民国时期的，我像是在阅读孙义顺安茶的岁月沧桑，各色茶票，正是它的历史记录。

因为"孙义顺"三字，我曾以为这茶是孙家的产品，后来才明白是我误解了。我问汪珂："你们家姓汪，为啥茶厂叫孙义顺？"汪珂向我叙说清代雍正年间，有个叫孙启明的经营安茶，字号取名"义顺"，意即讲信义，求顺利。孙义顺品牌的创立，决定了安茶的品质。然而由于种种原因，安茶的生产经营中断了半个多世纪。20世纪80年代，在祁门茶科所工作的汪镇响了解到安茶的发展状况后，遍访遗踪寻找制茶工艺，接过孙义顺这块招牌，让孙义顺安茶重新焕发活力。

安茶选料精细，工艺独特，制作讲究，新茶采摘后经萎凋、揉捻、烘焙、蒸晒露后，压紧装入箬叶于小竹篓里，再烘干，条索匀齐，色泽黑润，有槟榔、箬叶醇香。在汪珂陪伴下，我见识了正在制作中的各个环节。与方国强的企业"新安源"比，这里的规模较小，但是工人们在自己岗位上各司其职，各个环节有条不紊，整理箬叶的、装篓的、焙茶的……都很专注认真，体现了汪珂在管理上的能力。

汪珂从小在茶香的氛围中长大，碧绿的茶青鲜叶、精致的竹篓、火热的烘笼、散发着清香的箬叶，陪伴了他的童年、少年的每个成长岁月。此刻他行走在车间，如鱼在水中一样自在。工人们微笑着与他打招呼，彼此间相处显然十分融洽。

我与他边走边聊，知道了2013年汪珂曾收到大学录取通知书，面对继续求学深造还是继承外公的安茶手艺，他纠结过。思考再三，他最后选择了在芦溪老家与年事已高的外公共同守望孙义顺茶号。他跟着外公学安茶的粗制、杀青、筛分、揉捻、拼堆、烘焙、日晒、夜露……一天天，一年年，祖孙相伴相随，汪珂细心学习外公的一招一式，很努力。2018年汪镇响不幸病故，悲伤中的汪珂开始独立支撑孙义顺茶号，面对复杂纷繁的茶事与往来业务，日复一日，他沉稳地担当起外公留下的事业。

我说："我喝过你外公做的茶，你做的与你外公的比较，有区别吗？""外公做的茶更浓酽、醇厚，我做的比较温和。"汪珂如是说。

汪珂一一为我示范，在烟熏火燎中焙茶，在屋顶平台上的露天晾晒，特别告诉我，一夜的室外摊晾，是为了让茶吸收日月天地之精华。

曾几何时，我为现在的生态环境有过忧虑，天地是否还干净？日月因为雾霾还有多少精华？然而此刻，我站在用老青砖围砌的平台扶栏前眺望，远山翠坡，澄清的天空，四周一片宁静，偶尔会听见归窠的鸟鸣声，芦溪可谓一片远离尘嚣的净土。

从祁门到芦溪一路盘旋山岭，颇多曲折，我想从某个角度来看，交通不便也许是对这里生态环境的一种保护。

一轮明月在露茶平台的夜空升起，我倾听汪珂曾经有过的仓促和艰难，倾听他怎么继承外公留下的传统工艺，用优良的安茶品质赢得了新老客户对他的认可和信赖。他说他接收后所制的安茶在第二年就销售一空，他的嘴角浮现了自信的微笑。这微笑告诉我，他做的安茶既有外公留下的精髓，也有他对安茶的理解。"减量求精"，这是他对安茶未来发展的规划和思考。"'做茶先做人，人做好了，茶也会做好。'以前常听外公这么说，我现在深有体会。"汪珂如是说。

临别的时候，汪珂给了我两小筐他做的安茶："你喝过我外公做的茶，回去再喝喝我做的，给我提提意见和建议。"这一刻，我发觉27岁的汪珂有一种超越他年龄的成熟。我送了他一本我写的《寻茶记》，周围王峰一伙人笑起来："今天楼老师寻茶寻到芦溪来了。"

我把陪同来的方国强推荐介绍给了汪珂，得知方国强是安徽省龙头企业"新安源"茶业的掌门人，声名远扬，汪珂有些兴奋和激动："都是做茶人，请方总以后多多指导我们晚辈。"看着汪珂与方国强互相加了微信，我也笑了，虽然是两代人，方国强是当今茶界的骄傲，汪珂也应该会是。

带着孙女走茶山

两个孙女，孪生，早几分钟出生的姐姐名字中有"知"，晚生的妹妹名字中有"行"。我儿子取的名字，出自老子《道德经》，知行合一。我觉得好，喜欢。

孙女六个月的时候，在嘉定住了一个多月。阿爷阿娘嗜茶，每次沏茶，小家伙闻香而动，欲望浓浓。稍大，每次来嘉定，总喜欢坐在那张瘿木树根改制的茶桌前，煞有其事地要我泡茶给她们喝，兴奋时会用小茶杯击打茶桌，幸好是木胎漆杯，不易碎。有次，我泡武夷山岩茶和福鼎白毫银针，先后品味后，我问：喜欢哪一种？两个小精乖不约而同地指向白毫银针。她们喜欢清淡甘香，有机白茶芽蕊制作的银针茶自然是最爱。

懵懵懂懂地对茶有了一点感知，我忽想，可否带她们去一次茶山，让她们看看她们喜欢的茶是怎么样的？生长在什么地方？

2023 年 8 月，上海书展有一档《寻茶续记》的签售活动，福鼎白茶非遗传承人叶芳养作为嘉宾应邀前来助阵，听了我这想法，称好，说他正想见见我的两个小孙女。于是时隔一月就有了祖孙三代的福鼎之行。

第一次坐火车，刚满两周岁的小姑娘沿途对什么都感新鲜，农田、房屋、大山、河流，乃至交会而过的另一列动车。进入福建省境内，我告诉她俩："快到了！"姐妹俩拍着手欢呼起来。

到了福鼎，叶芳养接我们上九峰山。我几乎每年去九峰山，为这座美丽茶山留下过多篇文字，称其为福鼎最美茶园之一。满目碧翠，有机生态，空气洁爽，小孙女第一次来就很兴奋欢悦。特别是她们知道了喜欢喝的白毫银针是叶芳养做的，一下子就亲近起来，一会叫伯伯，一会又叫爷爷，喜得这位福鼎白茶大佬一会儿发红包，一会儿拍胸脯说以后每年给两个孙女做白毫银针。

城里孩子到了山里，什么都觉新奇。坐在凉亭里傻傻地看着满山茶树，迫不及待地啃食山里新鲜的秋果。路边的野花，树下的蜂箱……她们都稀罕，天地一下子开阔，小脑袋瓜在想，这里怎么与上海不一样？

木栈道上，与爷爷手携手散步，听木板条在脚底下发出吱吱嘎嘎的轻微声响；看见山里的小姐姐，很快熟悉得像老朋友；

有时独自站立在木栈道的扶栏前，眺望远处的大海、起伏的山岭、空中飘浮的云彩……世界更广阔地展现。

第二天，上嵊山岛。两姐妹第一次坐海轮，晕船。面对辽阔的海面，拍击船身的海浪，没有了在山里的那种欣喜。船的颠簸让她们想吐，难受，偎依在大人怀里想哭。上了岸，眼角上还挂着泪珠。我问："怎么啦?"她们嘟着嘴为自己分辩："妹妹小。"我笑起来，小小年纪，初次遇风浪，难免。

在嵊山岛，住民宿"海上天湖"，我已是第三次来这地方了，小孙女们是第一次来。从下榻的客房，可以看见大海，看见"鳄鱼出海"的礁石。在离海更近的小山岗，见有三两渔船驶过，她们会指指点点着告诉我们。高兴时刻，摆出"我是一朵花"的造型，要我们为她俩拍照……

嵊山岛三天两夜，每天早晨，她们起得早，会在我们房间的窗下喊："阿爷阿娘起床啦!"我们赶紧出门，带她俩散步看花看大海。

去天湖看湖海相依，与山顶坡上的白马合影，在茶园与爷爷一起看绿叶舒展，捕捉彩色的蝴蝶……是她们玩得最开心的一天。特别值得称赞的是，上山下山的台阶路基本上是她们自己走的。

小小年纪，迈开腿，跟着爷爷走茶山，在她们今后的漫长人生中，这或许是她们可以骄傲的经历。

在建仁寺寻找荣西足迹

2017年春天，我从径山寺回来，写过一篇《径山茶，和着梵音飘香》，其中提到：

我去日本京都、宇治、奈良，在感受和体验日本茶文化的时候，我想到的就是中国的径山寺。两度入宋的日本高僧千光荣西是日本茶道的奠基人，宋孝宗曾赐封他为"千光大法师"，并在径山寺设特大茶会隆重庆贺。荣西回日本时带了茶叶、茶籽，著文介绍种茶、饮茶之法。承元五年（1211）荣西著《吃茶养生记》两卷，推动了日本茶文化的普及，为后来的日本茶道奠定了基础。

2019年秋天，我又到京都。因为荣西，我去看的第一个景点就是建仁寺。

因为太早到达，主殿、方丈室和被称为"大雄苑"的枯山水前庭等收费参观场所还没开放，但大门已经可以自由进出。空寂的园林里几乎没有游人，偶有所见也是当地居民从一扇门进，到另一扇门出，穿过建仁寺，急匆匆赶着去上班。

斗拱、榫卯结构的古建筑，绿树、青苔铺地的园林……都让我兴趣浓浓。当然，我更关注的是荣西的足迹。

荣西，生于永治元年（1141），14岁进京在比叡山延历寺出家，皈依日本佛教天台宗。仁安三年（1168）四月，荣西到中国宁波，在天台山万年寺修行。半年后，乘船回国，在九州地区弘法。文治三年（1187），荣西再次来中国，又去天台山万年寺，学习临济禅法。建久二年（1191）七月，荣西返回日本，在平户（今长崎县内）芦浦登陆。八月修小禅院"富春庵"。之后又在博多（今福冈县内）附近弘扬禅法。正治元年（1199）荣西前往镰仓，为镰仓幕府第一代将军夫人北条政子（1157—1225）皈依禅宗，两年后在福寿寺开山传授禅法。建仁二年（1202），京都在镰仓幕府第二代将军源赖家援助下建成建仁寺，荣西为开山鼻祖。

12世纪，荣西在平户岛播种从中国带回的茶籽。之后还在筑前（今佐贺县）背振山的石上坊和博多的圣福寺栽种茶树。石上坊所产茶叶后来被命名为"石上茶"。荣西还将茶籽赠送给京都栂尾高山寺的明惠上人（1173—1232），明惠将茶籽种在山中深涧附近。人们把栂尾所产的茶称为"本茶"。明惠上人还在宇治大面积种茶，开创了宇治茶叶的生产历史。

日本茶进入寻常百姓家，改变贵族和寺院少数人饮茶的现象，荣西功不可没。

历经几百年风风雨雨，建仁寺依旧让人流连。

有个园子，里面立着一块石碑，上书"荣西禅师茶碑"，门口还有"建仁寺御开山荣西禅师茶恩"勒石和"平成茶苑"木牌。木牌上的文字大体是说：开山茶祖荣西禅师从宋国带了茶种到我国来。茶碑后方的茶园是纪念茶东渡八百年（平成三年）而植树栽培，以平成命名。每年5月祭祀，把初摘的茶叶用石臼磨成抹茶，供奉给开山祖师，用茶叶真诚纪念他的遗德。

我走近细看，"茶碑"背后果然有个小小的茶园，茶树绿郁青翠，生机盎然。

平成三年（1991），日本政府特别发行了一枚以茶为内容的邮票。因为800年前（1191），正是荣西从中国带回了茶籽，开启了日本规模种茶的历史。后人在这里种植茶树，也是为了纪念荣西这位日本茶祖。

因为荣西禅师，建仁寺被尊为日本茶道圣地。每年举办纪念荣西禅师生日的"四头茶会"，据说沿袭的是日本最古老的茶法。

荣西写过《吃茶养生记》："茶也，养生之仙药也，延龄之

269

妙术也。山谷生之，其地神灵也。人伦采之，其人长命也。"强调茶可以醒脑，可以防病、治病。荣西具体阐述吃茶养生的道理，"五脏喜五味，肝脏好酸味，肺脏好辛味，心脏好苦味，脾脏好甘味，肾脏好咸味"。服用苦味的茶，可使心脏功能正常。

原先的开山堂，现在是开山祖荣西禅师的入定塔（墓地），虽然不对外开放，但我仍可看见庭院内荣西当年栽植的菩提树依然枝叶繁茂。

我仰望那棵菩提树，良久，心动的感觉并不输于后来在这座名刹所看到的许多名景，诸如完整而宏大的枯山水、潮音庭、拈华堂，被奉为日本茶室建筑典范的东阳坊，以及庭园内的大小奇石、高低老树、浅草绿苔……

京都的茶室

去京都之前，我读一本《重新发现日本》，副标题是"60处日本最美古建筑之旅"，千利休所建茶室"待庵"名列其中。与其他59处日本最美古建筑相比，待庵只是一个草屋，面积最小，最简单，只有两张榻榻米大小，而且不能入内参观，即使只让你看外观，从窗口往里张望一眼，也必须提前一个月预约。

我们随儿子去京都时，恰逢元旦，正是待庵休馆期，连观看外形的机会都没有。

未去，究竟有点遗憾。好在京都还有别的茶室可看。

京都灵山之麓的高台寺，建成于1605年，是16世纪日本政治家、军事家丰臣秀吉的妻子为纪念丰臣秀吉而建。与寺内造型宏伟壮丽的建筑相比，几处茶室，毫不起眼。走过遗芳庵时，我见门开得很小，再矮的人也无法直立着进出。

儿子说：那是为了体现对茶的恭敬，为了茶，任何人必须低头弯腰，脱掉鞋子，跪着进去。当然，更不允许武士佩刀和宝剑入茶室。

我伫立在这扇小门前，不由得摘下了头戴的帽子。

穿过一片竹林，沿山路拾级而上，有两座茶室：伞亭和时雨亭。与山下的遗芳庵一样，两座茶室也是以茅草为顶。伞亭，亭形如伞。亭顶竹木伞状结构，像把撑起的雨伞。它的正式名字叫安闲窟，是根据千利休的构思建造的，原来建在丰臣秀吉旧居伏见城内，是丰臣秀吉夫妇用来待客的。

与待庵一样，伞亭不能入内参观，但透过小窗可见亭内格局，古时茶道的制式依然。整个空间以地面、壁和天棚构成，简朴明了，没有任何多余的装饰。按照日本人的茶事习惯，奢华反而会让人们不专心品茶，而静寂朴实的环境更能让饮茶人在茶香中忘掉世俗的种种忧烦。

时雨亭是日本唯一的二层茶室，当初建在伏见城内一个丘陵上，可远眺大阪城。两个历史悠久的茶室被后人移来高台寺，筑于寺内最高处，体现对茶的崇敬。两个茶室毗邻而立，相距十来米，宁静淡泊，与山脚竹林浑然一体。

京都类似的茶室有时在不经意中也可见到，古朴、简洁、淡雅，又与禅相连。比如在岚山偶见的指月庵。这"指月"之说便源自《六祖坛经》中的记载。

我去金阁寺，夕佳亭也让我怦然心动。金阁寺本名鹿苑寺，位于京都市北区，1397 年由室町幕府第三代将军足利义满在原西园寺的旧址上改建。那天去时，正是傍晚，夕照下的金阁寺倒映在水中，水上水下华丽得让人惊叹。

看够了金碧辉煌，我们顺路前行。树叶缝隙间，仍有金光闪来。我偶尔回头，似乎对这座富贵的楼阁还有留恋。抵达小路终点，我看见这座简单的草庵，称"夕佳亭"，是江户时代所建茶室。也许有人觉其简陋，但这恰是侘寂之美的所在。

我内心一种感动，那是因为这座草屋与金光闪闪的奢华亭阁所形成的强烈反差和对比。回想一路走过的景点，银河泉据说足利义满煮茶用的泉水是取自那里，而岩下水据传是足利义满进入茶室前必在此洗手。

在游客拥挤的喧闹中观望金阁寺的华丽，再从华丽中沿自然风光走向茶室的简朴，我的行走是一种怎样的体验？似乎是一种人生的行走，禅意充满其间。金阁寺，不只是金光闪闪的楼台亭阁，更有山林、泉水、草屋，彼此相连映照。从尘俗喧闹到金碧辉煌再到简朴自然，这种体验更是一种隐喻。

夕佳亭，茶室的名字让我想起陶渊明的句子："山气日夕佳。"也许唯有在这草寮中安静地喝杯茶，才是人生中真正熠熠生辉的时刻。

在宇治感受唐宋茶韵

　　知道宇治，最早是因为紫式部的《源氏物语》，这部被誉为日本《红楼梦》的小说，最后十章的故事就发生在宇治。后来，喜欢上了了茶，知道宇治又是日本茶乡。

　　出宇治 JR 站，步入街区，各种茶铺栉比鳞次，随处可见。店铺装饰简朴精致，有一种古老、安静的气息。经营以茶叶和茶点为主，有的还有茶道表演，供游客体验、互动。抹茶的嫩绿色以及散发的茶味弥漫其间，很让人留连。

　　街上好几家茶叶店都有百年以上历史。创店四百多年的三星园，据说其茶师曾为将军家的所御用。中村藤吉、伊藤久右卫门、福寿园宇治工房、通圆茶屋、辻利店等也都很著名。

　　平等院附近的上林纪念馆曾经的主人上林春松，是一位皇宫和幕府御用茶师，现在被修建为茶叶纪念馆。展出上林春松家收藏的宇治茶师的相关资料，记录了宇治茶的历史。

宇治曾经山路崎岖、交通不便，宇治川就成了从京都南部、奈良北部进入濑户内海的交通要道。现今，虽然沿河修建了公路，但它的地位对整个京都地区仍然至关重要。

宇治川河面宽广，浅蓝色的流水湍急，却不见浪花溅起，河水很深。两岸山岭起伏，背山临河而筑的民居安宁而有历史感。树林，偶尔驶过的车辆，缓缓行走的路人，薄雾绕山缓缓浮移……

一座橘红色大桥横跨宇治川，十分醒目。取名"朝雾"，让我想象联翩。宇治，日本的茶乡，河两侧山岭间的连片茶园，既有河水的滋润，又有朝雾甘露般的恩泽，生态环境得天独厚。

我们在"福寿园宇治喫茶馆"用午餐。"福寿园"创建于1790年，历史悠久，有自己的茶山和多家连锁企业。"喫茶馆"位于宇治川边，一座两层的建筑，黛瓦白墙，二层的走廊红色的围栏，周边绿树簇拥，环境幽静。在二楼茶桌旁坐下，那藤椅与我们家的有几分相似，我有一种宾至如归的感觉。

宇治茶最早起源于日本镰仓时代，后来，室町时代的第三代将军足利义满在宇治开辟茶园。宇治茶以抹茶和玉露茶为主，也生产煎茶。现在的制茶技术，传承了那个年代的制法。

抹茶源于中国隋朝，兴于唐朝，盛于宋朝。唐代诗人卢仝的诗句："碧云引风吹不断，白花浮光凝碗面"，描述和赞美了抹茶的泡沫形状和颜色。明代以来，中国流行冲泡饮茶，抹茶茶道渐渐失传。相反，9世纪末日本遣唐使从中国引进抹茶，得到了发扬光大。刘禹锡诗中"今宵更有湘江月，照出菲菲满碗花"的意境，如今我在宇治得到了体会。

玉露茶的珍贵，在抽枝发芽的那一刻就已经注定。茶树新芽初绽时，日本茶农用稻草搭起棚顶，遮挡阳光，小心保护茶树，使柔软的新芽不受灼伤。这一工艺在日本被称"覆下"。之后将嫩芽采下，高温蒸汽杀青，急速冷却，再揉成细长的茶叶。

以蒸汽杀青的绿茶工艺，最早也源自中国。陆羽《茶经》记载："晴，采之。蒸之，捣之，拍之，焙之，穿之，封之，茶之干矣。"中国比较完整地用蒸汽杀青的绿茶，最有代表性的是恩施玉露。恩施玉露条索紧细、圆直，外形白毫显露，色泽苍翠润绿，形如松针，汤色清澈明亮，香气清鲜，滋味醇爽，叶底嫩绿匀整。1965年被评为"中国十大名茶"。日本玉露茶与恩施玉露在工艺上大抵相同。玉露茶堪称"三绿"，干茶、汤底、叶底都是绿色。一种独特的"覆下香"，来自它采摘前遮蔽阳光的"覆下"工艺。

品尝了抹茶、玉露茶之后，我在"喫茶馆"上下两层参观，旧时的茶缸，墙上贴着的家训以及严谨的制茶工艺流程，老窑所烧制的茶器，一台台昔日手工制茶的设备……宛如小型博物馆，可见传承久远。

福寿园"喫茶馆"这样的茶室在宇治到处可见，在幽雅的环境中喝一口抹茶和玉露，我似乎在寻觅唐宋时代品茶的感受，有时空穿越的美好。宇治的今天，空气中仍弥漫着抹茶和玉露那翠绿的甜香气息，应该感谢两度入宋的日本高僧千光荣西。是荣西在平户岛播种从中国带回的茶籽，之后又将茶籽赠送给京都的明惠上人。明惠上人在宇治大面积种茶，开创了宇治茶的生产历史。

因为荣西的传播，我在宇治的茶汤中仍可看到唐宋时期中国茶的光泽。

诺丁山的中国茶铺

在约克、温德海尔湖区、爱丁堡、尼斯湖、都柏林等地游览了半个多月后，我又重回到伦敦。有一天自由活动的时间，浙江姑娘赵巨燕请我去她在诺丁山的茶铺坐坐。我说好啊好啊，十分乐意。

诺丁山，其实并没有山，只是因为地势较高而得名，位于英国伦敦西区，历史上就是一个浪漫的地方。因为朱丽叶·罗伯茨和休格兰特主演的电影，诺丁山成了各国游客的一个网红打卡点。赵巨燕在那里经营茶铺，有许多精彩故事。

2008 年，赵巨燕研究生毕业，她学的是财务和金融，那一年恰逢全球金融危机，工作不很好找，于是决定自己创业。做什么呢？在诸暨老家她从小就跟妈妈采茶做茶，了解茶，也很喜欢茶。在英国留学期间，她发现大多数英国人喝茶已不很讲究，一般只喝袋泡茶，对茶的品种、品质，毫无概念。她请朋友们喝过中国茶，朋友们很着迷。她方知他们并非不喜欢茶，只是因为没机会喝到好茶。由此，她觉得中国茶在英国应该有市场和发展空间。她决定开一家中国茶铺。

前些天，我在英国各地行走，也有意关注过英国茶铺，大多经营红茶，有喝下午茶的茶馆，有些小茶铺虽有一些东方元素，比如柜台上的紫砂壶、中国茶盘，但多半只是点缀。真正的中国茶铺、经营各种中国茶的，倒是从未见到过。

赵巨燕说："纯粹的中国茶叶店，在伦敦恐怕也只有我一家。"她 2010 年开的店，我去时已是第三年了。

眼前的街景似曾相识，电影《诺丁山》一开始的波特比路集市和街道两旁各种小店的场景迎面而来，卖水果的、卖鲜花的、卖蔬菜的……目不暇接，古董店、首饰店、日用品店、艺术品店……五花八门。我身临其境，一种现场感甚至让我觉得休格兰特和朱丽叶·罗伯茨说不定会擦肩而过。电影中威廉开的那家书店，蓝色门楣，写着白色字母的招牌，就在面前。我迈进书店，翻看书籍，算是在这网红景点也打了卡。

出书店，走五分钟，就到了赵巨燕的茶铺。那是在一个商场里面，从位置上看，不很显目。店铺的玻璃橱窗摆着茶和各式茶具，充满中国气息。橱窗上有一行英文：The Chinese Tea Company。这是店名。店小，店名很大：中国茶公司。

店铺面积不过二十来平方，货架上中国绿茶、白茶、红茶、乌龙茶、普洱茶一应俱全，这在英国其他地方我确实没见过，因此称"中国茶公司"似也并无不妥。她说："绿茶是她浙江故乡的茶，到英国这么多年，对故乡一直怀有很深的思念；白茶是福鼎叶芳养的，除了嵛山岛的，还有九峰山的，白毫银针、白牡丹、贡眉、寿眉都有；红茶主要是正山小种，英国红茶的种子是一百多年前罗伯特·福琼从武夷山带到印度、斯里兰卡等地种植的，我这个是武夷山桐木关原产地的；乌龙茶的品种更多，铁观音、武夷岩茶、凤凰单枞、台湾高山茶，我都有。"说到的供应商，有几位我还认识，比如叶芳养和武夷山徐良松。赵巨燕说："他们做的茶你都写过，都认可的呀。"

　　茶铺的装修风格是我喜欢的。一张清代雕花茶桌是赵巨燕在伦敦淘来的，一条江南常见的榉木长凳正好用来给客人喝茶时坐，背后门上挂了块贵州蜡染的老布，"茶歇"两字的挂幅，字是她书法家叔叔所书，那些瓷器陶器的茶具在灯光照射下闪烁着美丽的色泽……在异国他乡走了半个多月，此时置身此境，我有一种回家的感觉。

　　赵巨燕的顾客面很广，有当地居民，也有来诺丁山旅行的各国游客。开店之初她在互联网上建立网站，不少顾客是看了介绍后专门寻来的，英国的、美国的、欧洲其他国家的，都有。

　　"一位叫马克的美国人在我这里买了许多次。马克经常来英国出差，到我茶店来是老婆交给他的任务。老婆很喜欢铁观音等中国茶。日子久了他和儿子、女儿全家都喜欢茶，每来一次，买茶的购物单越来越长，直到他的拉杆箱装不下。"

这样的故事很多，比如来自英国北部的一对父子，因为他们的口口相传，带来了英格兰北部地区的一波又一波喜欢中国茶的顾客。

最近几年，到英国来的中国人剧增，给英国朋友送礼就送中国茶，英国人喝了觉得好，又没处买，就找到赵巨燕这里来。也有英国人去中国旅游，买茶回来，喝完之后在英国找不到这样的茶，也会找赵巨燕。独此一家，人无她有，正是诺丁山这家中国茶铺的优势。很多人对赵巨燕说，喝了中国茶之后，才知道喝茶并不一定加奶、加糖，纯粹的茶非常好喝。中国茶的丰富，改变了一部分英国人传统的喝茶理念。

茶桌上一罐嵛山岛白茶勾起了我两个月前与赵巨燕在福鼎茶园相识的回忆。"什么时候再去嵛山岛？一起去武夷山，去普洱，去中国许多出好茶的地方？"我笑问。赵巨燕连说："好啊好啊。也欢迎你们下次再来英国。"岂知一别数年，既没在中国茶山邂逅，更没在诺丁山再相聚，有的只是在互联网和微信上的交流。

2022年春天，我在上海整理文件，又见我们在诺丁山的旧照，往事历历在目。我把照片做成视频发给赵巨燕，问她这几年好吗？她说："都很好啊，一晃九年了，真快。唯一不足的是中国的茶最近运不过来。"我笑了："要是我再来英国旅行，可以再为你带几块茶砖。"她也笑了："是啊，可惜你也过不来啊。"

她给我发来茶铺的图片和视频，还是在诺丁山，地方还是那么大，茶样更多，清代的老家具还在，墙上多了一张她叔叔写的条幅："茶道"。她告诉我，生意不错，开了十二年，在诺丁山算是老店了，有知名度了。茶香不怕巷子深，说起诺丁山的中国茶公司大家都知道。她又给我讲她与顾客的故事："有位俄罗斯歌手，写了一首关于中国茶的歌，提到大红袍、铁观音、普洱茶，一批又一批的俄罗斯游客到我店里，指名要买这三种茶。这个歌手在俄罗斯很有名。"

近两年，她与一位著名英国茶人合作，在一个教学培训机构专门负责讲授中国茶。中国茶在诺丁山很受欢迎，赵巨燕的故事还在继续。

茶在土耳其

　　抵达伊斯坦布尔是当地时间 5:45，导游接机后，大巴沿着马尔马拉海岸线行驶，晨曦中的土耳其很安静。土耳其横跨欧亚大陆，在欧洲的面积为国土的 3%，97% 的土地在亚洲。搭乘大型渡轮通过达达尼尔海峡，靠岸时我们已从欧洲来到了亚洲。

　　导游美提，五十岁光景，土耳其人，中国通。说中国话虽然发音有点硬橛橛，却很流利，常常出其不意地说些俚语、歇后语、笑话，活跃气氛。让我意外的是他很喜欢喝茶，每次有喝茶的机会，都不会错过。即使大巴从一个景点到另一个景点，途中休息，他也会喝上一杯。在半露天的茶室，做个手势，服务员就心领神会，立即把茶送到他面前。

"刚煮的茶。"他对我说。我也被诱惑，也要了一杯。

土耳其茶是一种很浓的红茶，加方糖，甜甜的，有一种蜂蜜的味道。盛茶的器皿是一个玻璃小茶杯，窄腰阔肚，形状如郁金香，下面有一只小盘子做茶托，旁边放几粒方糖。据说这是土耳其人喝茶的"标配"。

服务台上煮茶的铜壶一大一小，大壶中灌水，小壶投放茶叶，两把铜壶同时加热，待大壶中的水煮沸后，注入小壶中加热煮茶。煮好茶后，将小壶中的茶倒入玻璃杯，然后，将大壶中的沸水冲泡，再根据客人口味加方糖，用小茶匙搅拌至糖溶化后饮用，颇为讲究。

对比中国人喝茶，无论是茶，还是茶器、方式，都有不同，宜兴紫砂壶、白瓷青瓷杯，在这里根本看不到。各国饮茶各有特点，这倒无可厚非。只是我喜欢喝纯粹的茶，不喜欢加糖、加奶、加香料等辅助食物。与导游美提一起喝了一两次后，我便作罢，也因为此。

土耳其原本不产茶，直至20世纪20年代，才从格鲁吉亚引进茶籽、茶树苗，种在黑海东部地区，建立茶叶实验园。1947年，土耳其在黑海东南部的里泽镇（Rize）建立茶厂。从这点上，与中国悠远的茶文化和种植茶的历史相比，不知迟了多少年代。土耳其主要产茶地在黑海东部里泽镇周边。5月上旬到10月下旬的持续高温，是茶树生长的活跃期。采茶方式主要用手剪，红茶是主要产品。

咖啡曾经是土耳其人的主要饮品，随着 20 世纪中期茶叶的兴盛，咖啡的地位日渐被红茶所替代。当今市场，茶是土耳其的第一饮料。土耳其人非常喜欢茶。

几天旅程中，我们参观了地中海畔的安塔利亚考古博物馆和安卡拉的安纳托利亚文明博物馆。在陈列的古陶器中，我看到很久之前土耳其人使用的饮具，是喝水、喝酒，还是喝牛奶、咖啡的？我不得而知。但有几件很像茶器。如果真是，那么土耳其人种茶的历史不那么久，而喝茶的历史也许更早。究竟缘自什么年代，这是考古学家、历史学家研究的范畴。

在古老的以弗所废墟前，我凝望着昔日塞尔丘克图书馆遗址，当年的世界第二大图书馆，阳光下整个建筑的外墙呈金黄色，壮观辉煌。这所亚里士多德和荷马都曾来讲学的图书馆，藏书最多时达到 12 000 卷轴，19 世纪末被发现并挖掘。我不知道在过去浩瀚的藏书中，会不会有关于茶和茶器的记载？

在土耳其的最后一天，我们回到伊斯坦布尔。游览参观了蓝色清真寺、古罗马竞技场、圣索菲亚大教堂、托普卡普老皇宫等著名景点后，美提安排我们去大巴扎购物。

巴扎是集市的意思，伊斯坦布尔的大巴扎是世界上最大、最古老的集市之一，它采取全封闭式设计，12 个主要建筑物和 22 个出入门，室内有六十多条街道，四千四百多家商店，每天接待客人约在 25 万人次以上。地毯街、金匠街这些象征着商业环境的名字至今仍保留在这座封闭的大集市中，形形色色的商品包括地毯、香料、皮具、手工艺品、珠宝首饰，应有尽有。

我问美提："大巴扎有土耳其茶叶卖吗？"他说："有啊。但是不像你们中国，有专门的茶叶店。你要买的话，可以找一些卖香料类的商铺。"

卖香料类的商铺果然琳琅满目，除了茶叶之外还供应各种酒类、饮料。店主看到有中国客人来，非常兴奋，其中一位热情地搂着殷慧芬的肩，翘着大拇指夸赞自己的商品。

我们用生硬的英语问他们有没有茶，营业员即刻从货架上取下两种红茶让我们选择。在土耳其买茶，不像在国内，要问什么茶、产自哪里。如果是买武夷岩茶，我甚至会具体到什么品种，水仙还是肉桂？铁罗汉还是水金龟？哪一个山场？牛栏坑的还是慧苑坑的？中足火还是轻火？哪一年的？谁做的？等等细枝末节。土耳其的茶没那么繁多名目，他们只有红茶。但据说也别有风味的，比如有的茶隐含苹果的香味。

两款茶开价共 90 里拉，我杀半价，最终以 20 美元成交。当我把美元举在手里付款的时候，店铺老板高兴地喊着，"杜拉，杜拉！"在土耳其，美元称"杜拉"。

我满载而归走在大巴扎的街路上，喜悦之余想着土耳其茶与中国茶的渊源。土耳其是从格鲁吉亚引进茶籽、茶树苗的，那么格鲁吉亚的茶又来自哪里呢？我在《寻茶记》的《茶道青红话米砖》一文中曾写到格鲁吉亚的茶籽来自中国，1893 年聘请我国茶工刘峻周等人指导才获成功。为缅怀这位中国茶的传播者，格鲁吉亚建有刘峻周纪念馆。从这个意义上说，中国茶是土耳其茶的老祖宗。

再往前想，曾经游览过的孔亚，是古丝绸之路在西亚的一个必经之地。建于13世纪的苏丹大驿站，大门恢宏大气，里面一个大院子，右侧拱形门洞内长廊式建筑，据说是当年设摊交易场所。我和殷慧芬徜徉其间，遥想当年丝绸之路上，这里的商队一定络绎不绝，商队运输的货物中会有中国茶吗？

摩洛哥，飘香的薄荷茶

卡萨布兰卡里卡咖啡馆，电视屏幕上滚动播放着英格丽·褒曼和亨弗莱·鲍嘉主演的《北非谍影》，在影片主题歌的旋律中，我用银勺搅动一杯浓郁的咖啡，心想在不产茶叶的摩洛哥，咖啡是不是这里民众的第一饮料？

之后，摩洛哥之行的足迹所至完全颠覆了我的认知。无论在卡萨布兰卡，还是在首都具有中世纪风采的古城拉巴特，无论在童话般的蓝白小城契夫萧安，还是在完好如初的八百年古城菲斯……所到之处，见到的摩洛哥人最爱喝的并不是咖啡，而是茶，薄荷茶。

薄荷茶堪称摩洛哥国饮，较为常见的一种是将绿茶煮沸后滤清取茶水，倒入装有薄荷鲜叶的玻璃杯中，加白糖拌匀。在酒店，在街头巷尾，乃至大西洋海边的帐篷下，所见摩洛哥人津津有味的，大凡都属此种。因为一杯薄荷茶，当地人能在路边坐上半天，任时光缓缓流逝。

也有比较讲究的，冲泡的顺序大抵相似。区别在于绿茶的等级较高，茶器较华贵，有造型漂亮的银壶、纹饰精美的玻璃杯。相传在 18、19 世纪，摩洛哥人就开始喝薄荷茶，当时只有贵族及富裕人家才有这种享受。现今在摩洛哥有些家庭和高档场所还能看到这种豪华版的茶饮。

在摩洛哥的茶馆，炉灶上沸水在大锡壶里"突突"作响，水汽升腾，老板从麻袋里抓出一把很一般的炒青绿茶，又从另一只麻袋里取出一块白糖，敲碎，再抓一把新鲜薄荷叶，一起投放进另一把小锡壶中，再拎起大壶，将滚烫的沸水注入小壶，放到炉灶上烹煮。水滚两遍后，将小壶已熬成的薄荷茶倒入杯中，让茶客品饮，一连串的职业化动作娴熟干练。将茶与薄荷叶一起煮，彼此交融渗透更彻底，茶汤更厚稠，比较适合老茶客的口感。

我在大西洋边的茶室，在街头商铺门口，都喝过那种比较普通的薄荷茶。有一天在菲斯古城，却享受了一次规格较高的品味。

菲斯是摩洛哥一座古老的城市，褐色的围墙依然显示着当年的雄伟气势，市街规模之大为世界罕见。古老的传统工艺技术流传至今，成千家手工艺作坊和商店在狭窄的巷道之间栉比鳞次。几百年来，老百姓的生活似乎没有改变。菲斯是一座活着的古城，被美国地理杂志评为全球最浪漫的十大城市之一。我们参观了两处传统作坊，一家是铜器店。皇宫铜质大门是这家店的主人手工敲打出来的，有图片为证。我们去时，主人的儿子正在敲打的一件工艺品，据说得花三个月的工夫。第二家是皮革染料坊，从上往下看，大大小小的染缸蜂巢般集中在一个广场，染工们在阳光下劳作，堪称辛苦，染料和皮革的臭味几乎让人窒息。

匆匆地参观拍照，算是到此一游之后，因为受不了这种奇臭，我向导游宝马要求提早撤退。宝马把菲斯古城的地陪叫来，嘀咕几句，又对我说菲斯旧城区的巷道弯弯曲曲，很容易迷路，让地陪先带我们去午餐的饭店，在那里等大家。

七拐八弯，到了目的地，我推开饭店那扇厚重木门，一霎时，我闻到了香味，茶与薄荷交融的美妙香味，与方才皮革大染坊的奇臭相比，天壤之别。我愉悦无比，循香巡视，饭店老板正在独自品味薄荷茶，很享受的样子。

地陪叽叽咕咕向老板说了几句当地话，老板客气地请我们坐下喝茶。我细细打量，他的绿茶是中国的一种珠茶，是安徽泾县的涌溪火青，还是浙江绍兴的平水珠茶？由于语言不通，无法交流，但品质明显比较高。这种享受型的品茶，不但茶要挑最合自己口味的，而且对茶器、茶具、水和水温乃至茶点都很讲究。倒茶时，老板将银壶高高提起，将茶水缓缓倒入精美的玻璃杯里,滴水不漏。在我这个来自茶的国度的茶客面前,他似乎有点故意表演的意味。茶的醇香、糖的甜味,还有薄荷的清凉爽口,都在主人的冲泡下得到了完美的呈现,薄荷茶成为两国爱茶人之间友谊的媒介。

摩洛哥人对薄荷茶的钟爱,让我难忘。我曾好奇地问宝马其中缘由,宝马哈哈大笑:"你应该比我更懂。中国有中国的茶文化,我们摩洛哥有摩洛哥的茶文化。"

他说得没错,小小一杯茶,在任何国度都有大学问。宝马还告诉我,虽然摩洛哥人喜欢喝茶,可是摩洛哥不产茶,三千多万人口的摩洛哥,每年要喝掉五六万吨绿茶,茶叶绝大部分从中国进口。而摩洛哥与中国茶的历史,也许要追溯到 19 世纪,那时摩洛哥是许多欧亚贸易商人往返的必经之路。

在天气炎热的摩洛哥,薄荷茶可以清热消暑。离开菲斯后,我们将进入撒哈拉大沙漠,有薄荷茶打底,抵挡撒哈拉大沙漠的滚滚热浪应该不成问题。

斯里兰卡闻茶香

去斯里兰卡之前，我在互联网上比较各家旅行社安排的线路和景点。我朋友得知，说他也想去，已有攻略。我看后，没跟他去。唯一的原因是他不去高山茶园。斯里兰卡被称世界三大红茶产地之一，不去茶园，岂不遗憾？

我自己选了一条路线：科伦坡—西格里亚游览狮子岩—康提—努瓦勒埃利耶—霍尔顿平原国家公园—南部海滨度假区。

斯里兰卡有七大产茶区，努瓦勒埃利耶是顶级红茶的主要产区。

游览康提后，第三天我们就直奔努瓦勒埃利耶茶山。午间吃饭时在餐厅，已经看得见高山上的一片片茶园，我有点激动。寻茶，居然寻到了斯里兰卡。

努瓦勒埃利耶终年气候温和，被誉为亚洲的花园城市，以小山、峡谷、瀑布闻名，有"小英伦""东方瑞士"的美称，是斯里兰卡的避暑胜地。一百多年前，英国人聚居于此，购买土地种茶，将开明的欧洲文化带到这里。现今，殖民时期建筑保存完好，鲜花簇拥，依然洋溢着浓郁的欧陆气息。城外，则是绵延的茶山，苍郁翁翠。

由于气候温暖和水分充足，这里的茶园几乎可以终年采摘。当地导游莉娜带我们去著名的迈克伍兹茶厂（Mackwoods Tea Centre）。这家茶厂1841年由英国人建立，有自己的茶叶基地，据说早年的有些机器还在使用，制茶工艺至今未变，每道工序也是按照一百多年前的老方法制作。

茶厂的品茶室是一间木结构的平房。室外鲜花盛开，绿色的遮阳伞下，摆放着好几张白色茶桌和座椅，桌上是精致的茶具。对面大片茶山，从谷底直至山顶，满山遍野皆茶树。茶山高处有一排白色英文字母拼写出MACKWOODS，这无疑是这家茶厂的户外广告，引人瞩目。大片的绿树丛中有小白点在移动，远看如白色的山羊，再仔细看，原来是当地茶农正在采摘新茶。

未进品茶室，我们先坐在这里，呼吸阳光下空气中飘着的茶叶芬芳，眺望云雾缭绕的茶山，心旷神怡，乐不可支。

游客络绎不绝。看茶山，体验制茶，茗茶，成了各国游客的一个节目。凑巧莉娜母亲也带队来到这里。她们家四口，母亲是台湾人，父亲是当地人。她和母亲、哥哥都做导游。相比莉娜，她母亲老练成熟得多，听说我喜欢茶，像遇见知音，十分热情。

品茶室是另一番景象，满墙的架子上全是这个厂生产的各种茶叶以及点缀其间的各式瓷壶。每张茶桌几乎都有游客坐着品茶，满屋茶香。茶桌的正中镂刻着茶的叶芽，绿色的，让人感受到这室内似乎也有茶生长着。

找个位置坐下后，莉娜母亲问我喜欢什么口味？要不要加奶？我知道喝红茶已是当地人生活中的重要部分，斯里兰卡有高地茶、中地茶和低地茶之分，除努瓦勒埃利耶外，主要产茶区还有乌达普色拉瓦、康提等地。乌瓦茶香味浓重，适合泡制奶茶。而努瓦勒埃利耶的茶则以色清、味香著名，最适宜泡沏清茶，其中精品被进贡英国皇室，是名副其实的御用饮品。我喜欢的正是这种纯粹的茶。

莉娜母亲听我说后，笑着套近乎："到底是老茶客。"

茶女端上镶有金色纹饰的白瓷茶具，将一壶热气腾腾的高山红茶注入瓷杯。看着淳红透亮的茶汤，我闻一下，喝一口，感觉到茶中有一种清幽的鲜花香味。莉娜母亲说，那是由于这里的茶园地处高原，气温常年较低，即使在 7 月份，夜晚的温度低至 10 ℃以下，鲜叶发酵时间较长所形成的。

我想去茶园、车间看看，莉娜和她母亲很乐意做我的向导。我们在茶树丛中呼吸自然界的芬芳，又在庞大的茶叶加工场领略工业化的规模。有茶农在茶园采茶，那是位中年妇女，一身深绿服装，肤色比我还黝黑。得知我们要与她合影，她也落落大方，十分朴实。

莉娜母亲告诉我，这里的茶树从不打农药，也不施化肥，没有现代化工业的污染，原生态。采茶妇女都来自当地，人工成本很低，再加上机械加工的规模化，同样级别的红茶卖得比中国国内更便宜，性价比高。

"我上次带个团，有个北京游客，年龄比你还小些，买了一大包，回国后发微信给我，说买得太少了，朋友们都要，后悔没多买些。"她的话未免有推销的意思，我也知道她或许会从中获若干提成，但她说的却都是事实。我们品尝过的那款茶，每斤折合人民币才百元左右。我在样品陈列室也看到品质更高的茶，全是芽头，自然晾干，纯手工，看外形有点像白毫银针，那价格就不一般了。

临走时，我买了茶。当我怀抱着一大包走到莉娜母亲面前时，她笑逐颜开："你买的茶，口感很纯的。够了吗？不够的话再买点，可以刷卡。"

斯里兰卡现在是世界上最大的茶叶出口国之一，在斯里兰卡的国民经济中，制茶业起了举足轻重的作用。斯里兰卡红茶与中国有着不解之缘。19世纪中叶，一个叫詹姆斯·泰勒的苏格兰人在这里的咖啡园试种茶树获得成功，咖啡园主从印度引进的正是中国的茶叶树种。中国的茶树，成就了斯里兰卡红茶的传奇。

多年来，对中国的茶叶树种被传播到印度、斯里兰卡等地，有些人似乎一直有这样那样的看法，我倒是觉得，大自然赐予人类的奇珍，让世界各国更多的人共享并没什么不好。我们今天不也品味着来自别国自然界的馈赠吗？比如咖啡，范围更广些，我们今天享用的电灯、汽车、互联网等，不都是世界各国的文明成果和科技发明吗！

茶香弥漫中等待喜马拉雅的日出

去山脊上的古镇班迪布尔，是我尼泊尔之行的意外收获。站在民宿的平台上，眺望远山、雪峰、绿树、鲜花、蓝天白云，如梦如幻，鲜为人知的班迪布尔真是人间仙境。

作为旅游景点，这里还未被开发。来的游客除了少数欧美背包客，就是旅行社开"小灶"的私人朋友。当天我们在街上散步，泥瓦房屋，有雕花木窗和围栏，奇特的是屋檐外展的石顶。导游悍马说这里是尼瓦族传统文化保留最完整的地方。这里的老人、孩子，看见我们都面带笑容，民风淳朴，生活节奏缓慢，幸福指数似乎很高。

面对远处连绵不断的喜马拉雅山脉，我很想在这里多住两天，享受一份安逸。一杯茶，一本书，发呆，消磨时光。遗憾的是第二天就要离开，心中未免有几分眷恋。

尼泊尔之行，我们多次看日出，常常摸黑攀山越岭。在博卡拉，清早四点半出发去一个叫撒拉谷的山顶，看喜马拉雅山的日出，太阳初升时，旭光照在雪峰上，形成金顶，绚丽无比。其壮观确实让人铭记一生。

班迪布尔的日出在 6:05。由于在客栈平台上就可以看到，再不用摸黑赶路，我心里有一种久违的轻松。不到 6 时，我带着茶和茶具来到平台，我想在茶香弥漫中享受喜马拉雅太阳初升起时的那份静谧和安逸。

我去厨房要热水。素不相识的厨师闻到茶香，又看到我杯中的白毫银针一枚枚壮实鲜嫩，激动地要我也给他泡一杯。我抓一撮放入他的杯中，中年汉子竟像孩子一样开心地笑了。

茶香在纯洁清净的空气中弥漫。悍马突然出现在我面前。"什么茶？这么香。"他笑问："你一个人享受，也不叫我一声？"相处久了，彼此说话很直率。我为他泡了一杯，向他介绍这款茶的来历和特征，还说到了福鼎白茶之乡和做这款茶的一个叫叶芳养的茶人，他听得津津有味。

悍马也喜欢茶，他请我喝过两次尼泊尔红茶，一次是在途中休息站，那里的红茶是在大锅里煮的，加奶加糖加姜丝、丁香和黑胡椒，浓郁厚稠辛辣，有点像我在河南、陕西喝到过的胡辣汤。另一次在加德满都去他家做客时，他招待尼泊尔红茶，我特别提出不要添加任何附加物，保持茶的纯粹口感。

尼泊尔有百年种茶历史，现在茶叶种植已经遍布全国四十多个地区，主要产区位于东部喜马拉雅雪山南麓，那里海拔高，气候凉爽湿润，降水丰沛，土壤肥沃，在地理环境上接近印度的大吉岭地区，茶树品种多半从印度引进，因此，风格与大吉岭红茶接近。因为海拔高，茶叶生长较缓慢，喜马拉雅山区特有的凛冽凝聚成茶的芳香，尼泊尔高山红茶颇受各国茶客追捧。

尼泊尔红茶汤色红亮，在悍马家品味时的那种甜香润滑的汤质，我一直难忘。我很想去伊拉姆，看看种植在陡峭山脊上的茶叶，悍马说："你下次来，我带你去。"悍马喝着茶，赞叹白毫银针的滋味。我说："那是肯定的，我去过斯里兰卡努瓦勒埃利耶山区的茶山，在百年老茶厂参观过。那里白毫银针的价格是一般红茶的三四十倍。在英国，有的王公贵族喝红茶时只是在上面放几枚，以显示尊贵。哪有像我这样奢侈的？"悍马瞪大眼睛盯着我看。我继续摆谱："尼泊尔的红茶不错，茶种来自印度，你知道印度的茶，种子来自哪里吗？"我给他讲一百多年前一位叫罗伯特·福琼的英国植物学家在中国福建、安徽茶山的故事，是他将中国茶籽和茶树苗带到国外，然后在印度种植了大吉岭红茶。"从这个意义上说，中国茶是尼泊尔茶的老祖宗，好茶自然更多。"悍马连连点头。我把剩余的两小包白毫银针送给他，他高兴得心花怒放，说要带回家让老婆也品尝一下这么好的茶。

我们这支旅行团只有五人，都是熟悉的好朋友，这时都围着茶桌，喝着茶等待日出。天色渐亮，东边的天际慢慢显现浅绛色的云彩，山雾缭绕，我为旅友们悠闲的状态拍照，镜头前有几缕缓缓浮升的茶气，与远处山间的云雾交缠一起，极美。太阳还没升起，我们和大自然一起，已经为她准备了乳白色的轻纱丝巾。

没有结束的远山茶约

——代后记

《远山有香》是我《寻茶记》系列中的第三本,《寻茶三记》成了这本书的副名。之所以取名《远山有香》,只因我为写这本书,走得比之前更远。远山有香,远山有约,我与莽莽古茶山有约,与参天的千年古茶树有约,更与那里许多对茶钟情,以茶为业的茶友、茶农有约。

《远山有香》写云南茶的篇幅比较多。云南是我国产茶大省,世界上最古老的茶树生长在云南,茶的历史悠久。写中国茶,云南是不可或缺的。

云南,山高路远,地域辽阔,环境苍凉,气候多变……这给我深入实地走山访茶带来诸多艰难。去一次勐海或临沧、普洱，从浦东机场到昆明，再转机、坐车，一路周折，往往耗时十来个小时才到达目的地，像出一次国那么困难。而且，半个月、二十天的时间，在那里踏勘的古茶山不过几座。要了解云南各大茶山的多姿多彩，唯有一次次深入。原始森林荒无人迹，跋山涉水，披荆斩棘，给并不年轻的我带来种种艰难。

偏偏 2020—2022 这三年，又逢疫情，我不能像以前那样，想走就走。春天的计划往往延宕至秋天，即使在外，还得分析和预判疫情走势，有时不得不绕道回避行走。

除云南之外，我也写了福建、江苏、安徽等地的茶和茶人。南京陈盛峰的雨花茶制作技艺被列入联合国教科文组织的世界非物质文化遗产；黄山方国强疫情三年，宁愿自己亏，不减茶青收购，不辞退一个职工，坚持做有机茶不动摇；福鼎叶芳养把荒芜的山林防火带，打造成美丽的有机茶园……都让我动容。我情不自禁为这些老朋友再次留下文字。武夷山的正岩好茶，我一直很喜欢，游玉琼、徐良松、天心应家父子、竹窠赵氏兄弟等茶家殚精竭虑研发新品，也赢得了我对他们匠心精神的尊敬。

在行走茶山的过程中，我还结识了许多新朋友，如武夷山的项金茂，三明的陈建业、江太生、李志忠等，他们对茶的喜爱和孜孜以求做好茶的用心，也令我难忘和感佩。

我很向往前些年在世界各国自由行走的日子。最后一个单元，是我在国外旅途中与茶邂逅的记录。

"江湖一碗茶，喝完再挣扎。"寻茶路上，太多的中国茶人一次次地感动到我。他们一路拼搏努力，我历历在目。真心感谢他们为世人的奉献。

披荆斩棘，跋山涉水，太多难忘的经历尽在文字中。寻茶途中我们经历地震，跌倒在大山里，陷入泥淖，深入无人之境的荒山野岭……与年轻人一起前行，我们历经种种坎坷和困难，皆因远山有茶香。

《远山有香》已画了句号，但是，远山茶约并没结束。2024新年伊始，苏州茶友黄罡读了我的《寻茶记》之后，觉得我没有把他喝到的几款好茶写入书中，心有不平，专门在上海安排茶叙，"茶痴"标哥和"茶翁"分别专程打"飞的"从广东潮汕和云南西双版纳赶来，所携凤凰单枞"老八仙"和曼松单株高杆古树头春茶，都令我齿颊留香，啧啧称赞。我们相约茶山再聚，为《寻茶记》补写新篇，只可惜《远山有香》交付出版社之前，仍未成行。

茶山无涯，笔者所见所识所记太有限，有遗珠之憾的也不仅是标哥和"茶翁"两位。茶路无穷尽，我的《寻茶记》所写的只是莽莽茶山中我个人所耳闻目及的一部分，敬请我书中笔墨未及的各位茶界菁英海涵。

路漫漫，我还会继续行走，继续书写中国茶。我不年轻了，我更希望更多年轻人，为弘扬中国茶文化，接薪传火，知行合一，行走，并书写。

2024 年 2 月 24 日

图书在版编目(CIP)数据

远山有香 : 寻茶三记 / 楼耀福著 .— 上海 : 上海
书店出版社，2024.6（2024.8 重印）
  ISBN 978 - 7 - 5458 - 2381 - 3

  Ⅰ. ①远… Ⅱ. ①楼… Ⅲ. ①散文集-中国-当代
Ⅳ. ①I267

  中国国家版本馆 CIP 数据核字(2024)第 105577 号

责任编辑 杨柏伟　何人越　李菅欣
封面设计 汪　昊

远山有香:寻茶三记

楼耀福　著

出　　版	上海书店出版社	
	（201101　上海市闵行区号景路 159 弄 C 座）	
发　　行	上海人民出版社发行中心	
印　　刷	上海商务联西印刷有限公司	
开　　本	640×965　1/16	
印　　张	19.25	
字　　数	180,000	
版　　次	2024 年 6 月第 1 版	
印　　次	2024 年 8 月第 2 次印刷	

ISBN 978 - 7 - 5458 - 2381 - 3/I · 578
定　　价　78.00 元